아르센 뤼팽 전집 7

아르센 뤼팽의 고백

Arsène Lupin

아르센 뤼팽 전집 7

아르센 뤼팽의 고백 | 모리스 르블랑
Les Confidences D'Arsène Lupin

심지원 옮김

황금가지

차례

서문 · 7

거울 놀이 · 10

결혼반지 · 41

그림자 표시 · 69

지옥의 함정 · 98

붉은 실크 스카프 · 130

배회하는 죽음 · 161

백조의 우아함을 지닌 에디트 · 189

지푸라기 · 220

아르센 뤼팽의 결혼 · 242

서문

『813』에서는 모리스 르블랑이 복잡하고 다층적인 인물로서 뤼팽을 그리며 인물의 심리를 더 깊이 파고들려 노력한 흔적을 보여 준다면, 중편 소설집 『아르센 뤼팽의 고백』은 『괴도 신사 뤼팽』처럼 경쾌한 분위기 속에 전개된다.

마뉘엘 오라지의 삽화를 곁들인 이 소설들은 1911년 4월부터 〈주 세 투〉에 실리기 시작했고 1913년 6월 피에르 라피트 사(社)에서 단행본으로 간행되어 10,000부를 찍을 정도로 큰 성공을 거두었다. (시리즈 전체의 출판 부수는 17,000부였다).

1918년 2월 라피트 사의 『모험 소설 시리즈』에서는 「지푸라기」를 싣지 않았고 1933년 1월 『물음표 전집』의 판본에서는 「배회하는 죽음」을 제외했다. 사실 이 두 소설은 최고 걸작에 속하지는 않는다. 「그림자 표시」와 특히 「붉은 실크 스카프」가 대단한 성공을 거두었는데 그 구성과 유머 감각은 경탄할 만하다. 이를 잘 인식했던 당시의 한 비평가, 피에르 발다뉴는 파이야르가 간행한 잡지 《투슈 아 투》에 이러한 점을 매우 격찬하는 평론을 썼다. '정통' 비평가가 뤼팽에 관해 이런 류의 평론을 쓴 것은 꽤 드문 일이므로 우리는 이 글로써 『아르센 뤼팽의 고백』의 서문을 대신 하고자 한다.

J. D.

모리스 르블랑, 『아르센 뤼팽의 고백』

아르센 뤼팽의 모험을 다룬 모리스 르블랑의 새 책을 덮는 순간 감탄이 새어나왔다. 주인공의 천재성이 번득이는 각 사건들은 인간의 상상력이 창조해 낼 수 있는 가장 기발하고 멋들어진 방식으로 구성되어 있다고 생각한다.

아르센 뤼팽의 서사시를 읽으며 우리는 위대한 수학자가 매우 까다로운 문제를 차근차근 풀어 나가 명쾌한 해답에 다다를 때와 같은 기쁨을 느끼고, 방대한 장편 소설이 아닌 일련의 개별적인 사건들 속에서 능란함과 대담함과 간교함, 명확히 말해 그의 노력이라고 부를 수 있는 것을 최고의 경지까지 밀고 나가는 아르센 뤼팽을 만나게 된다.

책 한 권 분량으로 길게 전개시킬 수도 있었을 주제를 짧은 중편 소설로 요약한 것을 보면 모리스 르블랑은 무궁무진한 창의력을 가지고 있음에 틀림없다. 이렇게 함으로써 『아르센 뤼팽의 고백』의 각 장은 오히려 더욱 강렬해졌으며, 어떤 부분에서는 그토록 충격적인 에드가 앨런 포의 글과 같은 전율까지 느껴진다.

「붉은 실크 스카프」와 「배회하는 죽음」은 미스터리와 불안감으로 가득 차 있다. 내가 강조하고 싶은 점은 이 모든 것이 모리스 르블랑의 유연하고 생기 넘치며 나무랄 데 없는 언어로 표현되어 있다는 것이다.
 그의 계속되는 놀라운 성공은 이로써 설명이 되리라.
                    피에르 발다뉴, 투슈 아 투, 1913년 8월

거울 놀이

「얘기 좀 해 주게, 뤼팽」
「무슨 얘기를 듣고 싶은가? 내 인생이야 누구나 다 알고 있는걸」
내 서재의 긴 의자에 누워 졸고 있던 뤼팽이 대답했다.
「아니, 아무도 모르지! 신문에 실린 자네의 편지들을 통해 자네가 이러저러한 사건에 관련되어 있고 이러저러한 일들을 추진했다는 것은 알지 모르지만…… 그 모든 사건에서 자네의 역할이나 이야기의 진짜 내막, 그로 인한 결말 등에 대해서 아는 사람은 없지 않나」
내가 소리쳤다.
「쳇! 별 재미도 없는 얘기들이네」
「재미가 없다니! 니콜라 뒤그리발의 아내에게 5만 프랑을 선물한 얘기나 그림 세 편의 수수께끼를 해독한 신비로운 수법 등이 재미가 없다고?」

「하긴 그건 희한한 수수께끼였지. 〈그림자 표시〉라고 부를까?」
뤼팽이 말했다.

「또 자네가 얻은 그 대단한 인기를 생각해 보게나. 괴도 신사 아르센 뤼팽의 이야기! 그 선행의 비밀은? 자네는 내게 종종 「결혼반지」, 「배회하는 죽음」 등의 이름을 붙인 그 모든 모험담들에 대해 암시하곤 했지. 나중에 가서 그때 고백할걸 후회해도 때는 늦는다네, 뤼팽! 자, 조금만 용기를 내……」

당시에 뤼팽은 이미 매우 유명했지만 그의 인생에서 가장 놀라운 전투들, 말하자면 『기암성』이나 『813』 같은 위대한 모험은 아직 치르기 전이었다. 말하자면 프랑스 왕들의 오랜 보물을 가로챈다거나 독일 황제의 면전에서 유럽을 도둑질 하는 일 따위는 생각지도 못한 채, 평범한 노력을 기울여 그날그날 악행을 저지르기도 하고, 타고난 성품 또는 취미에 따라 유쾌하고 동정심 넘치는 돈키호테처럼 선행을 행하기도 하면서 좀더 조촐한 수완과 적당한 이익에 만족하던 때였다.

뤼팽이 입을 다물고 있기에 나는 다시 한번 말해 보았다.

「뤼팽, 얘기 좀 들려줘!」

그의 대꾸는 좀 의외였다.

「연필과 종이를 준비하게나」

재치 넘치는 기발한 사건들을 받아쓰게 하려고 한다는 생각에 너무도 기뻐 나는 부리나케 시키는 대로 했다. 안타깝게도 나는 그의 이야기에 장황한 설명을 덧붙여 지루하게 늘어뜨리고 말겠지만 말이다.

그가 말했다.

「준비됐나?」

「됐네」
「그럼, 19-21-18-20-15-21-20이라고 쓰게」
「뭐?」
「부르는 대로 써 보라고」
 그는 긴 의자에 앉아 열려 있는 창문 쪽을 바라보며 맛이 순한 담배를 손가락으로 굴리고 있었다.
「그 다음 이렇게 쓰게. 9-12-6-1……」
 그는 잠깐 멈추었다가 다시 말했다.
「21」
 또 잠시 침묵이 흐른 뒤,
「20-6……」
 도대체 어떻게 된 거지? 유심히 살펴보니 그의 눈빛에는 더 이상 좀 전의 무심함이 남아 있지 않았다. 허공 속에서 주의 깊게 무언가를, 그를 사로잡는 어떤 광경을 좇고 있는 것 같았다.
 어쨌든 그는 띄엄띄엄 숫자들을 불렀다.
「21-9-18-5……」
 창밖에는 오른쪽으로 파란 하늘 한 조각과 평소처럼 덧문이 모두 닫혀 있는 맞은편 낡은 저택의 정면이 보일 뿐이었다. 특별한 점이라고는 전혀 없었고, 몇 년 전부터 보아 온 그대로, 새로운 점도 전혀 없어 보였다.
「12-5-4-1……」
 그때 불현듯 나는 깨달았다. 아니, 깨달은 것 같았다. 유머러스한 겉모습 속에 사실은 그토록 합리적인 사고를 갖추고 있는 뤼팽 같은 인물이 이런 유치한 장난에 시간을 낭비하고 있다고는 믿기 어려웠기 때문이다. 하지만 어쨌든 그는 분명히 낡은 건물 3

층쯤 되는 높이의 우중충한 표면 위에 반사되며 뛰놀고 있는 햇빛을 세고 있었다.

「14-7······」

뤼팽이 말했다.

햇빛의 반사는 몇 초간 사라졌다가 다시 나타나 계속해서 규칙적으로 건물 표면을 두드리다가 또 사라졌다.

무의식중에 따라 세고 있던 내가 큰 소리로 말했다.

「5······」

「알아챘나? 잘됐군」

뤼팽이 빈정대더니 창문 쪽으로 다가가 빛이 정확히 어떤 방향으로 움직이는지 보려는 듯 몸을 기울였다. 그리고는 다시 긴 의자로 돌아와 누우며 말했다.

「이제 자네 차례야. 자, 세어 보게나······」

이 숫자로 뭘 어쩌려는 건지 그는 너무나 잘 알고 있는 듯이 보여서 나는 하라는 대로 했다. 게다가 마치 등대의 신호처럼 나타났다가 사라지기를 반복하며 건물 표면을 규칙적으로 두드리는 빛이 꽤 호기심을 자극하기도 했다.

해가 우리 창으로 비스듬히 파고들 무렵이었으니 그 빛은 확실히 우리가 있는 길 쪽에 위치한 어떤 집에서 나오는 것이었다. 누군가가 유리창을 열었다 닫았다 하거나 아니면 작은 손거울을 이용해 빛을 반사시키는 놀이를 하고 있는 것 같았다.

「애가 장난치나 보군」

잠시 후, 한심한 일에 매달리고 있다는 생각에 좀 기분이 상한 내가 소리쳤다.

「계속하게!」

나는 계속 세었고 숫자들을 늘어놓았다. 햇빛은 수학적이라고 할 만큼 정확하게 내 앞에서 계속 춤을 추었다.

「다음은?」

한동안 침묵이 계속되자 뤼팽이 물었다.

「글쎄, 끝난 것 같은데……. 몇 분째 아무 움직임이 없네」

우리는 기다렸다. 하지만 더 이상 허공 속에 뛰노는 빛이 나타나지 않자 내가 농담 삼아 말했다.

「괜한 시간만 버렸잖아. 종이에 적힌 숫자 몇 개라니 별 볼일 없는 수확이군」

뤼팽은 의자에서 움직이지 않고 말했다.

「부디 각 숫자들을 알파벳 순서에 따라 글자로 바꾸어 보게나. 그러니까 1은 A, 2는 B, 이런 식으로 말이야」

「바보 같은 짓일세!」

「정말 바보 같지. 하지만 바보 같은 짓이야 살면서 수도 없이 많이 저지르게 마련이니 한 번쯤 더 한다고 해서……」

하는 수 없이 나는 그 한심한 일을 받아들이고 첫 번째 글자들을 적기 시작했다. S-U-R-T-O-U-T(〈무엇보다도〉라는 뜻 ─ 옮긴이)…….

순간 깜짝 놀라 손을 멈추고 말았다.

「단어야! 단어가 만들어졌어!」

「계속해 보게」

작업을 계속해 나가자 다음 글자들은 또 다른 단어를 이루었고 각각의 단어들을 구별해 낼 수 있었다. 마침내 놀랍게도 완전한 문장 하나가 눈앞에 펼쳐졌다.

「다됐나?」

잠시 후 뤼팽이 말했다.
「됐어! 하지만 철자가 틀린 부분이 있군」
「그런 건 신경 쓰지 말고 천천히 읽어 주겠나?」
 나는 채 끝나지 않은 그 문장을 읽었다. 그것을 그대로 옮기면 다음과 같다.

　무엇보다도 위험을 피이해야 해. 공격을 피해야 하네. 맞설 때는 최대한 신중을 기해야 하고 또……

 나는 웃음을 터뜨렸다.
「이상! 눈이 부실 정도로 환하게 밝혀졌군그래. 하지만, 뤼팽, 솔직히 철자법도 제대로 모르는 어느 녀석이 늘어놓은 이 일련의 충고가 자네와 무슨 상관인가?」
 뤼팽은 내 말을 무시하는 듯 입을 꽉 다문 채 자리에서 일어나 종이를 집어 들었다.
 그때 우연히 벽시계에 눈이 갔던 기억이 난다. 시계는 5시 18분을 가리키고 있었다.
 뤼팽은 손에 종이를 든 채 서 있었고, 자유롭게 그를 바라볼 수 있었던 나는 젊디젊은 그의 얼굴에 나타나는 놀라운 표정의 변화를 확인했다. 이것은 그의 대단한 능력이자 가장 훌륭한 방어책으로써, 아무리 솜씨 좋은 관찰자라도 착각을 일으키게 만든다. 분가루 없이도 마음대로 변형할 수 있는 얼굴, 잠깐씩 스치는 표정이 변함없는 절대적인 표정인 듯 보이는 얼굴을 과연 어떤 특징에 의존해서 알아볼 수 있겠는가? 어떤 특징이냐고? 내가 알고 있는 단 한 가지 변하지 않는 특징이 있긴 하다. 그가 정신을 집중하려고 애쓸 때 십자가 모양으로 이마에 깊이 파이는 두 줄의 작은 주름이 그것이다. 바로 그 순간 나는 그 가느다란 십자가를 똑똑히, 분명하게 보았다.

그는 종이를 내려놓으며 중얼거렸다.

「유치하군!」

5시 30분을 알리는 종이 울렸다.

「뭐? 무슨 뜻인지 다 알았단 말인가? 단 12분 만에?」

내가 소리쳤다.

그는 방 안을 이리저리 서성이더니 담배에 불을 붙이고 내게 말했다.

「렙스타인 남작에게 전화를 걸어서 밤 10시쯤 내가 찾아가겠다고 좀 전해 주시겠나?」

「렙스타인 남작이라고? 그 유명한 남작 부인의 남편 말인가?」

「그렇다네」

「자네 진담인가?」

「물론 진담이야」

매우 당황스럽기는 했지만 그의 말을 따르지 않을 수 없었던 나는 전화번호부 책을 펼치고 수화기를 들었다. 그런데 그때 갑자기 뤼팽이 나를 막더니 종이를 다시 집어 들고 바라보며 말했다.

「아니, 가만…… 남작에게 말해 봐야 아무 소용없어……. 더 급한 일이 있네. 이상해 보이지만 내겐 아주 흥미로운 일이야. 이 문장을 왜 끝맺지 않았을까? 이 문장이 왜……?」

말하다 말고 그는 재빨리 지팡이와 모자를 들었다.

「가 보세. 내가 틀리지 않았다면 이건 지금 당장 해결해야 하

거울 놀이 17

는 일이야. 내 생각이 맞을걸세」

「자네 뭐 좀 알고 있나?」

「아직까지는 아무것도」

계단에서 그는 내 팔짱을 끼며 말했다.

「나도 단지 모든 사람들이 알고 있는 정도밖에는 몰라. 대단한 재력가에 운동가인 렙스타인 남작의 말 에트나는 올해 더비 대회(영국의 엡섬에서 매년 6월에 열리는 경마 대회 ─ 옮긴이)와 롱샹 대회(프랑스 롱샹에서 매년 10월에 열리는 경마 대회 ─ 옮긴이)에서 우승을 차지했지. 한편 금발 머리칼과 화려한 치장, 호화로운 사치품으로 유명한 그의 아내는 2주 전 남편에게서 300만 프랑의 거금과 다이아몬드, 진주, 보석들을 훔쳐 달아났는데 그것은 그녀가 사려고 맡아 놓았던 베르니 공작 부인의 물건이었지. 그녀는 가는 곳마다 금과 보석을 뿌리고 다녔기 때문에 2주 동안 프랑스와 온 유럽을 가로지르고 다니는 그녀를 뒤쫓는 건 아주 쉬웠고 그래서 줄곧 그녀는 다 잡힌 것이나 다름없다고 생각해 왔어. 마침내 그저께는 우리의 훌륭한 가니마르 형사께서 벨기에의 한 호텔에서 반박의 여지가 없는 모든 증거를 지닌 한 여행객을 체포했지. 그런데 조사해 보니 그녀는 유명한 고급 창녀, 넬리 다르벨이었어. 결국 남작 부인은 찾지 못한 거지. 렙스타인 남작은 부인을 찾게 해 주는 사람에게 10만 프랑의 사례금을 내걸었는데 돈은 공증인 손에 맡겨 두었어. 또 그는 베르니 공작 부인에게 빚을 갚기 위해 경주마와 오스만 대로의 저택, 로캉쿠르 성을 전부 팔아치웠지」

내가 끼어들었다.

「그 매각 대금은 오늘 오후에 받게 되어 있고 말이야. 신문에 따르면 베르니 공작 부인은 내일 돈을 받게 되지. 그런데 사실 나는 자네가 훌륭하게 정리해 준 이 얘기와 아까 그 알쏭달쏭한 문장 사이에 무슨 관계가 있는지 잘 모르겠군」

뤼팽은 대답하지 않았다.

내가 사는 거리를 따라 150~200미터 정도 걸어갔을 때 그가 보도에서 내려서더니 하숙인이 아주 많이 살고 있을 오래된 건물을 자세히 살펴보기 시작했다.

그가 말했다.

「내 계산으로는 그 신호는 틀림없이 저기 아직 열려 있는 창문에서 나왔네」

「4층 말인가?」

「그렇지」

그가 관리인에게 다가가 물었다.

「이곳 하숙인들 중에 렙스타인 남작과 관련 있는 사람이 혹시 있습니까?」

「예, 있어요! 맘씨 좋은 라베르누 씨가 남작님의 비서 겸 회계 담당이지요. 제가 그의 집안일을 좀 돕고 있어요」

「그를 만나 볼 수 있겠습니까?」

「그를 만나시겠다고요? 그 가엾은 양반이 지금 몸이 안 좋으신데」

「몸이 안 좋다니?」

「2주 전부터…… 그러니까 남작 부인 사건이 있고 나서…… 그 다음날 열이 펄펄 끓는 채 집에 돌아와서는 바로 침대에 누웠어요」

「하지만 일어나긴 했겠지요?」

「그건 잘 모르겠네요」

「네? 모르신다고요?」

「네. 의사가 그의 방에 들어가지 말라고 했거든요. 제가 가진 열쇠도 받아 갔어요」

「누가요?」

「의사 말이에요. 라베르누 씨를 돌보러 하루에 두세 번씩 온답니다. 아, 의사가 다녀간 지 채 20분도 안 됐어요. 희끗희끗한 수염에 안경을 쓰고 허리가 많이 굽은 노인이에요……. 아니, 어디 가세요?」

「올라가 봐야겠습니다. 안내 좀 해 주시죠. 4층 왼쪽 방이지요?」

뤼팽이 벌써 계단을 올라가면서 말했다.

「하지만 방에는 들어가지 말라고 했는데……. 열쇠도 없고요……. 의사가……」

관리인이 투덜거렸다.

우리는 차례로 4층까지 올라갔다. 관리인의 항의에도 아랑곳하지 않고 층계참에서 뤼팽이 주머니에서 어떤 도구를 꺼내어 자물쇠에 끼워 넣자 문이 곧 열렸다. 우리는 안으로 들어갔다.

어두컴컴한 작은 방 너머 반쯤 열린 문틈으로 빛이 새어 나왔다. 급히 뛰어간 뤼팽은 문턱에 서는 순간 비명을 질렀다.

「아! 제기랄! 너무 늦었군!」

관리인은 넋이 나간 듯 주저앉았다.

마지막으로 내가 방에 들어가자 양탄자 위에 반쯤 벌거벗은 채 쓰러져 있는 한 남자의 모습이 보였다. 다리를 잔뜩 움츠리고 팔은 뒤틀려 있었으며 깡마른 얼굴에는 핏기가 싹 가셨고 눈은 공포에 질리고 입은 무시무시하게 일그러져 있었다.

「죽었군」

뤼팽이 얼른 살펴보더니 말했다.
「어떻게 된 건가? 핏자국도 전혀 없는데」
내가 소리쳤다.
「아니, 있네. 여길 보게, 한 손으로 목을 조르면서 다른 한 손으로 심장을 찔렀을 거야. 말 그대로 〈찔렀지〉. 그래서 상처가 잘 보이지도 않는 거야. 아주 긴 바늘로 찌른 구멍 같군」
반쯤 젖혀진 와이셔츠 자락 사이로 드러난 가슴을 가리키며 뤼팽이 대답했다.
그리고 그는 시체 주변 바닥을 조사했다. 주의를 끌 만한 것은 전혀 없었다. 작은 손거울, 라베르누 씨가 허공에 햇빛을 춤추게 하며 가지고 놀았을 작은 손거울뿐이었다.

관리인이 갑자기 통곡하며 사람들을 부르자 뤼팽이 달려가 그녀를 떼밀며 말했다.
「조용히하시오! 내 말을 잘 들어요……. 사람들은 잠시 후에 부르십시오. 매우 중대한 일이니 잘 듣고 대답해요. 이 거리에 라베르누 씨의 친구가 있지요? 거리의 이쪽 편, 오른쪽에…… 아주 가까운 친구가 있지 않습니까?」
「맞아요」
「라베르누 씨는 저녁마다 카페에서 그 친구를 만나 삽화가 그려진 신문을 돌려 보곤 했겠지요?」
「예, 그래요」
「그 친구의 이름은 무엇입니까?」
「뒬라트르 씨에요」
「주소는?」
「92번지」
「한 가지만 더 묻겠소. 당신이 얘기한, 회색 수염에 안경을 쓴 그 늙은 의사는 오래전부터 이곳에 드나들던 사람입니까?」
「아니에요. 잘 모르는 사람이에요. 라베르누 씨가 몸져누운 그날부터 왔어요」
뤼팽은 더 이상 말 한마디 하지 않고 다시 나를 끌고 계단을 내려왔다. 일단 거리로 나오자 오른쪽으로 돌아 내 아파트를 지나더니 건물 네 채를 더 지나 92번지, 작고 낮은 집 앞에 멈추었다. 그 집 1층에는 포도주 상인이 세 들어 살고 있었는데 마침 그는 입구의 복도 옆, 자기 가게 문 앞에서 담배를 피우는 중이었다. 뤼팽은 뒬라트르 씨가 집에 있는지 물었다.
「뒬라트르 씨는 나갔는데요……. 한 30분쯤 됐나……. 아주 불안해 보였어요……. 차를 타고 나갔지요. 평소에는 그런 적이 없었는데……」
「그럼 혹시……」
「어디로 갔는지 아냐고요? 모를 것도 없지요. 차에 타더니 기사에게 〈경찰청으로〉라고 큰 소리로 외쳤거든요」
뤼팽 역시 택시를 소리쳐 부르려다가 생각을 바꾸었는지 혼자 중얼거렸다.
「그래 봤자 무슨 소용이람, 벌써 멀리 갔을 텐데!」
그는 다시, 뒬라트르 씨가 나간 후에 찾아온 사람이 없었는지 물었다.
「있었어요. 수염이 희끗희끗하고 안경을 낀 노인이었는데 뒬라트르 씨의 집으로 올라가서 벨을 눌러 보더니 떠나더군요」
「말씀 고맙습니다」
뤼팽은 남자에게 인사하고 내게는 한마디 말도 없이 걱정스런 얼굴로 걷기 시작했다. 문제가 매우 어렵게 느껴지는 게 틀림없었다. 여기까지 그토록 확신에 차서 걸어왔으나 이제 길이 어둠에 싸여 똑똑히 보이지 않는 게 틀림없었다.
실제로 그가 이렇게 고백했다.
「이런 일에는 깊은 고찰보다는 직관이 필요하지. 뭐, 깊이 생각해 볼 필요도 있기는 하지만」
우리는 큰 길에 이르러 있었다. 뤼팽은 도서실에 들어가 지난 2주간의 신문을 한참 동안 뒤져 보면서 가끔씩 중얼거렸다.
「맞아……. 그래……. 물론 가설에 지나지 않지만 그렇게 하면 모든 것이 설명되는군……. 모든 문제에 답을 해 줄 수 있는 가설이라면 진실에서도 멀지 않은 법이지」

밤이 왔다. 우리는 작은 식당에서 저녁을 먹었다. 뤼팽의 얼굴은 차츰 활기를 띠었고 그의 몸짓도 더욱 과감해졌다. 그는 쾌활함, 생명력을 되찾았다. 우리가 다시 출발해서 오스만 대로를 걸어 렙스타인 남작의 거처를 향해 가는 동안 그는 중요한 사건을 맡았을 때의 뤼팽, 행동을 결심하고 싸움에서 이길 작정을 했을 때의 진정한 뤼팽다운 모습이었다.

쿠르셀가 조금 앞에서부터 우리의 걸음은 느려졌다. 렙스타인 남작은 이 거리와 포부르 생토노레가 사이, 왼쪽에 있는 3층짜리 저택에 살고 있었다. 여인상을 새겨 놓은 기둥으로 장식된 건물 정면이 눈에 들어왔다.

「정지!」

별안간 뤼팽이 말했다.

「무슨 일인가?」

「내가 세운 가설을 확고히해 주는 증거가 하나 더 있군」

「어떤 증거지? 나는 아무것도 보이지 않는데」

「내겐 보인다네……. 그걸로 충분해……」

그는 옷깃을 세우고 모자를 푹 눌러쓰며 계속 말했다.

「빌어먹을! 격렬한 싸움이 되겠군. 가서 잠자리에 들게나. 내 무용담은 내일 들려주겠네. 살아남는다면 말이지만」

「뭐라고?」

「아, 아! 그만큼 위험이 크다는 뜻이야. 우선 가능성은 낮지만 체포될 위험이 있고, 더 운이 나쁠 경우 죽을 위험도 있지! 단……」

그가 내 어깨를 거칠게 움켜쥐며 말했다.

「세 번째 경우에는…… 2백만 프랑을 주머니에 넣게 되는 거야……. 내가 처음으로 2백만 프랑의 자금을 얻게 된다면 앞으로 무슨 일을 할 수 있을지 두고 보게나. 잘 자게. 그리고 다시 나를 만날 수 없거든……」

그리고 시를 읊듯 말했다.

내 무덤가에는 버드나무를 심어 주시길,
머리칼을 늘어뜨린 사랑스런 나뭇가지……

나는 그와 헤어졌다. 다음날 그가 이야기해 준 바에 따르면 3분 후 뤼팽은 렙스타인 저택의 문을 두드렸다.
「남작님 집에 계십니까?」
「예. 하지만 이 시간에는 손님을 들이지 않으십니다」
난데없이 나타난 이 불청객을 놀란 눈으로 살피며 하인이 대답했다.
「비서 라베르누 씨가 살해당한 것에 대해 남작님도 알고 계십니까?」
「물론입니다」
「그렇다면 그 살인 사건 때문에 왔으며 잠시도 지체할 수 없다고 전해 주시오」
위층에서 목소리가 들렸다.
「올라오시도록 하게, 앙투안」
주인의 단호한 명령을 들은 하인은 뤼팽을 2층으로 안내했다. 문이 열려 있고 한 남자가 문간에서 그를 기다리고 있었다. 뤼팽은 신문에서 사진을 보아 왔기 때문에, 그 유명한 남작 부인의 남편이자 올해 가장 이름을 날린 경주마 에트나의 주인인 렙스타인 남작을 금방 알아볼 수 있었다.

그는 키가 크고 어깨가 딱 벌어진 남자였다. 면도를 깨끗이 한 얼굴은 슬픔에 젖은 눈빛에도 불구하고 미소를 짓고 있는 것처럼 친절해 보였다. 우아하게 재단된 웃옷에 밤색 벨벳 조끼를 입었으며 넥타이에는 값이 상당히 나갈 듯한 진주가 박혀 있었다.

그는 뤼팽을 서재로 안내했다. 서재는 매우 커다란 방으로 세 개의 창이 있고 책꽂이와 녹색 선반, 미국식 책상과 금고가 갖추어져 있었다. 남작은 방에 들어가자마자 눈에 띄게 정중한 태도로 물었다.

「알고 계신 게 있으십니까?」

「그렇습니다, 남작님」

「가엾은 라베르누의 살인 사건에 관해서?」

「그렇습니다, 남작님. 그리고 부인에 관해서도」

「그럴 수가……. 어서 말씀해 주십시오, 어서……」

뤼팽은 그가 내민 의자에 앉아 말하기 시작했다.

「남작님, 상황이 심각합니다. 빨리 얘기하도록 하지요」

「알겠소. 말씀하시오」

「두서없이 간략하게 얘기하겠습니다. 의사가 2주 전부터 침대에 꼼짝 못하게 눕혀 놓은 라베르누 씨가 오늘 오후 방에서, 뭐랄까…… 신호를 이용해서 몇 가지 사실을 알리려고 했습니다. 제가 그 일부를 적어 놓았지요. 그래서 이 사건에 끼어들게 되었습니다. 그는 통신을 보내는 중에 발각되어 살해당한 것입니다」

「하지만 누가 그랬을까요? 누가……?」

「의사입니다」

「의사의 이름은 뭡니까?」

「그건 저도 모릅니다. 하지만 라베르누 씨가 메시지를 보내려고 했던 친구인 뒬라트르 씨는 알고 있을 겁니다. 그 친구는 틀림없이 이 문장의 정확하고 완전한 의미도 알고 있을 거예요. 문장이 채 끝나기도 전에 뛰쳐나가 자동차를 타고 경찰청으로 갔으니 말입니다」

「왜죠? 무엇 때문에? 그래서 어떻게 됐습니까?」

「그 결과 당신의 저택은 포위당했습니다, 남작님. 열두 명의 경찰이 당신의 창 아래에서 서성이고 있지요. 날이 밝자마자 그들은 법의 이름으로 쳐들어와 범인을 체포할 겁니다」

「라베르누의 살인자가 이 집에 숨어 있다고? 내 하인들 중 한 명이란 말이오? 아니, 아니지. 당신이 범인은 의사라고 하지 않았소!」

「남작님, 뒬라트르 씨는 라베르누로부터 얻은 정보를 경찰청에 알리러 가면서 친구가 죽게 되리라는 건 몰랐어요. 뒬라트르 씨의 목적은 다른 데 있었습니다……」

「다른 데라니요?」

「라베르누와의 통신으로 남작 부인의 행방불명에 관한 비밀을 알게 된 겁니다」

「뭐라고! 마침내 알아냈군! 그녀를 찾았소? 어디 있소? 내게서 훔쳐 간 돈은 어떻게 됐소?」

렙스타인 남작은 극도로 흥분해서 떠들다가 자리에서 일어나 뤼팽에게 불쑥 말했다.

「끝까지 얘기하시오. 더 이상 기다릴 수가 없군」

뤼팽은 망설이며 천천히 말을 꺼냈다.

「우리가 반대 입장에 서 있다면 설명하기가 어려워지는데……」

「무슨 말씀인지 모르겠소」

「아니, 아실 텐데요, 남작님. 신문에서 읽자 하니, 부인과 당신 사이에는 비밀이 없고 따라서 부인께서 여기 있는 이 금고뿐 아니라, 당신의 모든 채권을 맡겨 놓은 리용 은행의 금고 역시 열 수 있었지요?」

「그렇소」

「그런데 2주 전 저녁, 당신이 클럽에 간 사이에 부인은 당신 모르게 이 모든 채권을 현금으로 바꾼 뒤, 베르니 공작 부인의 보석과 돈을 담은 여행 가방을 메고 집을 나갔지요?」

「그렇소」

「그 후로는 아무도 그녀를 보지 못했고요?」

「그렇소」

「아무도 그녀를 볼 수 없었던 기가 막힌 이유가 있지요」

「그게 뭐요?」

「렙스타인 남작 부인이 살해됐기 때문입니다……」

「아내가 살해당했다고? 당신 제정신이오?」

「십중팔구 그날 저녁 살해당했습니다」

「당신 미쳤소? 지금 그녀를 바짝 뒤쫓고 있는데 살해당했다니?」

「다른 여자의 뒤를 쫓는 겁니다」

「어떤 여자요?」

「살인범의 공범이지요」

「그럼 살인범은 누구요?」

「이 집에서 라베르누가 차지하고 있는 지위로 인해 그가 진실을 간파했음을 알고는 2주 전부터 그를 방에 가두어 놓고 입을 다물도록 협박하고 공포에 떨게 한 바로 그 사람입니다. 라베르누가 친구에게 연락을 취하고 있는 현장을 덮쳐 뾰족한 도구로 냉혹하게 심장을 찔러 죽인 사람이기도 하지요」
「그렇다면 그 의사란 말이오?」
「그렇습니다」
「한데 그 의사는 누구요? 나타났다가는 사라지고 아무도 눈치 채지 못하게 어둠 속에서 사람을 죽이는 그 악마가 대체 누구란 말이오?」
「짐작 가는 사람 없으십니까?」
「없소」
「알고 싶으십니까?」
「알고 싶다마다! 말해 보시오! 어서 말해요! 그가 어디 숨어 있는지 아시오?」
「압니다」
「이 집 안에 있소?」
「예」
「경찰이 찾는 사람이 그 사람이요?」
「예」
「내가 아는 사람이요?」
「예」
「누구요?」
「당신입니다!」
「나라고……!」

남작과 마주 선 지 10분도 되지 않아 결투가 시작되었다. 그것은 정확하고 격렬하고 가차 없는 폭로였다.

뤼팽이 다시 말했다.

「가짜 수염을 달고 안경을 쓰고 늙은이처럼 허리를 구부렸지만 당신이지요. 간단히 말해서 렙스타인 남작, 바로 당신입니다. 아무도 생각지 못한 충분한 이유가 있겠지요. 이 모든 음모를 꾸민 게 당신이 아니라면 이 일은 설명이 되지 않습니다. 당신이 다른 여인과 수백만 프랑을 집어삼키기 위해 부인을 몰래 죽이고, 엄연한 증인을 제거하기 위해 비서인 라베르누를 죽였다면 모든 게 설명되지요」

대화를 시작할 때부터 상대방 쪽으로 몸을 기울인 채 열심히 귀를 기울여 듣던 남작은 몸을 일으켜 세우더니 마치 정말 미친 사람을 대하듯 뤼팽을 바라보았다. 뤼팽이 말을 마치자 그는 두세 걸음 뒤로 물러나 몇 마디 말을 하려는 듯하다가 결국 그만두고 벽난로 쪽으로 걸음을 옮기더니 벨을 눌렀다.

뤼팽은 미동도 하지 않고 미소를 띤 채 기다리고 있었다.

하인이 들어왔다. 주인이 그에게 말했다.

「자러 가도 좋네, 앙투안. 손님은 내가 배웅하도록 하지」

「불을 끌까요, 주인님?」

「현관 불은 켜 놓게」

앙투안이 물러가자마자 남작은 책상에서 권총을 꺼내어 뤼팽 곁으로 다가오더니 무기를 주머니에 넣으며 차분하게 말했다.

「그럴 리는 없겠지만 당신이 제정신을 잃었을 경우에 대비해 준비하는 것이니 양해해 주시오. 아니, 당신은 미치지 않았어. 하지만 내가 모르는 무슨 목적이 있어서 찾아왔겠지. 내가 살인범이라는 당신의 고발이 너무 기가 막혀 그 이유를 알고 싶소」

그의 목소리는 떨렸고 침울한 눈에는 눈물이 글썽거리는 것 같았다.

뤼팽은 몸서리를 쳤다. 내가 잘못 짚은 걸까? 사소한 사실들만 가지고 직관에 따라 머리에 떠오르는 대로 세운 가설이 틀린 것인가? 그때 어떤 작은 부분이 그의 주의를 끌었다. V자로 파진 조끼 사이로 넥타이에 고정시켜 놓은 핀 끝이 보였다. 핀의 길이도 유별나게 길었다. 금으로 된 몸통 부분은 세모꼴이었고 노련한 솜씨로, 가느다란 단검처럼 날렵하고 섬세하게, 하지만 무시무시하게 만든 물건이었다.

뤼팽은 호화로운 진주로 장식된 그 핀이 불쌍한 라베르누 씨의 심장을 관통한 무기가 틀림없다고 생각했다.

뤼팽이 말했다.

「정말 대단하십니다, 남작」

상대방은 무슨 뜻인지 몰라 설명을 들어야겠다는 듯 기다리는 얼굴로 계속 심각하게 침묵을 지키고 있었다. 그의 태연한 태도는 어쨌든 뤼팽을 당황하게 했다.

「네, 정말 대단해요. 부인께서는 오직 당신의 명령에 따라 모든 재산을 현금으로 바꾸고 공작 부인의 보석들을 사기 위해 맡아두었음에 틀림없어요. 그리고 여행 가방을 들고 이 집에서 나가 온 유럽을 돌아다니며 가니마르 형사로 하여금 뒤를 쫓게 만들고 있는 사람은 분명 부인이 아니라 당신의 공범이자 애인이지요. 아주 훌륭한 술책이었습니다. 사람들이 찾는 건 남작 부인이니 당신의 공범인 여자에게는 아무 위험도 없지요. 또, 남작 부인을 찾는 사람에게 10만 프랑의 포상금을 걸어 놓았으니 누가 남작 부인이 아닌 다른 여자를 찾을 생각을 하겠습니까? 아! 공증인에게 맡겨 놓은 10만 프랑이라! 얼마나 천재적인 솜씨인지! 그 돈은 경찰을 현혹하여 예리한 눈을 흐리게 만들었지요. 공증인에게 10만 프랑을 맡겨 놓은 사람의 말은 곧 진실로 보이게 마련이니까. 그리하여 사람들은 남작 부인의 뒤를 쫓느라 당신이 조용히 일을 꾸미도록, 부동산과 경주마를 가장 좋은 가격에 팔아치우고 도망갈 준비를 하도록 내버려 두었습니다! 빌어먹을! 이 얼마나 재미난 일입니까!」

남작은 반발하지 않았다. 뤼팽에게 다가오더니 여전히 침착하게 말했다.

「당신은 누구시오?」

뤼팽은 웃음을 터뜨렸다.

「이 일에 그게 무슨 상관입니까? 당신을 파멸시키기 위해 어둠에서 솟아난 운명의 사자(使者)라고 해 둡시다!」

그리고 재빨리 몸을 일으켜 남작의 어깨를 움켜쥐고 딱 부러지게 말했다.

「어쩌면 당신을 구하기 위해서지, 남작. 잘 들어! 남작 부인이 훔쳐갔다는 300만 프랑과 공작 부인의 보석들, 그리고 당신이 말과 건물을 팔아서 번 돈은 모두 당신 주머니 속 아니면 이 금고 안에 들어 있어. 당신은 도망갈 준비가 다되었지. 저 휘장 뒤에는 가죽 가방이 숨겨져 있고 서류는 다 정리해 두었어. 오늘 밤 당신은 소리 소문도 없이 떠나겠지. 아무도 알아볼 수 없게 변장을 하고 만반의 대비를 한 후에 정부를 만나려 했겠지. 가니마르 형사가 벨기에서 체포한 넬리 다르벨 말이야. 당신은 그녀를 위해 살인도 저질렀어. 그런데 뜻하지 않은 장애가 생겼네. 라베르누가 창문으로 보낸 메시지 때문에 달려온 경찰들 말이야. 당신은 이제 끝장났어! 그런데 내가 당신을 구해 주러 왔지. 전화 한 통이면 새벽 3, 4시경에 내 친구들 한 무리가 달려와 장애물을 제

거해.줄 수 있어. 즉, 열두 명의 경찰들을 조용히 사라지게 해 주겠다는 거야. 조건은 별 거 없어. 당신에게는 우습지. 돈과 보석을 나누는 거다. 어때?」

뤼팽이 남작에게 바싹 다가서며 저항할 수 없는 강한 목소리로 말하자 남작이 낮게 속삭였다.

「이제야 알겠소. 일종의 협박이군……」

「협박이든 뭐든 당신 마음대로 생각해. 하지만 내 결정을 받아들여야 할걸. 혹시 내가 마지막 순간에 마음이 약해지지 않을까 하는 기대는 하지 말라고. 〈이놈은 경찰이 두려워서 생각을 다시 할 거야. 우리는 둘 다 맹수처럼 쫓기는 신세니 내가 대담하게 거절을 한다면 이놈도 수갑을 차고 감방에 들어갈 위험이 있거든.〉 이렇게 생각한다면 오산이네, 남작. 이 몸은 언제나 난관을 뚫고 나갈 수 있으니까. 문제가 되는 건 당신 혼자야. 돈이냐 목숨이냐 선택하게. 반반씩 나누자고. 그렇지 않으면…… 그렇지 않으면 당신은 교수대행이야! 알겠나?」

남작이 홱 몸을 빼내더니 권총을 움켜쥐고 겨냥했다.

하지만 뤼팽은 이미 공격을 예상하고 있었다. 공포와 분노가 치밀어 올라 침착성을 잃고 차츰 험악하고 야만적으로 변해 가는 남작의 얼굴이 꽤 오랫동안 참아 온 분노의 폭발을 예고하고 있었던 것이다.

남작은 방아쇠를 두 번 당겼다. 뤼팽은 우선 옆으로 몸을 던져 피한 다음 남작의 무릎으로 쓰러지면서 다리를 잡아 넘어뜨렸다. 남작은 가까스로 빠져나왔다. 그들은 서로 붙잡고 늘어졌다. 격렬하고 야만적인 싸움이었다.

뤼팽은 갑자기 가슴에 통증을 느꼈다.

「아! 나쁜 자식! 라베르누에게 쓴 것과 똑같은 방법이군. 그 편……!」

그가 울부짖었다.

몸이 뻣뻣해지는 것을 느끼면서도 뤼팽은 남작을 짓누르며 목을 졸라 결국 절대적인 승자가 되었다.

「어리석은 놈! 네 놈이 속을 드러내 보이지만 않았어도 게임을 늦출 수 있었을 텐데. 네 놈의 얼굴은 너무 정직했단 말이야! 이봐, 내 근육이 제법 튼튼하지 않나? 한순간 나도 당한 줄 알았지……. 하지만, 이번에는……. 자, 됐다! 이봐, 친구, 웃는 얼굴로 핀을 이리 내놓지. 아니, 아니. 찡그리지 말고. 내가 너무 세게 조였나? 이 양반이 졸도를 하실 것 같군. 자, 그럼 얌전히 있게……. 좋아. 손목을 끈으로 좀 묶어도 되겠나? 저런, 우리는 정말 손발이 잘 맞는군! 아주 감동적이야! 사실 내가 네 놈을 얼마나 동정하는지 알지? 자, 조심하게! 미안하네……」

그는 몸을 반쯤 일으키고는 온 힘을 실어 남작의 명치에 주먹을 한 방 날렸다. 남작은 멍해져서 숨을 헐떡이며 의식을 잃었다.

「합리적으로 행동하지 않으니까 이 꼴을 당하지, 이 친구야. 재산의 반은 남겨 주도록 하겠네. 그 이상은 안 돼……. 그런데 일단은 내 손에 뭔가 들어와야지. 그게 가장 중요한 점이거든. 그런데 이 녀석이 재산을 어디에 숨겨 놨을까? 금고 안에? 제기랄, 그러면 일이 어려워지겠는걸. 다행히 시간은 많으니……」

그는 남작의 주머니를 뒤지기 시작했다. 열쇠 꾸러미를 꺼내 우선 휘장 뒤에 숨겨 놓은 가방 속에 서류와 보석들이 들어 있지 않은지 확인하고 금고 쪽으로 가다가 순간 걸음을 멈추었다. 어디선가 사람들 소리가 들려왔다. 하인들일까? 그럴 리가 없다! 하

거울 놀이 35

인들의 다락방은 4층에 있으니. 그는 귀를 기울였다. 소리는 아래층에서 들렸다. 그는 곧 모든 걸 이해했다. 두 번의 총성을 들은 경찰들이 해가 뜰 때까지 기다리지 않고 대문을 두드리고 있었다.

「빌어먹을! 독 안에 든 쥐 신세가 됐군. 이제 막 노력의 대가를 얻으려는 찰나에 들이닥치다니……. 자, 자, 뤼팽. 침착하자. 어떻게 해야 하지? 비밀 번호도 모르는 금고를 20초 내에 열어야 해……. 이런 하찮은 일로 목숨을 걸어야 할까? 아니, 비밀 번호만 알아내면 간단하다. 몇 글자짜리 암호일까? 네 글자?」

그는 밖에서 웅성대는 사람들의 소리를 들으면서 혼자 중얼거리며 계속 생각했다. 그리고 대기실의 문을 단단히 잠근 다음 다시 금고로 돌아갔다.

「네 자리 숫자…… 네 자리…… 네 자리…… 뭐 좀 도움이 될 게 없을까……? 작은 힌트 같은 거나…… 아, 그렇지! 라베르누! 그 똑똑한 라베르누가 생명의 위협을 무릅쓰고 신호를 보내지 않았던가! 이런, 뤼팽, 정말 어리석기 짝이 없군. 맞아, 맞아. 이제 됐다! 제길! 너무 흥분되는걸……. 뤼팽, 열까지 세면서 심장 박동 좀 진정시키라고. 그렇지 않으면 일을 망치기 십상이야」

뤼팽은 열까지 세고 나서 완전히 평정을 되찾은 뒤 금고 앞에 무릎을 꿇고 앉았다. 그리고 세심한 주의를 기울여 네 개의 번호판을 조작했다. 다시, 열쇠 꾸러미를 살펴보고는 그중 하나를 골라 자물쇠에 끼워 보려 했으나 허사였다. 두 번째도 마찬가지였다.

뤼팽이 세 번째 열쇠를 넣으며 중얼거렸다.

「세 번째는 성공할 거야……. 좋았어! 들어가는군! 열려라, 참깨!」

자물쇠가 움직이고 금고 문이 흔들렸다. 뤼팽은 열쇠 꾸러미를 다시 빼면서 문을 잡아 당겼다.
「이제 수백만 프랑이 내 거야. 렙스타인 남작, 너무 언짢게 생각지 말게」
하지만 문이 열리는 순간 그는 숨이 막히도록 깜짝 놀라 펄쩍 뛰어 뒤로 물러섰다. 다리가 후들거렸다. 손이 부들부들 떨려 쥐고 있던 열쇠들이 을씨년스럽게 쩔렁거렸다. 아래층의 소란이나 집 안 전체에 울려 퍼지는 경보음에도 개의치 않고 뤼팽은 20, 30초 가량 그 자리에 못이 박힌 듯 찌푸린 눈으로 세상에서 가장 끔찍하고 가장 역겨운 광경을 바라보고 서 있었다. 그것은 반쯤 벗은 채 금고 속에 커다란 짐짝처럼 꾸겨 넣어진 여인의 시체였다. 늘어진 금발 머리칼과 피…….
「남작 부인…… 남작 부인이잖아……! 아! 괴물 같으니라고……」
곧 충격에서 깨어난 그는 살인자의 얼굴에 침을 뱉고 발길로 걷어차며 말했다.
「이 비열한 놈! 더러운 자식! 이건 교수형감이야……」
그때, 위층에서 경찰들의 부름에 대답하는 소리가 들리고 이어 계단을 구르듯 달려 내려가는 발소리가 들렸다. 이제는 빠져나갈 준비를 해야 할 시간이었다.
그는 전혀 당황하지 않았다. 렙스타인 남작과 이야기할 때 너무나 침착한 적을 보면서 비밀 출구가 있으리라는 느낌을 받았던 것이다. 게다가 경찰의 손에서 빠져나갈 수 있다는 확신이 없었다면 남작은 뤼팽과 싸울 생각도 하지 않았을 것이다.
뤼팽은 옆방으로 건너갔다. 그 방은 정원을 향하고 있었다. 경찰들이 방 안으로 들이닥친 바로 그 순간 뤼팽은 발코니를 뛰어

넘어 빗물받이 홈통을 따라 미끄러져 내려왔다. 건물을 한 바퀴 돌아보니 정면에 관목 숲이 덮고 있는 담이 있었다. 관목 덤불과 담 사이로 들어가자 곧 작은 문이 나왔다. 열쇠 꾸러미에 달린 열쇠로 문은 쉽게 열렸다. 이제 마당을 건너뛰고 비어 있는 작은 건물을 통과하기만 하면 포부르 생토노레가로 나가게 된다. 경찰이 이 비밀 출구를 눈치 챌 염려는 조금도 없었다.

「렙스타인 남작에 대해 어떻게 생각하나? 장밀 지독한 패륜아야! 그러니 사람의 외양만을 믿어서는 안 되지! 겉으로 보기에 그 작자는 정말 선량해 보이거든!」

그날 밤의 끔찍한 사건을 나에게 자세히 이야기해 주고 나서 뤼팽이 외쳤다.

내가 물었다.

「그런데…… 돈은 어떻게 됐나? 공작 부인의 보석도 그렇고…….」

「그것들은 금고 안에 있었다네. 그 꾸러미를 두 눈으로 똑똑히 보았어」

「그래서?」

「여전히 그 안에 있지」

「말도 안 돼!」

「아니, 정말이라네. 코앞에 다가온 경찰이 두려웠다거나 갑자기 마음이 약해졌다고 변명할 수도 있겠지. 하지만 진짜 이유는 더 간단하고 평범한 것이야……. 실은 냄새가 너무 지독했다네!」

「뭐라고?」

「그랬다네. 관이 되어 버린 금고에서 나던 그 냄새……. 나는 도저히……. 고개가 절로 돌아가더군……. 1초만 더 있어도 속이 뒤집어질 것 같았어. 정말 한심하지? 여기 이 넥타이핀이 이번 모험에서 얻은 전부라네. 이 진주는 적어도 3만 프랑은 나갈 거야……. 하지만 솔직히 기분은 굉장히 좋지 않군. 헛수고만 했지 뭔가!」

「한 가지 더 궁금한 게 있네. 금고의 암호 말이야」

「그게 뭐?」

「어떻게 알았지?」

「아! 그건 아주 간단해. 오히려 더 일찍 깨닫지 못한 게 놀라울 뿐이지」

「말하자면?」

「가엾은 라베르누가 보낸 신호 중에 답이 있었지」

「뭐라고?」

「생각해 보게. 그 문장에는 잘못된 철자들이 있었지?」

「잘못된 철자들?」

「그렇다네. 실수가 아니라 일부러 그런 거였어. 남작의 비서라는 사람이 〈피해야〉를 〈피이해야〉로, 〈공격〉을 〈공격〉으로, 〈적〉을 〈로〉, 〈신중〉을 〈쉰중〉으로 잘못 썼겠는가? 나는 곧 그 사실을 깨달았지. 네 단어의 틀린 부분을 연결해 보니 남작의 그 유명한 말 이름 〈에트나〉가 되더군(원문에서는 〈피하다 fuire〉가 〈fuir〉로, 〈공격 attaque〉가 〈ataque〉로, 〈적 ennemies〉가 〈enemies〉로, 〈신중 prudence〉가 〈prudance〉로 잘못 쓰여 있는데, 첫 번째 단어에서 빠진 〈e〉와 두 번째 단어에서 빠진 〈t〉, 세 번째 단어에서 빠진 〈n〉과 마지막 단어에서 〈e〉자리에 잘못 온 〈a〉를 연결하면 〈ETNA〉가 된다──옮긴이)」

「그 단어로 다 해결했단 말인가?」

「물론이지! 처음에는 그 단어에서 신문마다 떠들어 대고 있던 렙스타인 남작 부인 사건과 연관됐다는 것을 읽어 냈어. 그리고 나중에는 그것이 금고의 암호라는 생각을 하게 됐지. 라베르누는 금고 안의 그 으스스한 내용물에 대해 알고, 남작을 고발하려 했던 거니까. 또 그 거리에는 카페에서 자주 만나 삽화가 그려진 신문 속의 암호 문제나 수수께끼를 해독하기를 즐겼던 라베르누의 친구가 있어 그와 창문으로 통신을 하려고 했다는 가정도 하게 됐지」

「아, 정말 간단하군!」

내가 소리쳤다.

「아주 간단하지. 범죄를 발견하는 데 있어서 사실에 대한 조사나 관찰, 추리, 논리적 사고 등 시시껄렁한 헛소리보다 중요한 것이 있음을 이번 사건에서 다시 한번 확인했다네. 그건 바로 직감…… 직감과 통찰력이야. 자기 자랑은 아니지만 아르센 뤼팽은 그 둘을 모두 갖추고 있지」

결혼반지

　이본 도리니는 아들을 꼭 껴안으며 얌전히 있으라고 당부했다.
　「할머니가 아이들을 별로 좋아하지 않으신다는 거 너도 잘 알지? 너를 집에 오게 해 주셨으니까 네가 분별 있는 아이라는 걸 할머니께 보여 드려야 해」
　그리고 가정교사에게 덧붙였다.
　「선생님, 저녁 식사가 끝나면 곧바로 데려오세요……. 주인 어른은 아직 계시죠?」
　「예, 마님. 백작님은 서재에 계세요」
　혼자 남겨진 이본 도리니는 건물 밖으로 나올 아들을 보기 위해 창문으로 걸어갔다. 잠시 후 아이가 나와 언제나처럼 고개를 들고 엄마에게 키스를 보냈다. 그리고 나서 가정교사가 아이의 손을 잡는 모습이 눈에 띄었는데 그 전에 없이 거친 태도에 이본은 깜짝 놀랐다. 그녀가 더 자세히 보기 위해 몸을 기울였을 때 아이는 큰길 모퉁이에 이르렀다. 그런데 갑자기 어떤 남자가 차에서 내리더니 아이에게 다가갔다. 그녀는 남자를 곧 알아보았다. 남편의 신임을 받는 하인 베르나르였다. 그는 아이의 팔을 잡고 가정교사와 함께 차에 태운 뒤 운전사에게 무어라 명령을 내리고 멀어져 갔다.

이 모든 일이 10초도 채 안 되는 사이에 벌어졌다.

아연실색한 이본은 방으로 뛰어가 외투를 움켜쥐고 문으로 향했다.

문은 잠겨 있었는데 열쇠가 꽂혀 있지 않았다.

그녀는 서둘러 다시 침실로 돌아갔다.

침실 문도 역시 잠겨 있었다.

문득 남편의 모습이 떠올랐다. 웃음기라고는 전혀 없는 음침한 얼굴에 냉혹한 표정, 그녀는 몇 해 전부터 그 얼굴에서 원한과 증오를 느껴 왔다.

〈그이가……! 그이가……! 아이를 빼앗아 갔어…… 아! 잔인한 사람!〉

그녀는 문을 쾅쾅 두드리고 발로 차다가 벽난로 쪽으로 뛰어가 미친 듯이 벨을 울렸다.

저택 전체에 벨 소리가 울려 퍼졌다. 하인들이 달려오고 거리에 지나가는 행인들이 몰려들겠지. 그녀는 광기 어린 희망을 품고 계속 눌러 댔다.

찰칵 하는 소리가 나고…… 문이 거칠게 열렸다. 백작이 침실 문 앞에 나타났다. 너무나 무서운 그의 표정에 이본은 몸이 떨렸다.

그가 걸어 나왔다. 그녀와 거리가 기껏해야 대여섯 걸음으로 줄어들었다. 그녀는 안간힘을 다해 움직여 보려고 했으나 얼어붙은 듯 꼼짝도 할 수 없었다. 말을 하려고 애썼으나 가까스로 입술을 움직여 알아들을 수 없는 소리만 낼 뿐이었다. 그녀는 제정신이 아니었다. 죽음의 공포가 그녀를 짓눌렀다. 무릎이 구부러지고 급기야 신음 소리를 내며 쓰러지고 말았다.

백작이 그녀에게 뛰어와 목을 졸랐다.

「입 다물지. 사람을 부를 생각은 하지 않는 게 당신한테도 좋을 거요……」

백작이 목소리를 깔고 말했다.

그녀가 저항하지 않자 그는 목을 조르던 손을 풀고 주머니에서 미리 준비한 다양한 길이의 끈을 꺼냈다. 그러더니 잠깐 사이에 여자의 손목을 묶고 팔을 몸에 꽁꽁 묶은 뒤 긴 의자에 눕혔다.

침실은 어둠에 싸여 있었다. 백작은 전기를 켜고 이본이 편지들을 정리해 두는 작은 책상 쪽으로 걸어갔다. 책상 서랍이 열리지 않자 쇠꼬챙이로 부수고 안에 든 물건을 전부 꺼내어 갈가리 찢어서 종이 상자에 넣으며 빈정거렸다.

「시간만 낭비했군. 쓸모없는 계산서와 편지들뿐이잖아……. 당신에 대한 증거가 없어……. 제길! 그렇다고 해도 아들은 역시 내가 데리고 있겠어. 맹세컨대 절대 놓아주지 않겠다고……」

그리고는 방에서 나가 문 옆에서 하인 베르나르와 만나더니 목소리를 죽이며 이야기를 주고받았다. 하지만 하인이 말하는 소리는 이본에게까지 들려왔다.

「보석상에서 대답이 왔습니다. 기꺼이 돕겠다고요」

백작이 대답했다.

「일은 내일 정오로 미룬다. 그전에는 도착할 수 없다는 어머니의 전화가 왔어」

그리고 열쇠로 문을 잠그는 소리, 서재가 있는 1층으로 내려가는 발걸음 소리가 차례로 들려왔다.

그녀는 한참 동안 무기력한 상태로 누워 있었다. 불길처럼 그녀를 태우고 빠르게 스쳐 가는 갖가지 막연한 생각들로 머리가 혼란스러웠다. 도리니 백작의 가증스런 행동과 그녀에 대한 모욕적인 태도, 협박과 이혼 계획 등이 떠오르면서 자신이 어떤 음모의 희생자라는 사실을 차츰 깨닫게 되었다. 하인들은 주인의 명령으로 내일 저녁까지 휴가를 떠났으며 가정교사가 백작의 명령에 따라 공범 베르나르와 함께 아들을 데려갔다. 아들은 돌아오지 못할 테고 다시는 볼 수 없으리라…….

「내 아들! 내 아들……!」

그녀는 절규했다.

괴로운 마음에 그녀는 필사적으로 온 신경과 온 근육에 죽을 힘을 다해 꿈틀 움직여 보았다. 놀랍게도 오른손은 좀 자유롭게 움직일 수 있었다.

그러자 광기 어린 희망이 다시 그녀를 사로잡았다. 그녀는 참을성 있게 천천히 탈출을 시도했다.

그것은 꽤 오래 걸렸다. 매듭을 충분히 넓히기 위해서는 시간이 많이 필요했고 손을 빼낸 다음 팔 윗부분을 가슴에 묶어 놓은 끈과 발목을 조이고 있는 끈을 푸는 데도 시간이 많이 걸렸기 때문이다.

하지만 아들에 대한 생각이 그녀를 지탱해 주었다. 시계가 8시를 울렸을 때 마지막 족쇄가 풀렸다. 그녀는 자유를 되찾았다!

이본은 일어나자마자 창가로 달려가 제일 먼저 눈에 띄는 행인을 부르기 위해 걸쇠를 벗겼다. 마침 경찰 한 명이 보도를 걷고 있었다. 그녀는 몸을 숙였다. 그런데 신선한 밤공기를 쐬자 좀 더 침착해졌고 이 일로 인한 추문과 탐문 수사, 아들이 걱정되었다. 어쩌지? 아이를 되찾기 위해서는 어떻게 해야 할까? 어떻게 도망가야 할까? 아주 작은 소리에도 그이가 쫓아올 텐데. 그러고는 격분해서······.

그녀는 극심한 공포에 휩싸여 머리끝부터 발끝까지 덜덜 떨었다. 가엾은 머릿속은 죽음에 대한 공포와 아들 생각으로 뒤죽박죽되어 목이 잠긴 채 더듬거렸다.

「살려 주세요······! 살려 주세요!」

이본은 갑자기 뚝 멈추었다가 다시 목소리를 낮추어 되풀이해서 말했다.

「살려 주세요······! 살려 주세요!」

마치 이 말이 그녀에게 어떤 생각을 일깨우고 희미한 기억을 되살려 준 듯했다. 구조를 기다린다는 것도 불가능한 일이라고 느껴지지 않았다. 얼마 동안 그녀는 깊은 상념에 잠겨 있다가 눈물을 흘리고 몸서리를 치며 상념에서 깨어났다. 그리고 무의식적으로 책상 위에 매달아 놓은 작은 선반을 향해 팔을 뻗어 책을 한 권씩 뽑아 건성으로 훑어보고는 다시 제자리에 꽂았다. 그러다 마침내 다섯 번째 책장 사이에서 명함을 발견하고 눈으로 한 글자 한 글자 따라갔다. 명함에는 〈오라스 벨몽〉이라고 씌어 있었다. 연필로 쓴 주소는 〈루아얄가의 클럽〉이었다.

몇 년 전 연회가 있던 날 이 저택에서 그 남자가 한 야릇한 말이 기억에 떠올랐다.

「언제든 위험이 닥쳐 도움이 필요할 때면, 망설이지 말고 제가 이 책 속에 끼워 둔 명함을 우체통에 넣기만 하십시오. 언제가 됐든 어떤 장애가 있든 달려오겠습니다」

 이렇게 말하는 그의 태도는 얼마나 야릇했는지! 그에게서 얼마나 강한 확신과 무한한 힘, 길들여지지 않을 대담함을 느꼈는지!

 이본은 문득 자신도 모르게, 거부할 수 없는, 결과를 예측할 수 없는 어떤 결정에 이끌려 거의 반사적으로 속달 우편 봉투를 집어 그 안에 명함을 넣고 봉인한 뒤 〈루아얄가의 클럽, 오라스 벨몽 앞〉이라고 적어서 살짝 열려 있는 창가로 다가갔다. 밖에는 그 경찰이 거닐고 있었다. 그녀는 무턱대고 봉투를 창밖으로 던졌다. 누군가가 이 종이를 주워 우체통에 넣어 주기를 기대하면서.

 하지만 곧 이것이 얼마나 터무니없는 짓인지 깨달았다. 편지가 제대로 전달되리라고 생각하는 것도 어리석었고 명함의 주인공이 〈언제가 됐든 어떤 장애가 있든〉 그녀에게 달려오기를 희망하는 것도 미친 짓이었다.

 이 모든 일이 너무나 갑작스레, 순식간에 일어나는 바람에 반사 작용도 그만큼 컸다. 곧 이본은 비틀거리며 의자에 기대다가 기운이 다 빠진 듯 쓰러졌다.

 시간이 흘러갔다. 지나가는 자동차들만이 간간이 거리의 침묵을 깨는 음울한 겨울 저녁의 시간이…… 무정한 시계 소리가 울렸다. 마비된 듯 반쯤 잠든 채로 여인은 시계 소리를 세었다. 집의 다른 층에서 들려오는 소리를 통해, 남편이 저녁 식사를 마치고 방으로 올라갔다가 다시 서재로 내려가고 있음을 알 수 있었다. 하지만 모든 게 뿌옇게만 느껴졌고 무기력 상태에 빠져 남편이 다시 돌아올 경우를 대비해 긴 의자에 누워 있어야 한다는 생각조차 하지 못했다.

자정을 알리는 열두 번의 종 소리……. 이어 다시 30분을 알리는 종 소리……. 그리고 1시……. 이본은 저항해 봐야 아무 소용 없을 어떤 사건들이 일어나기를 기다리며 아무 생각도 하지 않았다. 심한 고통을 겪었으나 이제 더 이상 고통 없이 서로 다정하게 끌어안는 사람들을 상상하듯이 아들과 자기 자신의 모습을 마음속에 그려 보았다. 그런데 악몽이 그녀를 흔들어 깨웠다. 누군가가 이 둘을 서로 떼어 놓으려 했다. 그녀는 등골이 오싹함을 느끼고선 헛소리를 하고 눈물을 흘리며 숨을 헐떡였다…….

누군가 자물쇠 안에 열쇠를 넣고 돌렸다. 그녀는 벌떡 몸을 일으켰다. 그녀의 비명을 들은 백작이 나타난 것이리라. 이본은 자신을 보호할 만한 무기를 찾아 눈으로 방 안을 휘 둘러보았다. 그때 획 하고 문이 젖혀졌고 그녀는 아연실색했다. 눈앞에 펼쳐진 광경은 설명이 불가능한 기적과도 같았다. 그녀가 더듬더듬 말했다.

「당신은…… 당신은……!」

예복을 입고 망토를 걸치고 겨드랑이에 모자를 낀 남자가 그녀에게 다가왔다. 그녀는 이 늘씬하고 우아한 젊은 청년을 알아볼 수 있었다. 그는 오라스 벨몽이었다.

「당신이군요!」

그녀가 다시 말했다.

그가 정중하게 인사하며 대꾸했다.

「죄송합니다, 부인. 부인의 편지가 좀 늦게 도착했습니다」

「이럴 수가! 당신이 나타나다니……! 당신이 어떻게……!」

「부인께서 부르기만 하면 달려오겠다고 약속하지 않았던가요?」

그가 놀란 듯이 물었다.

「그래요, 그랬지요……. 하지만……」
「자, 그래서 이렇게 왔습니다」
그가 웃으며 대답했다.
그는 이본이 가까스로 풀어 놓은 끈들을 살펴보고 고개를 끄덕이며 조사를 계속했다.
「이런 방법을 썼군요. 도리니 백작 짓이겠지요, 그렇지 않습니까? 그가 부인을 가두어 두었을 텐데……. 속달 우편은 어떻게? 아! 저 창문으로…… 창문을 다시 닫아 놓지 않다니 참 신중하지 못하십니다!」
그가 창문을 닫고 걸쇠를 걸었다. 이본은 몸이 오싹해졌다.
「누가 우리 소리를 들으면 어쩌죠?」
「이 저택에는 아무도 없습니다. 제가 다 점검했습니다」
「하지만……」
「남편께서는 10분 전에 외출하셨습니다」
「어디로 나갔나요?」
「그의 어머니, 도리니 백작 부인 댁으로죠」
「그걸 어떻게 아시죠?」
「아! 아주 간단합니다. 그는 전화 한 통을 받았지요. 저는 길모퉁이에서 그 결과를 기다리고 있었고요. 예상대로 백작이 급히 뛰어나오고 하인이 그 뒤를 따르더군요. 그것을 보고 곧장 특수 열쇠로 문을 따고 들어온 겁니다」
그는 마치 사교 클럽에서 별 볼일 없는 사소한 일화를 이야기하듯 아주 천연덕스럽게 말했다. 하지만 이본은 불현듯 두려운 마음이 들어 그에게 물었다.
「그럼 혹시, 어머니가 편찮으시다는 전화가…… 사실이 아닌가요? 그렇다면 남편이 곧 돌아올 텐데……」

「물론입니다, 백작은 자기가 누군가의 장난에 놀아났다는 것을 곧 알게 되겠지요. 그러니 지금부터 기껏해야 45분 정도의 시간밖에 없습니다……」

「어서 가요……. 그에게 들키고 싶지 않아요……. 아들을 만나고 싶어요」

「잠깐만요」

「잠깐만이라니요! 그들이 내게서 아들을 납치해 갔다는 걸 모르시겠어요? 아이를 해칠지도 모르잖아요……」

그녀는 얼굴을 찌푸리며 열에 들뜬 몸짓으로 벨몽을 밀어내려 했다. 그러자 벨몽이 매우 다정하게 그녀를 의자에 앉힌 다음 그녀에게 몸을 기울여 심각한 어조로 공손하게 말했다.

「제 얘기를 들어 보십시오, 부인. 1분 1초가 소중하니 시간을 낭비하지 맙시다. 먼저 이 점을 생각해 보십시오. 우리는 6년 전에 네 번 만난 적이 있습니다. 이 저택의 응접실에서 가졌던 네 번째 만남에서, 저는 너무…… 뭐랄까…… 감정이 북받쳤으나 부인께서는 저의 방문을 달가워하지 않는다는 인상을 받았습니다. 그 후로는 부인을 한 번도 뵙지 못했지요. 하지만 어쨌든 부인께서는 저를 믿으셨고 그래서 제가 이 책 사이에 끼워 놓은 명함을 간직하고 계셨던 겁니다. 그리고 6년 후 다른 사람이 아닌 바로 저를 부르신 거지요. 그와 같은 믿음을 다시 한번 간청드리는 바입니다. 무조건 저를 따라 주십시오. 그래야만 합니다. 제가 모든 장애를 뚫고 이렇게 나타났듯이, 상황이 어떻든 간에 부인을 구해 드릴 것을 약속드립니다」

오라스 벨몽의 찬찬함과 부드러우면서도 권위적인 목소리에 여인은 차츰 진정이 되었다. 그녀는 매우 약해져 있긴 했지만 이 남자가 앞에 있음으로 해서 다시 긴장이 풀리고 안심이 되는 느낌을 받았다.

그가 다시 말했다.

「걱정하지 마십시오. 도리니 백작 부인은 뱅센 숲 끄트머리에 사십니다. 남편이 자동차를 타고 간다고 해도 3시 15분 이전에 돌아온다는 건 불가능해요. 지금은 2시 35분입니다. 정확히 3시 정각에 이곳을 떠나서 아드님에게 모셔다 드리겠다고 맹세하지요. 하지만 모든 것을 알아내기 전에는 떠날 수 없습니다」

「제가 뭘 어떻게 해야 하죠?」

그녀가 물었다.

「묻는 말에 분명히 대답해 주시기만 하면 됩니다. 20분 정도 여유가 있습니다. 그 정도면 충분합니다. 너무 많지도 않고 말이죠」

「그럼 질문하세요」

「백작에게 말하자면…… 어떤 범죄 계획이 있다고 생각하십니까?」

「아니에요」

「아들 일만 문제가 되는 거군요?」

「네, 그래요」

「백작은 부인께 이혼을 요구하고 부인이 집에서 쫓아낸 부인의 옛 친구와 결혼을 하기 위해 아들을 납치했습니다. 그렇지요? 부탁이니 솔직하게 대답해 주십시오. 이것은 이미 널리 알려진 사실입니다. 아들이 걸려 있는 문제이므로 망설임이나 거리낌 같은 건 다 잊으세요. 그러니까 남편은 다른 여자와 결혼을 하려는 거지요?」

「맞아요」

「그런데 그 여자에게는 돈이 없습니다. 또 이미 파산한 남편으로서는 어머니인 도리니 백작 부인에게 지불되는 연금과 당신의 두 삼촌이 아드님에게 물려준 막대한 유산밖에는 돈 나올 데가 없습니다. 남편께서는 이 재산을 탐내어 자기가 아이를 맡으면 그 돈을 더 쉽게 가로챌 수 있으리라고 생각했겠지요. 그러기 위해서는 이혼을 하는 수밖에 없고요. 제 얘기에 틀린 부분이 있습니까?」

「없어요」

「그런데 당신이 거절해서 아직까지 이혼을 못하고 있는 거지요?」

「맞아요. 그리고 시어머니도 종교적인 이유로 이혼을 반대하세요. 시어머니는 단 한 가지 경우에만 뜻을 굽히실 거예요……」

「그 단 한 가지 경우란 어떤 겁니까?」

「제 행실이 부정하다는 걸 증명할 수 있는 경우죠」

벨몽은 어깨를 으쓱했다.

「그렇다면 백작은 부인이나 아드님에게 아무 짓도 할 수 없겠군요. 법적인 면에서나 이익을 챙기는 데 있어서나 그는 정숙한 부인이라는 넘을 수 없는 장애에 부딪쳤으니까요. 그런데 갑자기 그가 싸움을 시작했습니다」

「무슨 뜻이세요?」

「제가 말씀드리려는 건, 백작과 같은 인물이 그토록 오래 망설인 끝에, 위험을 무릅쓰고 이렇게 성공 여부가 불확실한 모험을 시작했다는 건 수중에 무기를 쥐고 있거나 아니면 적어도 무기를 쥐고 있다고 생각하기 때문이라는 겁니다」

「어떤 무기 말이에요?」

「저도 모르지요. 하지만 분명히 무기가 있어요……. 그렇지 않다면 아드님을 납치함으로써 싸움을 시작하지도 않았을 겁니다」

이본은 절망감을 느꼈다.

「너무 끔찍해요……. 그가 어떤 짓을 했을까요……. 무슨 짓을 꾸며 냈을까요……」

「찾아봅시다. 기억을 더듬어 보세요……. 자, 그가 부순 이 책상 안에 부인에게 불리한 편지는 없었습니까?」

「전혀 없었어요」

「그가 한 말이나 협박 중에 뭐 짚이는 것도 없으세요?」

「없어요」

「하지만…… 분명히 뭔가가 있을 텐데……」

그리고 벨몽이 다시 말했다.

「백작에게 비밀을 털어놓고 지내는 매우 가까운 친구가 있습니까?」

「없어요」

「어제 그를 만나러 온 사람도 없었고요?」

「아무도 없었어요」

「부인을 묶고 가두어 둘 때 백작 혼자였습니까?」

「그때는 혼자였어요」

「그럼 그 후에는?」

「문 옆에서 하인을 만나더군요. 보석상에 대해 이야기하는 소리를 들었어요」

「그게 전부입니까?」

「그러고 나서 내일, 그러니까 오늘이 되었네요. 오늘 정오에 무슨 일이 일어날 거라고 얘기했어요. 시어머니가 그전에는 오실 수 없기 때문이라고요」

벨몽이 깊이 생각하더니 물었다.

「그 대화 속에 남편의 계획에 대해 짐작 가게 할 만한 것이 없으십니까?」

「저는 잘 모르겠어요……」

「부인의 보석들은 어디 있습니까?」

「남편이 팔아 버렸어요」

「하나도 남겨 두지 않았습니까?」

「네」

「반지 하나도?」

「네. 이 반지만 빼고요」

그녀가 손을 보여 주며 말했다.

「이것은 결혼반지입니까?」

「네, 결혼반지……」

그녀는 순간 당황해서 말을 멈추었다. 벨몽은 그녀의 얼굴이 붉게 달아오르는 것을 놓치지 않았다. 그녀가 더듬더듬 중얼거렸다.

「그럴 수가…… 아니, 아니야. 그이는 몰라……」

벨몽은 곧 그녀에게 질문을 퍼부었다. 이본은 불안한 표정으로 입을 굳게 다문 채 꼼짝도 하지 않다가 마침내 힘없는 목소리로 대답했다.

「이건 제 결혼반지가 아니에요. 오래전 어느 날 저는 결혼반지를 제 방 벽난로 위에 올려놓았다가 떨어뜨리고 말았어요. 아무리 찾아도 보이지 않았어요. 그래서 남편에게는 아무 말도 하지 않고 똑같은 것을 하나 더 주문했지요……. 그것이 바로 제가 끼고 있는 이 반지에요」

「진짜 반지에는 결혼 날짜가 새겨져 있었겠지요?」

「네……. 10월 23일이라고……·」

「두 번째 반지에는?」

「아무 날짜도 새겨 있지 않아요」

그는 그녀의 마음속에 가벼운 망설임이 이는 것을 느꼈다. 그녀는 혼란스러움을 굳이 감추려 하지도 않았다.

그가 큰 소리로 말했다.

「제발 아무것도 숨기지 마십시오……. 몇 분 내에 우리 얘기에 얼마나 많은 진전이 있었는지 돌아보십시오. 조금만 더 침착하게 차근차근 따져 나가면…… 부탁이니 계속해 봅시다」

「그럴 필요가 있다고 확신하세요?」

그녀가 물었다.

「아무리 작은 부분일지라도 그것 나름대로 매우 중요한 의미가 있다고 확신합니다. 더구나 우리는 거의 목표에 접근했다고 생각합니다. 하지만 서둘러야 합니다. 시간이 없습니다」

그러자 그녀가 고개를 들며 말했다.

「사실 숨길 것도 없어요. 그때는 제 인생에서 가장 비참하고 위험한 시기였어요. 남편에게 배신을 당하고, 사교계에서는 남편에게 버림받은 다른 모든 여자들과 마찬가지로 남자들의 사탕발림과 유혹, 덫에 둘러싸여 있었지요. 그때 옛날 생각이 났어요……. 결혼하기 전에 한 남자가 저를 사랑했지요. 제게는 불가능해 보이는 사랑이었어요……. 그 후에 그는 저 세상으로 떠났지요. 저는 반지에 그 사람의 이름을 새기고 부적처럼 지니고 다녔어요. 하지만 저는 이미 다른 사람의 아내였고 그를 사랑하는 마음은 없었어요. 단지 추억과 상처받은 꿈, 저를 보호해 주는 부드러운 어떤 것을 제 마음속에 비밀스럽게 간직했을 뿐이에요……」

그녀는 곤란해하지 않고 천천히 말했다. 벨몽은 그녀가 말하는 진실을 한순간도 의심치 않았다. 그가 침묵을 지키고 있자 다시 초조해진 그녀가 물었다.

「당신 생각에는 제 남편이……」

그는 그녀의 손을 잡아 금반지를 자세히 들여다보며 말했다.

「수수께끼는 여기에 있었군요. 어떻게 알았는지 모르겠지만 남편께서는 반지가 바뀌었다는 걸 알게 된 겁니다. 그가 찾던 증거를 손에 넣었으니 오늘 정오에 시어머니가 도착하시면 증인이 보는 앞에서 반지를 빼게 해서 어머니의 허락도 받고 이혼이라는 목적도 달성할 수 있겠지요」

「아, 저는 파멸이에요, 다 끝났어요!」

그녀가 신음했다.

「아니, 부인은 구원받을 겁니다. 반지를 제게 주십시오……. 그리고 오늘 오후 남편은 다른 반지를 보게 될 겁니다. 정오가 되기 전에 제가 다른 반지를, 10월 23일의 날짜가 새겨진 반지를 가져다 드리겠습니다. 그러면……」

그는 문득 말을 멈추었다. 그가 말하는 동안, 그가 잡고 있던 그녀의 손이 차갑게 얼어붙었다. 그는 눈을 들어 무섭도록 창백해진 여인의 얼굴을 바라보았다.

「무슨 일이십니까……? 말씀해 보세요……」

그녀는 절망감으로 제정신이 아닌 듯했다.

「저는…… 저는 파멸이에요! 이 반지를 뺄 수가 없어요! 반지가 손가락에 비해 너무 작아요. 아시겠어요? 전에는 그래도 상관 없었죠. 이렇게 작아진 줄도 몰랐어요……. 하지만 이제…… 이것이 증거가 되어…… 제 행실을 고발하겠죠…… 아! 이 얼마나 끔찍한 고통인지! 보세요……. 반지가 제 손가락의 일부처럼 되었어요. 아예 살 속에 박혀 있는 것 같다고요……. 뺄 수가…… 뺄 수가 없어요」

그녀는 손가락을 다칠까 우려될 정도로 온 힘을 다해 잡아 빼려했으나 허사였다. 오히려 반지 주위의 살이 부어올라 반지는 조금도 움직이지 않았다.

그녀는 두려운 생각에 사로잡혀 중얼거렸다.

「아! 어느 날 밤에 꾸었던 악몽이 기억나요……. 누군가 방으로 들어와서 제 손을 잡아채는 것 같았어요. 일어나려 했지만 꿈에서 깰 수가 없었어요……. 그 사람은 바로 제 남편이었어요! 제 남편이요! 그가 저에게 수면제를 먹였던 거예요. 확실해요……. 그는 반지를 바라보았어요……. 그리고 이제 어머니 앞에서 제 반지를 잡아 빼려는 거군요……. 아! 이제야 모든 걸 알겠어요……. 그 보석상…… 그 사람이 제 손에서 반지를 잘라 낼 거예요. 보세요……. 저는 끝장이에요……」

그녀는 얼굴을 감싸고 울음을 터뜨렸다. 하지만 정적 속에 시계가 종을 세 번 울리자 그녀는 다시 벌떡 일어나 소리쳤다.

「시간이 됐어요! 그가 곧 올 거예요……. 3시에요……. 어서 빠져나가요, 우리」

그리고는 재빨리 외투를 집어 들고 문 쪽으로 달려갔다…….

그가 그녀를 막아서며 강압적인 어조로 말했다.
「부인은 여기 계십시오」
「하지만 아들을…… 그 애를 보고 싶어요. 그 애를 다시 찾고 싶어요……」
「그 애가 어디 있는지 알기나 하십니까?」
「그래도 가겠어요!」
「여기 계십시오……! 그건 어리석은 짓일 뿐이에요」
 그는 그녀의 손목을 붙잡았다. 그녀는 빠져나오려 애썼고 벨몽은 그녀의 저항을 억누르기 위해 약간 거칠게 행동해야만 했다. 마침내 그는 그녀를 다시 긴 의자로 데려가서 눕힌 다음 그녀의 탄식에도 아랑곳없이 즉시 그녀의 팔과 발목을 끈으로 도로 묶어 놓았다.
 그가 말했다.
「그건 어리석은 짓일 뿐이란 말입니다! 부인을 구해 주고 문을 열어 준 사람이 누구라고 생각하겠습니까? 공범자가 있다? 이거야말로 남편께서 어머니 앞에 내놓을 수 있는 좋은 증거 아닙니까? 게다가 여기서 나가 봐야 무슨 소용이 있습니까? 도망치는 것은 결국 이혼을 받아들이는 겁니다. 그 결과는 무엇인지 아십니까……? 그러니 여기 남으셔야 합니다」
 그녀가 흐느껴 울며 대꾸했다.
「저는 무서워요……. 무서워요……. 이 반지는 저를 말려 죽일 거예요……. 이걸 좀 없애 주세요……. 제게서 빼내 주세요……. 아무도 이 반지를 다시 볼 수 없게 해 주세요!」
「부인 손가락에 낀 이 반지가 보이지 않게 된다면 그걸 잘라 낸 사람이 누구라고 생각하겠습니까? 역시 공범이 있다는 의심을 사게 됩니다……. 그러니 용감하게, 정면으로 맞서 싸워야 합니다. 제가 모든 걸 책임지겠습니다. 저를 믿으십시오……. 제가 책임지겠어요……. 도리니 백작 부인을 습격해서 만남을 늦추거나…… 정오 전에 제가 직접 오는 한이 있더라도 맹세코 그들이 부인에게서 빼낼 반지가 부인의 결혼반지랑 똑같은 것이 되도록 하겠습니다. 그리고 아드님도 돌려보내게 하고 말입니다……」

마침내 그녀는 뤼팽의 뜻에 따라 순순히 족쇄를 찼다. 그는 그녀를 전과 똑같은 상태로 묶은 다음 일어났다.

왔다간 흔적을 남기지 않기 위해 방 안을 살펴보고 나서 그는 다시 그녀에게 몸을 숙여 낮게 중얼거렸다.

「아드님을 생각하고 용기를 내세요. 무슨 일이 일어나도 두려워하실 것 없습니다……. 제가 당신을 지켜 드리고 있으니까요」

그녀는 누운 채, 방문이 열렸다 닫히는 소리를 들었다. 몇 분 후 정문에서도 같은 소리가 났다.

3시 반, 자동차가 멈춰 섰다. 아래층 문이 다시 삐걱거리는가 싶더니 어느새 남편이 붉으락푸르락하며 급히 방 안으로 들어왔다. 그는 곧장 이본에게로 달려와서 그녀가 잘 묶여 있는지 확인하고는 그녀의 손을 잡아채 반지를 조사했다. 이본은 정신을 잃고 말았다…….

깨어났을 때는, 몇 시간이 흘렀는지 정확히 알 수 없었지만 햇빛이 환하게 쏟아져 들어오고 있었다. 몸을 움직이는 순간 그녀는 끈이 잘려졌음을 깨달았다. 고개를 돌리자 옆에서 남편이 그녀를 바라보고 있었다.

「내 아들…… 내 아들…… 그 애를 돌려줘요……」

그녀가 신음했다.

그는 빈정거리는 듯한 말투로 대꾸했다.

「우리 아들은 안전한 곳에 있소. 더구나 지금 문제는 그 애가 아니라 당신이야. 우리가 이렇게 마주 보고 있는 것도 마지막이오. 이제 설명할 것은 매우 중대한 일이지. 미리 말해 두는 데, 그 설명은 우리 어머니 앞에서 듣게 될 거요. 괜찮겠지?」

이본은 마음의 동요를 감추려 애쓰며 대답했다.

「네」

「어머니께 오시라고 해도 되겠소?」

「그러세요. 그리고 어머니가 오실 때까지는 절 내버려 두어 주세요. 그때까지 준비를 하고 있겠어요」

「어머니는 여기 와 계시오」

「여기 계시다고요?」

이본은 오라스 벨몽의 약속을 떠올리며 너무 놀라 소리쳤다.

「왜 그렇게 놀라지?」

「지금 와 계시다고요? 그러니까 당신은 지금……」

「그렇소」

「어떻게 된 거죠? 오늘 저녁이나 내일이 아니고요?」

「오늘, 바로 지금이오. 지난밤에 이해할 수 없는 이상한 일이 있었소. 누군가가 나를 멀리 보내려고 어머니 댁에까지 가게 만들었지. 그래서 나는 설명의 시간을 앞당기기로 결정했소. 그전에 먼저 뭘 좀 들지 않겠소?」

백작이 단언하며 물었다.

「아니…… 아니에요」

「그렇다면 어머니를 모셔 오리다」

그가 방에서 나갔다. 이본은 시계에 시선을 던졌다. 10시 35분이었다!

「아!」

그녀는 두려움에 몸을 떨며 신음했다.

10시 35분! 오라스 벨몽은 그녀를 구할 수 없을 것이다. 아니, 세상 누구라도, 세상 무엇이라도 그녀를 구하지는 못할 것이다. 손가락에서 반지를 사라지게 하는 기적은 일어나지 않았으니까.

백작이 도리니 백작 부인과 함께 돌아와 어머니에게 자리에 앉으시라고 청했다. 그녀는 키가 크고 말랐으며 이본에게는 항상 적대적인 감정을 보이는 깐깐한 여인이었다. 이번에도 역시 그녀는 소송에 불려온 듯한 태도를 보이며 며느리에게 인사조차 하지 않았다.

도리니 백작 부인이 말했다.

「얘기를 길게 끌 필요는 없다고 생각한다. 간단히 말해서, 내 아들 주장으로는……」

백작이 끼어들었다.

「주장하는 게 아니에요, 어머니. 확언하는 거라고요. 맹세할 수 있어요. 3개월 전 휴가 철에, 이 방에 양탄자를 다시 깔던 가구상이 마루 판 틈새에서 제가 이 여자에게 주었던 결혼반지를 발견했어요! 자, 여기 그 반지가 있어요. 안쪽에 10월 23일이라고 새겨져 있다고요」

「그러면 네 부인이 끼고 있는 반지는……」

도리니 백작 부인이 말했다.

「저 반지는 이 여자가 진짜 반지 대신으로 주문한 것이지요. 하인 베르나르가 제 지시에 따라 오랫동안 수소문한 결과, 마침

내 자신이 살고 있는 파리 근교에서 이 여자의 반지를 주문받은 소매 보석상을 찾아냈어요. 보석상 주인은 손님이 날짜가 아닌 이름을 새겨 달라고 했던 것을 잘 기억하고 있고 이에 대해 증언할 준비도 되어 있지요. 반지에 새긴 이름은 잘 기억나지 않지만 자기 가게에서 같이 일하던 일꾼은 기억할지도 모른다고 했어요. 그 남자는 도움이 필요하다는 제 편지를 받고 기꺼이 돕겠다는 답을 보내왔어요. 오늘 아침 9시에 베르나르가 그를 데리러 갔다 와서 지금은 둘 다 제 서재에서 기다리고 있지요」

그는 부인 쪽으로 몸을 돌렸다.

「그 반지를 보여 주겠소?」

그녀가 또박또박 대답했다.

「제 손에서 몰래 반지를 빼려고 해봤으니, 반지가 빠지지 않는다는 걸 이미 잘 알고 계시잖아요」

「그렇다면 그 남자에게 올라오라고 해도 되겠소? 그가 필요한 도구를 가지고 올 거요」

「그러세요」

그녀가 한숨을 내뱉듯 약한 목소리로 말했다.

그녀는 체념했다. 앞으로 일어날 일들, 떠들썩한 추문, 자기의 의사와 상관없이 공표될 이혼, 남편에게 돌아갈 양육권, 이런 것들이 환영처럼 스치고 지나갔다. 아들을 납치해서 세상 끝 어디론가 도망가 단 둘이서 행복하게 살 것을 생각하며…… 그녀는 그 모든 것을 받아들였다.

시어머니가 그녀에게 말했다.

「바람기가 있었군, 이본」

이본은 그녀에게 모든 걸 털어놓고 도움을 요청할 뻔했다. 하지만 소용없는 일. 도리니 백작 부인이 그녀의 결백함을 믿을 거라고 어떻게 가정하겠는가? 그녀는 아무 대꾸도 하지 않았다.

 게다가 그때 막 백작이 돌아왔다. 팔 아래 연장통을 끼고 있는 남자와 하인이 뒤따랐다.

 백작이 그 남자에게 말했다.

「무슨 일인지 알고 있나?」

「예. 반지가 너무 작아져서 잘라내야 한다고요……. 아주 쉽습니다. 집게로 한 번만……」

 일꾼이 대답했다.

「그리고 나서 반지 안쪽의 문구를 자네가 새긴 것인지 확인해 주게」

 이본은 시계를 바라보았다. 10시 50분이었다. 저택 어디선가 사람들이 옥신각신하는 소리가 들리는 것 같았다. 자기도 모르게 희망이 솟아나 그녀의 존재를 뒤흔들었다. 벨몽이 성공했을지도……. 하지만 다시 들려온 소리는 창문 아래로 지나가며 점차 멀어지는 행상인의 소리였다.

 끝났다. 오라스 벨몽은 그녀를 구해 주지 못했다. 타인의 약속은 아무 소용이 없고 아들을 되찾기 위해서는 자기 자신의 힘에 의지해 행동해야 한다는 것을 깨달았다.

 그녀는 한 발짝 뒤로 물러섰다. 일꾼의 더러운 손이 그녀의 손 위로 올라왔다. 이 불쾌한 접촉에 그녀는 화가 치밀었다.

 남자는 당황해서 용서를 구했다. 백작이 부인에게 말했다.

「어차피 해야 할 일이오」

 그녀가 부들부들 떨리는 연약한 손을 내밀자 일꾼이 다시 그녀의 손을 잡아 손바닥이 보이도록 뒤집어서 테이블 위에 올렸다.

다음 순간 이본은 차가운 강철이 닿는 것을 느꼈다. 그녀는 단숨에 죽어 버리고 싶었다. 죽음의 유혹에 집착하며, 독약을 구해서 고통 없이 잠들리라는 생각만 계속했다.

작업은 빨리 진행되었다. 작은 쇠 집게가 비스듬히 손가락의 살을 밀어내고 작은 틈을 만들어 반지를 잡았다. 일꾼이 세게 한 번 힘을 주자 반지는 끊어졌다. 양쪽 끝을 잡고 벌리기만 하면 손가락에서 반지를 빼낼 수 있었다. 일꾼은 그 일을 했다.

백작이 의기양양해서 소리쳤다.

「드디어 됐군! 이제 곧 알게 될 겁니다. 증거가 여기 있어요! 그리고 우리 모두는 증인이 되는 겁니다……」

그는 반지를 휙 낚아채서 새김 부분을 들여다보았다. 경악에 찬 비명이 터져 나왔다. 반지에는 그와 이본의 결혼 날짜가 새겨져 있었다. 〈10월 23일〉이라고.

우리는 몬테카를로의 테라스에 앉아 있었다. 얘기가 끝나자 뤼팽은 담배를 한 대 피워 물고 파란 하늘을 향해 평화롭게 연기를 내뿜었다.

내가 말했다.

「그래서?」

「그래서라니?」

「그래서 어떻게 되었나? 자네의 모험담이 어떻게 끝나느냔 말일세……」

「어떻게 끝나느냐고? 나는 더 이상 할 얘기가 없는데」

「이봐, 장난하지 말게……」

「장난이 아니라네. 여기까지 얘기해 준 걸로 충분치 않은가?

이본은 위기를 모면했지. 그녀의 부정에 대한 증거를 찾지 못한 남편은 어머니의 강요로 이혼을 포기하고 아이를 돌려줘야 했고. 그 후 그는 부인 곁을 떠났고 부인은 열여섯 살짜리 아들과 함께 행복하게 살고 있다네」

「그래, 그건 알겠네……. 그런데 이본이 어떻게 구원받았느냐는 말일세」

뤼팽은 웃음을 터뜨렸다.

「친애하는 친구여……」

(뤼팽은 나를 종종 이렇게 부르곤 했다.)

「친애하는 친구여, 자네는 분명 내 성공담을 재미있게 이야기하는 재주를 타고났네! 한데 문제는 아주 자세하게 설명을 해 줘야만 한다는 점이지. 이본에게는 설명할 필요가 없었는데 말이야」

「나는 그런 일로 전혀 자존심 상하지 않네. 그러니 자세히 설명을 해 주게나」

내가 웃으며 대답했다.

그는 5프랑짜리 동전을 손에 꼭 쥐었다.

「내 손안에 뭐가 있지?」

「그야 5프랑짜리 동전이지」

그가 손을 폈다. 동전은 사라지고 없었다.

「얼마나 쉬운지 알겠지? 보석상 일꾼은 이름이 새겨진 반지를 집게로 집어 잘라 낸 다음 10월 23일 날짜가 새겨진 다른 반지를 내보인걸세. 아주 간단한 감추기 마술이지. 이것 역시 내가 가진 수많은 비밀들 중 하나라네. 피크만 곁에서 여섯 달이나 일하면서 배웠지!」

「그러면……」

「얘기해 보게」

「보석상 일꾼이……?」

「그렇지, 그가 오라스 벨몽이었어! 또 그는 바로 이 선량한 뤼팽이었다네! 새벽 3시, 이본의 곁을 떠나 그녀의 남편이 들어오기 전까지 몇 분 동안 서재를 조사하다가 나는 책상 위에서 그 일꾼이 보낸 편지를 발견했지. 그 편지를 보고 주소를 알아낸 나는 20프랑짜리 금화를 몇 푼 쥐어 주고 그의 역할을 대신하기로 했다네. 그리고 미리 반지에 날짜를 새기고 잘라서 가져왔지. 그 다음은〈감쪽같이 사라져라, 뿅!〉백작은 아무것도 눈치 채지 못했어」

「훌륭하네!」

내가 소리쳤다.

그러고는 약간 빈정거리는 투로 덧붙였다.

「하지만 자네도 어느 정도 기만을 당했다고 생각지 않나?」

「뭐라고? 누구에게 말인가?」

「이본에게」

「어떤 점에서 그렇지?」

「맙소사! 부적처럼 새기고 다녔다는 그 이름 말일세……. 그녀를 짝사랑하며 가슴 태우고 괴로워했다던 그 남자……. 내게는 그 얘기가 그럴듯하게 들리지 않는데? 아무리 대단한 뤼팽일지라도 현실적인…… 사랑엔 빠져 보지 못했나 보군. 이를테면 그리 순수하지 않은 사랑 말이지」

뤼팽이 나를 삐딱하게 바라보며 말했다.

「자네가 틀렸어」

「그걸 어떻게 알지?」

「그 남자가 결혼 전에 알던 사람이고 이미 죽었다고 말한 점에서는 그녀가 진실을 왜곡하긴 했지. 또 그녀도 실은 은밀히 그를 사랑하긴 했어. 하지만 적어도 그 사랑이 순수한 사랑이었고 그 남자도 그 점을 의심치 않았다는 증거가 있네」

「증거가 어디 있단 말인가?」

「내가 직접 그녀의 손에서 잘라 냈으며 지금도 지니고 있는 그 반지에 새겨져 있지. 자, 여기, 자네도 그녀가 새겨 넣은 이름을 볼 수 있을 거네」

그가 내게 반지를 건넸다. 나는 반지 안쪽에 새겨진 이름을 읽었다. 그 이름은 〈오라스 벨몽〉이었다.

뤼팽과 나 사이에 잠시 침묵이 흘렀다. 그를 주의 깊게 관찰하면서 나는 그의 얼굴에 스치는 어떤 감정, 약간 쓸쓸해 보이는 감정을 놓치지 않았다.

내가 말했다.

「전에도 종종 내게 암시했던 얘기군……. 왜 지금 나에게 이 얘기를 들려줄 결심을 했나?」

「왜냐고?」

그는 한 소년의 팔짱을 끼고 우리 앞을 지나가는, 여전히 아름다운 한 여인을 몸짓으로 가리켰다.

그녀는 뤼팽을 알아보고 인사를 건넸다.

「그녀라네. 아들과 함께 가는군」

그가 중얼거렸다.

「그녀는 자네를 알아본단 말인가?」

「어떻게 변장을 해도 그녀는 항상 나를 알아보지」

「하지만 티베르메닐 성 사건(『괴도 신사 뤼팽』, 「한 발 늦은 헐록

숌즈」 참조——옮긴이)이 있은 뒤, 경찰에서 뤼팽과 오라스 벨몽이 동일 인물임을 밝혔을 텐데」

「그랬지」

「그러면 그녀는 자네가 누구인지도 안단 말인가?」

「그렇다네」

「그런데도 자네에게 인사를 한다고?」

나도 모르게 큰 소리로 말했다.

그가 거칠게 내 팔을 붙잡았다.

「내가 그녀에게도 뤼팽일 거라고 생각하나? 그녀의 눈에도 내가 도둑에 사기꾼에 불한당으로 비칠 거라고 생각하느냐고……? 내가 비열한 사람 중의 비열한 사람이라고 해도, 설사 내가 사람을 죽였다고 해도 그녀는 나에게 인사를 할 거야」

「왜 그렇게 생각하지? 그녀가 자네를 사랑했기 때문인가?」

「그럴 리가! 그랬다면 그것은 오히려 나를 경멸하는 이유가 됐겠지」

「그렇다면 무엇 때문에?」

「나는 아들을 되찾게 해 준 사람이니까!」

그림자 표시

「전보를 받고 왔네. 무슨 일인가?」

밤색 프록코트를 입고 챙이 넓은 모자를 쓴 회색 수염의 남자가 방 안으로 들어오며 말했다.

아르센 뤼팽이 오기를 기다리고 있지 않았다면 나는 이 늙은 퇴역 장교가 그라는 걸 전혀 알아보지 못했을 것이다.

「무슨 일이냐고? 아! 별 거 아니네. 희한한 우연의 일치가 있어서 말이야. 자네는 알 수 없는 사건들을 서로 연결 짓거나 해결하기를 좋아하니까……」

내가 대답했다.

「그래서?」

「바쁜 모양이군?」

「문제의 사건이 내가 움직일 만한 가치가 없는 일이라면 서둘러 가 봐야겠네. 그러니 곧장 본론으로 들어가지」

「좋아, 본론으로 들어가세! 우선 내가 지난 주에 센 강 좌안의 먼지투성이 어떤 골동품 가게에서 구입한 이 작은 그림을 좀 봐주겠나? 이중 종려나무 잎 장식이 있는 제1제정풍의 틀 때문에 샀지. 그림은 조잡하기 짝이 없지만……」

잠시 후 뤼팽이 말했다.

「사실 그렇군. 하지만 주제에는 풍취가 없지 않아……. 이 구석의 오래된 정원과 그리스 식 열주가 늘어선 원형 건물, 해시계와 수반(水盤), 르네상스 식 지붕이 덮이고 폐허가 된 우물, 계단, 돌로 된 벤치, 모든 게 생동감 있군」

내가 덧붙였다.

「그리고 진품이지. 그림이 좋든 나쁘든 이 캔버스는 제1제정풍의 이 틀에서 한번도 떨어진 적이 없다네. 게다가 여기 날짜가 있어……. 보게나. 왼쪽 아래에 붉은 숫자로 15-4-2라고 적혀있지. 이건 틀림없이 1802년 4월 15일을 가리키는 거야(프랑스에서는 날짜를 표시할 때 일, 월, 연도순으로 표기한다──옮긴이)」

「그렇군…… 그래……. 하지만 아까 이상한 우연의 일치라고 했지? 아직까지는……」

나는 한쪽 구석에서 삼각대 위에 세워 놓은 망원경을 가져와 열려진 창문을 통해 저쪽 길 내 아파트의 맞은편에 있는 작은 방의 열려 있는 창 쪽을 향하게 했다. 그리고 뤼팽에게 들여다보라고 권했다.

그가 몸을 기울였다. 이 시간이면 비스듬히 햇빛이 들어 저쪽 방의 매우 단순한 마호가니 가구들과 커다란 침대, 두툼한 무명천으로 커튼을 친 어린이용 침대를 볼 수 있었다.

「아! 똑같은 그림이군!」

뤼팽이 갑자기 외쳤다.

「완전히 똑같다네! 날짜까지……. 붉은색 날짜가 보이지? 15-4-2라고 씌어 있어」

내가 단언했다.

「그래, 보이는군……. 저 방에는 누가 살지?」

「어떤 부인이…… 아니 한 여자 노동자라고 해야겠군. 먹고 살기 위해 일을 나가니까 말일세. 재봉일로 가까스로 입에 풀칠을 하고 산다네. 아이랑 함께」

「그 여자 이름이 뭔가?」

「루이즈 데르느몽……. 조사해 보니 공포 정치(1793년 9월~1794년 7월. 프랑스 혁명 말기 자코뱅 당의 독재 정치를 가르킴. 〈테르미도르의 반동〉으로 독재자 로베스피에르가 처형당하면서 막 내린다——옮긴이) 때 참수형을 당한 징세 청부인의 증손녀라더군」

「앙드레 쉐니에(1762-1794, 프랑스 시인. 자코뱅 당에 대항하는 격렬한 사설을 써 체포되고 로베스피에르의 실각 이틀 전인 7월 25일 처형당한다——옮긴이)와 같은 날 단두대에 오른 사람이군. 당시의 회고록에 따르면 데르느몽는 대단한 재력가로 통했다지」

뤼팽이 덧붙이고는 고개를 들며 내게 물었다.

「재미있는 얘기군. 그런데 왜 내게 진작 얘기하지 않고 오늘까지 기다렸나?」

「오늘이 바로 4월 15일이기 때문이지」

「그래서?」

「어제 관리인의 수다를 통해 4월 15일이 루이즈 데르느몽의 삶에서 매우 중요한 의미가 있다는 것을 알게 됐다네」

「그럴 수가!」

「평소의 그녀는 매일 일을 나가면서도 자기 아파트의 방 두 칸을 깔끔하게 정돈하고 딸이 공립 초등학교에 가지고 갈 점심을 준비하지……. 하지만 4월 15일은 평소와 달리 10시경 딸과 함께 나가서 밤이 되어서야 돌아온다네. 비가 오나 바람이 부나 몇 년 전부터 쭉 그래 왔다는군. 이상하지 않나? 오래된 그림에서 발견한 날짜와 또 다른 똑같은 그림에 새겨진 날짜, 그리고 매년 되풀이되는 징세 청부인 데르느몽의 후손의 외출 날짜……」

「정말 이상하군……. 자네 말이 맞아……. 그런데 그녀가 어디로 가는지는 모르나?」

뤼팽이 천천히 대꾸했다.

「몰라. 그녀가 아무에게도 말하지 않았거든. 사실 그녀는 말이 거의 없어」

「자네가 얻은 정보는 확실한 거고?」

「물론이지. 정확한 정보라는 증거가 여기 있어. 자, 저길 보게」

맞은편 문이 열리더니 일고여덟 살쯤 되어 보이는 어린아이가 들어와 창가에 섰다. 아이 뒤로 날씬하고 아름다운, 온화하고 우수에 찬 듯한 여인이 나타났다. 둘 다 외출 준비가 마친 상태였다. 소박한 옷차림이었지만 그 어머니에게서는 우아한 몸가짐이 드러나 보였다.

「봐, 그들이 나가려고 하네」

내가 중얼거렸다.

실제로 잠시 후 어머니가 아이의 손을 잡더니 함께 방에서 나갔다.

뤼팽은 모자를 집어들었다.

「함께 가겠나?」

그림자 표시

너무나 강렬한 호기심에 자극을 받은 나는 조금도 마다하지 않고 곧장 뤼팽과 함께 계단을 내려갔다.

거리에 나오자 그 이웃 여자가 빵집으로 들어가는 게 보였다. 그녀는 빵을 두 조각 사서 딸 아이가 들고 있던 작은 바구니에 넣었다. 바구니 안에는 이미 다른 음식들이 들어 있는 것 같았다. 그리고 나서 그들은 외곽 도로 쪽으로 방향을 잡아 에투알 광장까지 그 길을 따라간 다음 클레베가를 따라 파시 지구 들머리까지 갔다.

뤼팽은 눈에 띄게 깊은 생각에 잠긴 채 조용히 걸었다. 나는 그에게 이런 생각거리를 제공했다는 게 몹시 즐거웠다. 가끔 그가 하는 사고의 흐름을 드러내 주는 어떤 말들이 언뜻언뜻 흘러나와 그에게도 이 문제가 고스란히 수수께끼로 남아 있음을 확인할 수 있었다.

루이즈 데르느몽은 왼쪽으로 비스듬히 돌아 프랭클린(벤자민 프랭클린, 1706~1790. 미국의 정치가, 외교관, 과학자로 피뢰침을 발명——옮긴이)과 발자크(1799-1850, 프랑스의 소설가——옮긴이)가 살았던 평화로운 옛 거리인 레이누아르가로 꺾어 들어갔다. 그곳은 오래된 집과 소박한 정원이 쭉 늘어서 있어서 시골에 온 듯한 인상을 주는 거리로 작은 언덕을 굽어보고 있으며 그 아래로는 센 강이 굽이치고 골목길들이 강을 향해 흘러내리고 있었다.

내 이웃 여자는 좁고 구불구불하며 인적이 없는 이 골목길들 중 하나로 접어들었다. 오른쪽으로 레이누아르가를 향하고 있는 집이 나타났는데 그 집은 이끼가 잔뜩 낀, 흔히 볼 수 없는 높다란 담이 버팀벽으로 받쳐진 채 유리 조각들로 뒤덮여 있었다.

담 한가운데에는 아치 형의 낮은 문이 있었는데, 루이즈 데르느몽은 그 앞에 멈추더니 커다란 열쇠로 문을 열었다. 어머니와 딸은 안으로 들어갔다.

「어쨌든 그녀가 뭔가 감추고 있지는 않은 것 같네. 오는 동안 한 번도 뒤돌아보지 않았으니까」

뤼팽이 내게 말했다.

그가 말을 마치기 무섭게 우리 뒤에서 발자국 소리가 들렸다. 누더기 옷을 걸치고 더럽게 때가 잔뜩 낀 남자와 여자, 늙은 거지 두 명이었다. 그들은 우리가 있다는 것에 신경도 쓰지 않고 지나갔다. 남자가 보따리에서 이웃 여자의 것과 비슷한 열쇠를 꺼내어 자물쇠에 꽂았다. 그들이 들어가고 문이 다시 닫혔다.

곧이어 골목길 끝에서 자동차 멈추는 소리가 들렸다⋯⋯. 뤼팽은 50미터 정도 떨어진 곳으로 나를 끌고 갔다. 움푹 들어간 안쪽은 우리 둘이 숨기에 충분했다. 우리는 보석으로 치장을 하고 짙은 검은 눈에 새빨간 입술, 샛노란 금발 머리를 한 매우 우아한 자태의 한 젊은 여인이 강아지를 팔에 안고 길을 내려오는 것을 보았다. 문 앞에서 똑같이 멈춰 서서 똑같은 열쇠로⋯⋯ 그리고는 그 아가씨와 작은 강아지도 문 뒤로 사라졌다.

「일이 재미있어지는걸. 저들 사이에 어떤 관계가 있을까?」

뤼팽이 이죽거리며 말했다.

계속해서 마르고 인상이 고약한, 서로 자매처럼 닮은 나이 든 여자 둘이 도착했고 그 다음은 호텔 종업원 한 사람, 그러고 나서 육군 하사 한 명, 또 조각조각 기운 더러운 웃옷을 입은 뚱뚱한 남자, 마지막으로 배를 곯은 사람들처럼 창백하고 허약해 보이는 아버지, 어머니, 네 아이들로 이루어진 노동자 가족이 나타났다. 도착하는 사람들마다 먹을 것으로 채워진 바구니나 망태기를 들고 있었다.

「소풍이라도 왔나 보군」

내가 소리쳤다.

「점점 더 놀라워지는데. 저 벽 뒤에서 무슨 일이 일어나는지 알기 전에는 마음의 평화를 되찾을 수 없을 것 같군」

뤼팽이 또박또박 말했다.

담을 타고 오르기는 불가능했다. 또, 그 담은 두 집을 잇고 있었는데 골목길 아랫집에나 윗집에나 담장을 향한 창문은 없었다.

우리가 방법을 찾으려고 헛되이 애쓰고 있을 때, 느닷없이 작은 문이 다시 열리더니 노동자 가족의 아이들 중 하나가 나타났다.

꼬마는 레이누아르가까지 달려 올라갔다. 몇 분 후 물병 두 개를 가지고 온 아이는 주머니에서 커다란 열쇠를 꺼내기 위해 병을 내려놓았다.

그 순간 이미 내 곁을 떠난 뤼팽은 이리저리 산책하는 것처럼 천천히 벽을 따라 걷다가 아이가 담장 안으로 들어가서 문을 밀어 닫는 순간 펄쩍 뛰어 자물쇠 판에 자신의 칼끝을 꽂았다. 빗장이 걸리지 않아 한 번 힘을 주자 문은 쉽게 벌어졌다.

「됐네」

뤼팽이 말했다.

그는 조심스럽게 고개를 들이밀더니 놀랍게도 주저 없이 안으로 들어갔다. 그의 뒤를 따라 들어가 보니 담 너머 10미터 정도 거리에 월계수 나무숲이 커튼처럼 펼쳐져 있어서 들킬 염려 없이 지나갈 수 있다는 것을 알 수 있었다.

뤼팽은 숲 한가운데에 자리를 잡았다. 나도 다가가서 그와 함께 덤불을 헤치고 보았다. 눈앞에 펼쳐진 광경이 너무나 뜻밖이

어서 터져 나오는 탄성을 억누를 수 없었다. 한편, 옆에 있는 뤼팽은 입을 다문 채 웅얼거렸다.
「빌어먹을! 정말 이상한 일이군!」
우리 앞에는 창문이 없는 두 채의 집 사이 좁은 공간에, 내가 골동품상에게 산 낡은 그림과 똑같은 풍경이 펼쳐져 있었다!
똑같은 풍경! 안쪽에는 열주가 날렵하게 늘어선 똑같은 그리스식 원형 건물이 두 번째 담에 맞닿아 있었고 중앙에는 똑같이 돌로 된 벤치가 이끼 낀 타일 수반 쪽으로 내려가는 4단짜리 계단을 내려다보고 있었다. 왼쪽에는 똑같은 우물이 공들여 다듬은 철로 된 지붕을 이고 있고 바로 옆에는 똑같은 해시계가 특유의 화살과 대리석 판을 보여 주고 있었다.
똑같은 풍경이라니! 뤼팽과 나의 머릿속을 떠나지 않는, 그림 한 구석에 새겨져 있던 4월 15일이라는 날짜에 대한 기억은 이 광경에 기이함을 더해 주었다. 그날이 바로 4월 15일이라는 것, 전혀 다른 나이, 전혀 다른 신분, 전혀 다른 외모의 열여섯 내지 열여덟 명의 사람들이 하필 4월 15일을 골라 파리의 이 후미진 구석에 모여 있다고 생각해 보라!
우리가 바라보는 사이, 그들은 모두 서로 떨어져 무리를 지어 벤치와 계단 위에 앉더니 음식을 먹기 시작했다. 내 이웃 여자와 그녀의 딸에게서 멀지 않은 곳에는 노동자 가족과 거지 부부가 모여 있었고 호텔 종업원과 더러운 웃옷을 입은 남자, 육군 하사, 비쩍 마른 두 자매가 햄 조각과 정어리 통조림, 그뤼예르 치즈를 함께 나누고 있었다.
시간은 1시 반이었다. 남자 거지와 뚱뚱한 남자가 파이프를 꺼냈다. 남자들이 원형 건물 옆에서 담배를 피우기 시작하자 여자들이 그 곁에 모였다. 모든 이들이 서로 잘 아는 것 같았다.
 그들이 꽤 멀리 있었기 때문에 말소리는 들리지 않았다. 하지만 대화가 점점 고조되어 가는 게 보였다. 특히 강아지를 데리고 온 아가씨는 사람들에게 둘러싸인 채 거드름을 피우며 말할 때마다 커다란 동작을 취했고 이에 놀란 강아지가 사납게 짖어댔다.
 별안간 비명이 터져 나오고 분노의 외침이 이어졌다. 남자고 여자고 모든 사람들이 뒤죽박죽이 되어 우물로 달려갔다.
 노동자 가족의 한 아이가 줄 끝에 쇠갈고리가 달린 허리띠에 묶여 우물에서 불쑥 솟아 나왔다. 나머지 세 아이들이 크랭크를 돌려 그를 끌어올리고 있었다.
 거지들과 비쩍 마른 자매가 노동자 부부와 싸우는 사이 육군 하사가 민첩하게 아이에게 달려들었고 이어 호텔 종업원과 뚱뚱한 남자도 아이를 움켜잡았다.
 순식간에 아이의 몸에는 셔츠 한 장밖에 남지 않았다. 옷을 빼앗은 호텔 종업원이 달아나고 육군 하사가 뒤따라가 그에게서 짧은 바지를 빼앗았는데 바지는 다시 비쩍 마른 두 자매의 손으로 넘어갔다.
「다들 미쳤군!」
어안이 벙벙해진 내가 중얼거렸다.
「아니, 아니야」
뤼팽이 말했다.
「뭐라고? 자네는 뭘 좀 알겠나?」
 처음부터 조정자의 역을 하던 루이즈 데르느몽이 마침내 소동을 가라앉혔다. 사람들은 다시 자리에 앉았다. 하지만 흥분이 지나쳤던지 피로에 지쳐 입을 꾹 다문 채 움직이지 않았다.

시간이 흘렀다. 초조해지고 배가 고파지기 시작한 나는 레이누아르까지 가서 먹을 것을 구해 와서 뤼팽과 함께 나눠 먹으며 눈앞에서 펼쳐지는 이해할 수 없는 희극의 배우들을 지켜보았다. 매 순간 슬픔이 증폭되며 그들을 짓누르는 것 같았다. 그들은 낙담한 듯 점점 더 힘없이 등을 구부리고 생각에 잠겼다.

「저들은 저기서 밤을 보내려는 걸까?」

지루해진 내가 말했다.

하지만 5시가 되자 더러운 웃옷의 뚱뚱한 남자가 시계를 꺼내 보았다. 모두들 그를 따라 각자의 시계를 보았다. 뭔가 상당히 중요한 사건이 일어나기를 초조하게 기다리는 것 같았다. 15분 내지 20분 후에 뚱뚱한 남자가 실망한 듯한 몸짓을 하며 일어나 모자를 쓰는 것을 보니 그 사건은 일어나지 않은 모양이었다.

그때 통곡 소리가 울렸다. 비쩍 마른 두 자매와 노동자의 아내는 무릎을 꿇고 십자가를 그었으며 강아지를 안고 온 아가씨와 거지 여자가 흐느껴 울며 서로 끌어안았다. 슬픈 몸짓으로 딸을 꼭 끌어안는 루이즈 데르느몽의 모습도 보였다.

「가세」

뤼팽이 말했다.

「공연이 끝났다고 생각하는 건가?」

「그래, 그리고 우리가 도망갈 시간도 얼마 남지 않았네」

우리는 무사히 그곳을 떠났다. 레이누아르가 위쪽에서 뤼팽은 왼쪽으로 돌아 나를 밖에 남겨 둔 채 그 담장을 내려다보고 있는 첫 번째 집으로 들어갔다.

그는 관리인과 몇 마디 나누더니 내게로 돌아왔고 우리는 자동차를 잡아탔다.

「튀랭가 34번지로!」

그가 운전사에게 말했다.

튀랭가 34번지 1층에는 공증인 사무소가 있었고 우리는 곧 나이가 꽤 든, 친절하고 쾌활한 발랑디에 선생의 집무실로 안내받았다.

뤼팽은 자신을 퇴역장교 자니오라고 소개했다. 그는 자신의 취향에 따라 집을 한 채 지으려 하는데 누군가 레이누아르가 옆에 위치한 땅에 대해 얘기를 해 주더라고 말했다.

「하지만 그 땅은 파는 게 아닙니다!」

발랑디에 선생이 외쳤다.

「아! 사람들 말로는……」

「아니, 절대로 아닙니다」

공증인은 자리에서 일어나 붙박이장 속에서 어떤 물건을 꺼내어 보여 주었다. 나는 놀라서 얼떨떨했다. 그것은 내가 산 그 그림, 루이즈 데르느몽의 집에 있는 그 그림과 똑같은 그림이었다.

「데르느몽의 정원이라고 불리는, 이 그림 속 땅 말씀이시죠?」

「맞소」

「이 땅은 공포 정치 때 처형당한 징세 청부인 데르느몽 씨의 커다란 정원에 속해 있었는데 후손들이 팔 수 있는 부분은 모두 조금씩 팔아 버렸지요. 하지만 이 마지막 일부는 남아 있고 앞으로도 그들의 공유지로 계속 남아 있을 겁니다……. 만에 하나……」

공증인이 느닷없이 웃음을 터뜨리기 시작했다.

「만에 하나 뭐죠?」

뤼팽이 물었다.
「아! 이건 정말 이상야릇한 이야기랍니다. 저는 가끔 그 방대한 서류를 훑어보는 걸 즐기지요」
「말할 수 없는 거요?」
「전혀 아닙니다」
얘기를 하게 되어 오히려 즐거운 듯 발랑디에가 단언했다.
그리고는 부탁도 하기 전에 이야기를 시작했다.

「대혁명 초기에 이미 루이아그리파 데르느몽은 아내와 딸 폴린을 만나러 제네바에 간다는 구실로 포부르 생제르맹에 있는 저택의 문을 닫고 하인들을 쫓아냈습니다. 그리고 아들과 함께, 매우 헌신적인 늙은 하녀 한 명만 데리고 아무도 모르는 파시의 작은 집으로 피신했지요. 그는 그곳에서 3년간 숨어 지냈고 그 은신처는 들키지 않을 거라고 생각했어요. 그러던 어느 날 점심을 먹고 낮잠을 자고 있는데 늙은 하녀가 길 맞은편 끝에서 무장한 경찰대가 집 쪽으로 다가오는 것을 보고는 방으로 급히 뛰어 들어왔습니다. 루이 데르느몽은 재빨리 준비를 마치고 사람들이 문을 두드리는 바로 그 순간, 겁에 질린 목소리로 아들에게 〈5분만 시간을 끌어다오…….〉라고 소리치며 정원 쪽으로 난 문을 통해 사라졌습니다. 도망가려 하다가 정원의 모든 출구가 포위됐다는 사실을 알게 된 건지, 어쨌든 7, 8분 후 그는 다시 돌아와 침착하게 질문에 답하고 두말없이 경찰대를 따라나섰습니다. 그때 아직 열여덟 살밖에 되지 않은 그의 아들 샤를도 연행되었고요」
「그 일이 언제……?」
뤼팽이 물었다.

「혁명력(프랑스 혁명 때인 1793년 국민 공회가 이전의 그레고리력을 폐지하고 개정한 달력——옮긴이) 2년 아월(芽月)(파종의 달. 프랑스 혁명력의 일곱 번째 달. 3월 21일~4월 18일에 해당——옮긴이) 26일에 일어났지요. 그러니까……」

발랑디에가 벽에 걸린 달력을 바라보며 말을 멈추었다가 다시 소리쳤다.

「아! 바로 오늘이군요. 오늘이 바로 징세 청부인이 체포된 4월 15일입니다」

「이상한 우연의 일치군요. 당시 상황으로 보아 체포 후 분명 심각한 결과가 뒤따랐겠지요?」

뤼팽이 말했다.

「아! 굉장히 심각한 결과였지요. 세 달 후인 열월(熱月)(프랑스 혁명력의 열한 번째 달. 7월 20일~8월 18일에 해당——옮긴이) 초, 징세 청부인은 단두대에 올라갔습니다. 아들 샤를은 감옥에 갇힌 채 잊혀졌고 재산은 몰수당했어요」

「어마어마한 재산이었겠죠?」

뤼팽이 물었다.

「바로 그겁니다! 바로 그 점에서 상황이 복잡해진다는 말씀입니다. 어마어마했을 그 재산이 사실은 발견되지 않은 채로 있습니다. 포부르 생제르맹의 저택은 혁명 전에 이미 어떤 영국인에게 팔아치웠고 징세 청부인의 모든 성들, 지방의 토지들, 보석과 증권, 수집품들도 마찬가지였습니다. 국민 의회(1792~1795년 사이에 열린 프랑스의 혁명 의회——옮긴이)와 그 다음에는 총재 정부(1795~1799년 프랑스 대혁명기의 정부——옮긴이)가 면밀한 조사를 명했지만 아무런 성과도 얻지 못했지요」

「하지만 적어도 파시의 집이 남아 있지 않소?」

뤼팽이 말했다.

「파시의 집은 데르느몽을 체포했던 혁명 자치 정부의 대표, 브로케가 헐값에 사들였습니다. 브로케는 그곳에 틀어박혀 모든 문을 굳게 걸어 닫고 담을 보강했지요. 마침내 풀려난 샤를 데르느몽이 그곳에 갔다가 총을 맞기도 했습니다. 샤를은 소송을 걸었지만 패소했고 거액의 돈을 제시하기도 했지만 브로케는 꿈쩍도 하지 않았어요. 브로케는 집을 샀고 그것을 잘 지킨 셈이지요. 샤를이 보나파르트의 도움을 얻지 못했더라면 아마 죽을 때까지 지킬 수 있었을 겁니다. 하지만 결국 1803년 2월 12일 브로케는 그 집을 떠났어요. 그런데 샤를은 기쁨이 너무 컸던지, 아니면 이 모든 시련을 겪느라 심적 고통이 너무 컸던지, 마침내 되찾은 그 집 문턱에 도착해 채 문을 열기도 전에 그는 춤을 추며 노래를 부르기 시작했지요. 미쳐 버린 겁니다」

「맙소사! 그래서 어떻게 되었소?」

뤼팽이 중얼거렸다.

「그의 어머니와 누이 폴린(그녀는 제네바에서 사촌이랑 결혼을 했답니다.)은 둘 다 죽었기 때문에 늙은 하녀가 그를 돌보았지요. 그들은 파시의 집에서 함께 살았습니다. 특별한 일 없이 몇 년이 흘렀는데 1812년 갑자기 극적인 사건이 벌어졌지요. 늙은 하녀가 죽어 가던 침상에서 두 증인을 불러 놓고 놀랄 만한 사실을 털어놓았습니다. 혁명 초기에 징세 청부인은 금과 은으로 가득 찬 가방을 파시의 집에 가져왔는데 체포되기 며칠 전에 이 가방이 사라졌다, 아버지한테 비밀을 전해 들은 샤를 데르느몽이 전에 털어놓은 바에 따르면 보물은 정원 안, 원형 건물과 해시계와 우물

사이에 숨겨져 있다는 것이었습니다. 그 증거로 하녀는 징세 청부인이 갇혀 지내는 동안 그려, 부인과 아들과 딸에게 넘겨주라는 부탁과 함께 그녀에게 보낸 세 점의 그림을, 아니 보다 정확히 말하자면 아직 액자에 끼우지 않은 세 폭의 캔버스를 보여 주었습니다. 막대한 부의 유혹에 이끌린 샤를과 하녀는 입을 꾹 다물고 있었습니다. 그 후 집을 찾기 위한 소송이 일어났고, 결국 집을 다시 차지했으나 샤를은 미치광이가 되었고, 하녀가 혼자서 찾아보려 애썼으나 실패했으며 보물은 여전히 그곳에 남아 있다는 것이었습니다」

「그렇다면 아직도 그곳에 남아 있겠군」

뤼팽이 빈정거렸다.

「언제까지나 그곳에 남아 있겠지요. 만에 하나 뭔가 냄새를 맡은 브로케가 그것들을 찾아내지 않았다면 말입니다······. 하지만 이 가설은 별로 그럴듯하지 않지요. 브로케는 매우 가난하게 죽었으니까요」

「그리고 어떻게 됐습니까?」

「수소문을 한 결과, 샤를의 누이인 폴린의 자녀들이 제네바에서 달려왔지요. 그들은 샤를이 몰래 결혼을 해서 아들들이 있다는 것을 알게 됐습니다. 그리고 곧 함께 작업에 착수했지요」

「그러면 샤를은?」

「샤를은 극단적인 은둔 생활을 했습니다. 자기 방에서 한 걸음도 나오지 않았어요」

「단 한 번도?」

「아닙니다. 이 사건에서 가장 기이하고 놀랄 만한 점이 바로 그 부분이지요. 샤를 데르느몽은 1년에 딱 한 번, 어떤 무의식적인 의지에 이끌려 방에서 내려와 아버지가 갔던 길을 정확히 따라 걸었습니다. 정원을 가로질러 때로는 원형 건물 계단에, 여기 그림이 보이시죠? 때로는 우물가에 앉곤 했지요. 그러다가 5시 27분이 되면 일어나 방으로 돌아가는 겁니다. 1820년 그가 죽을 때까지 그 일이 계속됐지요. 이 이해할 수 없는 순례를 한 해도 거르지 않았어요. 그리고 그의 순례일은 바로 아버지가 체포되었던 날인 4월 15일이었습니다」

말하면서 스스로도 납득할 수 없는 이야기에 혼란스러워진 발랑디에는 더 이상 미소 짓지 않았다.

뤼팽이 잠시 생각에 잠겨 있다가 물었다.

「샤를이 죽은 후에는 어떻게 되었소?」

공증인 발랑디에가 엄숙함까지 띠며 대답했다.

「그때부터는, 아, 곧 100년이 되는군요. 그때부터는 샤를과 폴린 데르느몽의 후손들이 4월 15일의 순례를 계속했지요. 처음 몇 해 동안은 온 정원을 샅샅이 뒤졌습니다. 정원에서 탐색하지 않은 땅은 한 치도 없고 뒤집어 보지 않은 흙은 한 덩어리도 없었지요. 하지만 이제는 끝났습니다. 이제는 거의 찾지 않아요. 가끔가다 별 생각 없이 겨우 돌이나 한번 들어 보고 우물이나 한번 들여다볼까? 아니, 그들은 그저 가련한 미치광이 샤를처럼 원형 건물 계단에 앉아서 가만히 기다릴 뿐입니다. 그것이 그들의 슬픈 운명이지요. 100년이 되어 가도록 아버지에서 아들로 대를 이어 가면서 그들은……, 뭐라고 하면 좋을까……? 삶의 원동력을 잃었어요. 그들에게는 더 이상 패기도 의욕도 없습니다. 그들은 다만 기다릴 뿐이에요. 4월 15일을 기다리고, 4월 15일이 오면 기적이 일어나기를 기다리지요. 결국 불행이 그들을 정복했어요. 제 선임들과 제가, 수입이 더 좋은 다른 집을 짓기 위해 그 집을 팔아 주었고, 그 다음에는 정원의 한 구획, 한 구획을 조금씩 팔았지요. 하지만 지금 남아 있는 한 귀퉁이의 땅을 남에게 넘기느니 그들은 차라리 죽음을 택할 겁니다. 폴린의 직계 자손인 루이즈 데르느몽이나 불행한 샤를을 그대로 닮은 거지 부부, 노동자 가족, 호텔 종업원, 서커스 단의 여자 곡예사 등 모든 이들이 그 점에 대해서는 같은 의견이에요.」

또다시 침묵이 흐른 뒤, 뤼팽이 말을 꺼냈다.

「발랑디에 씨, 당신 생각은 어떻소?」

「제 생각에 그곳에는 아무것도 없습니다. 나이 탓에 쇠약해진 늙은 하녀의 말을 어떻게 믿겠습니까? 또 미치광이의 엉뚱한 짓에 무슨 의미가 있겠습니까? 게다가 그 징세 청부인이 재산을 매각했다면 그 돈이 발견되었어야 하지 않겠습니까? 그 협소한 공간은 어마어마한 재산이 아니라 서류 쪼가리 한 장, 보석 하나 정도나 숨기기에 적당하니까요.」

「하지만 그림이 있잖소?」

「물론 그렇지요. 그렇지만 그게 충분한 증거가 됩니까?」

뤼팽은 몸을 기울여 공증인이 붙박이장에서 꺼낸 그림을 한참 동안 살펴보더니 말했다.

「그림이 세 점이라고 하셨지요?」

「그렇습니다. 여기 있는 하나는 샤를의 자녀들이 제 선임에게 맡긴 것이고, 루이즈 데르느몽이 다른 하나를 가지고 있지요. 마지막 하나는 어떻게 됐는지 모릅니다」

뤼팽이 나를 쳐다보고는 다시 말했다.

「각각의 그림에 똑같은 날짜가 적혀 있소?」

「그렇습니다. 샤를 데르느몽이 죽기 얼마 전, 그림들을 액자에 끼우면서 새겨 넣었지요. 똑같은 날짜 15-4-2, 즉 혁명력 2년 4월 15일입니다. 징세 청부인이 체포된 게 바로 1794년 4월이니까요」

「아! 그렇군. 완벽하오……. 숫자 2의 의미가……」

뤼팽이 말했다.

그는 잠시 동안 생각에 잠겨 있다가 말을 이었다.

「한 가지만 더 묻겠소. 이 문제를 풀겠다고 나선 사람이 아무도 없었소?」

발랑디에가 기가 막힌 듯이 두 팔을 쳐들며 소리쳤다.

「그럴 리가 있겠습니까? 그것은 우리 사무소의 골칫거리였단 말입니다. 1820년에서 1843년 사이, 온갖 사기꾼, 카드 점쟁이, 계시를 받았다는 사람 등이 데르느몽의 후손들에게 보물을 찾아 주겠다고 큰소리를 쳐서 제 선임 중 하나인 튀르봉 선생이 열여덟 번이나 파시에 불려 갔습니다. 결국에는 그곳을 조사하기를 원하는 모든 이방인은 미리 얼마간의 돈을 맡겨 놓아야 한다는 규정을 만들기까지 했답니다」

「그 돈은 얼마입니까?」

「5000프랑입니다. 숨겨 놓은 재산을 찾는 데 성공할 경우에는 그중 3분의 1이 그에게 돌아갑니다. 하지만 실패할 경우에는 그의 위탁금이 후손들 소유가 되는 겁니다. 이렇게 한 덕분에 제가 조용히 지낼 수 있게 되었지요」

「5000프랑을 내겠소」

「네? 무슨 말씀이십니까?」

공증인이 놀라 펄쩍 뛰었다.

그림자 표시 87

뤼팽이 주머니에서 지폐 다섯 장을 꺼내어 조용히 책상 위에 늘어놓으며 다시 말했다.

「5000프랑을 맡기겠다고 했소. 영수증을 써 주시고, 내년 4월 15일에 데르느몽의 후손들을 모두 불러 주시오」

공증인은 정신을 차리지 못했다. 뤼팽의 극적인 행동에 익숙해져 있는 나조차도 깜짝 놀랄 수밖에 없었다.

「진담이십니까?」

발랑디에가 물었다.

「전적으로 진담이오」

「하지만 제 생각을 말씀드리지 않았습니까? 이 거짓말 같은 얘기에는 아무런 증거도 없다고요」

「내 생각은 다르오」

뤼팽이 단언했다.

공증인은 정신이 이상한 사람을 보듯 뤼팽을 바라보았다. 그러고 나서 결정을 내린 듯 펜을 들어 공문서 용지에 퇴역 장교 자니오의 위탁금을 기재하고 그에게 앞으로 발견하게 될 재산에서 3분의 1의 소유권을 보장한다는 계약서를 작성했다.

「생각이 바뀌면 일주일 전까지 내게 알려 주시기 바랍니다. 데르느몽의 가족들에게는 마지막 순간에 가서야 얘기하겠습니다. 이 불쌍한 사람들에게 너무 오랫동안 희망을 품게 하면 안 되니까요」

「오늘 바로 얘기하셔도 좋습니다. 그러면 그들은 더 멋진 한 해를 보낼 수 있을 테니까요」

우리는 발랑디에 선생과 헤어졌다. 거리로 나오자마자 내가 소리쳤다.

「자네는 뭘 좀 알겠나?」

「내가? 아니, 아무것도 모른다네. 바로 그 점에 흥미를 느끼는 거야」

「하지만 100년 동안이나 아무도 찾지 못했다네!」

「이건 찾아 헤매기보다는 생각해야 할 문제지. 그런데 내게는 생각할 시간이 365일이나 남아 있어. 아무리 흥미롭다고는 하지만, 시간이 너무 많아서 오히려 이 사건을 잊어버리지 않을까 걱정이네. 친애하는 친구여, 부디 자네가 나에게 기억을 좀 상기시켜 주겠나?」

그 후 여러 달에 걸쳐 나는 몇 번이나 그에게 이 얘기를 상기시켜 주었다. 하지만 그는 별로 중요하게 생각지도 않는 것 같았다. 그리고 나서 한동안 그를 만날 기회가 없었다. 나중에 알게 되었지만 그때 그는 아르메니아로 여행을 떠나 붉은 술탄을 상대로 무시무시한 싸움을 벌였고 그 싸움은 결국 전제 군주의 몰락으로 끝났다.

어쨌든 나는 그가 알려 준 주소로 편지를 보내어 사방에서 얻어 낸 이웃 여자 루이즈 데르느몽에 대한 정보를 전달해 주었다. 그녀가 몇 년 전 어떤 부잣집 청년과 사랑에 빠졌는데 남자 쪽 가족의 반대로 남자가 그녀를 떠났다는 얘기며 그로 인해 절망에 빠졌던 얘기, 하지만 이제 딸과 함께 씩씩하게 살아 가고 있다는 얘기들 말이다.

뤼팽은 한 번도 답장을 보내지 않았다. 내 편지들을 받아 보기는 했을까? 날짜는 다가왔고 나는 그가 다른 계획들로 바빠서 약속한 날짜에 올 수 없는 건 아닐까 걱정하지 않을 수 없었다.

4월 15일 아침이 왔다. 하지만 뤼팽은 정말로 내가 점심 식사를 마칠 때까지도 나타나지 않았다. 12시 15분에 나는 혼자 파시로 갔다.

골목길에 들어서자 곧 문 앞에 서 있는 노동자 가족의 네 아이들이 보였다. 아이들에게 소식을 듣고 발랑디에 선생이 나를 맞이하러 달려 나왔다.

「아니…… 자니오 씨는?」

그가 외쳤다.

「아직 오지 않았습니까?」

「네. 모두들 초조하게 그를 기다리고 있어요」

공증인 주위로 몰려든 사람들의 얼굴에는 더 이상 지난해와 같은 음울하고 낙담한 표정이 없었다.

발랑디에가 말했다.

「이들은 희망에 차 있답니다. 제 잘못이지요. 하지만 어쩌겠습니까? 친구 분의 태도가 이 선량한 사람들에게 확신을 가지고 말하도록 자신감에 차 있었던 기억하니까요……. 물론 저야 믿을 수 없지만 말입니다. 어쨌든 자니오 대위님은 참 희한한 사람이에요……」

그는 내게 그 퇴역 장교에 대해 물었고 나는 좀 과장되게 지어낸 대답을 해 주었다. 유산 상속인들은 고개를 끄덕이며 듣고 있었다.

루이즈 데르느몽이 중얼거렸다.

「그런데 그분이 안 오시면 어쩌죠?」

「5000프랑을 나눠 갖는 거지」

거지가 대답했다.

그건 중요하지 않았다! 루이즈 데르느몽의 말은 이미 좌중에 찬물을 끼얹었다. 사람들은 얼굴을 찌푸렸고 불안에 찬 대기가 우리를 짓누르는 것 같았다.

1시 반이 되자 비쩍 마른 두 자매가 기진해서 주저앉았다. 그리고 더러운 웃옷을 입은 뚱뚱한 남자가 갑자기 공증인에게 대들었다.

「전적으로 당신이 책임져야 할 일이오, 발랑디르 선생. 자발적으로 오지 않으면 강제로라도 그 장교를 끌고 왔어야 할 거 아니오······. 그는 허풍쟁이임에 틀림없어」

그는 험상궂은 시선으로 나를 바라보았다. 그의 옆에 있던 호텔 종업원은 투덜투덜 내게 욕설을 퍼부었다.

그런데 꼬마 애들 중 큰형이 불쑥 문 앞에 나타나서 외쳤다.

「누가 와요! 오토바이에요!」

담 너머로 웅웅거리는 엔진 소리가 들렸다. 오토바이를 탄 남자가 뼈가 으스러지도록 골목길을 달려 내려오고 있었다. 그는 문 앞에서 끼익 브레이크를 걸더니 오토바이에서 뛰어내렸다.

마치 덮개처럼 그를 뒤덮은 두터운 먼지 아래로 보이는 짙은 청색 웃옷이나 주름이 잘 잡힌 바지, 검은 펠트 모자와 에나멜 구두, 그 어떤 것도 여행자의 차림은 **아니었다**.

「하지만 이분은 퇴역 장교 자니오 씨가 아닙니다」

그를 잘 알아볼 수 없어 망설이던 공증인이 외쳤다.

「아니, 맞소. 내가 퇴역 장교 자니오입니다. 수염을 깎았을 뿐이오. 발랑디에 선생, 당신이 서명해 준 영수증이 여기 있소」

뤼팽이 우리에게 손을 내밀며 말했다.

그는 한 꼬마의 팔을 잡고는 아이에게 말했다.

「택시 승차장까지 달려가서 차 한 대를 레이누아르가까지 불러 오렴. 자, 어서 뛰어가거라. 2시 15분에 중요한 약속이 있거든」

그에 대해 항의하려는 움직임이 일었다. 자니오 대위는 시계를 꺼내 보았다.

「이런! 아직 1시 48분밖에 되지 않았잖아. 15분 남짓 시간이 남았군. 아, 정말 피곤해! 무엇보다 배도 고프고!」

육군 하사가 부랴부랴 군용 빵을 내밀자 뤼팽은 그것을 게걸스럽게 물어뜯으며 자리에 앉아 말했다.

「용서하십시오. 마르세이유 발 특급 열차가 디종과 라로슈 사이에서 탈선해서 부상자를 구해야만 했소. 사망자도 열다섯 명쯤 됩니다. 그런데 마침 화물 운송 칸에서 이 오토바이를 발견하고…… 발랑디에 선생, 부디 이것을 정당한 소유주에게 돌려주시겠습니까? 이름표는 핸들에 붙어 있소. 아! 돌아왔구나, 애야. 자동차도 와 있니? 레이누아르가 모퉁이에? 잘했다」

그는 다시 시계를 보았다.

「이런, 이런! 낭비할 시간이 없군」

나는 왕성한 호기심에 불타며 그를 지켜보았다. 그러니 데르느몽의 후손들은 어떤 감정이었겠는가? 물론 그들은 자니오 대위에게, 내가 뤼팽에게 갖고 있는 것과 같은 믿음을 갖고 있지 않았다. 하지만 그들의 얼굴이 점점 창백해지며 긴장된 빛을 띠웠다.

자니오 대위는 천천히 왼쪽으로 걸음을 옮겨 해시계 쪽으로 다가갔다. 그 받침대는 어깨로 대리석 판을 받치고 있는 남자의 힘센 상반신 모양이었다. 대리석 판의 표면은 세월에 마모되어 시간을 나타내는 선이 거의 보이지 않았다. 그 위로 날개를 펼친 큐피드가 바늘 구실을 하는 기다란 화살을 들고 있었다.

자니오는 1분가량 그 위에 몸을 숙인 채 주의 깊게 바라보더니 말했다.

「나이프 좀 주시겠소?」

어디선가 2시를 알리는 종소리가 들렸다. 바로 그 순간 화살이 햇빛을 받은 해시계 위로, 둥근 표면 거의 한가운데를 가르는 대리석 틈을 따라 그림자를 드리웠다.

누군가에게 나이프를 건네받은 자니오 대위는 흙과 이끼 등이 뒤범벅이 되어 채우고 있는 좁은 틈을 뾰족한 칼끝으로 아주 천천히 긁어냈다.

곧이어 가장자리에서 10센티미터쯤 되는 곳에서 칼끝에 뭔가 걸린 듯했다. 대위는 동작을 멈추더니 엄지와 검지를 쑤셔 넣어 가느다란 물체를 끄집어냈다. 그는 그것을 양 손바닥 사이에 넣고 비빈 다음 공증인에게 넘겼다.

「여기 있소, 발랑디에 선생. 아직 다른 게 남아 있군요」

그것은 감탄스러울 정도로 잘 다듬어진, 개암 열매만 한 크기의 커다란 다이아몬드였다.

대위는 다시 일을 시작했다가 곧바로 또 멈추었다. 첫 번째 것만큼 투명하고 훌륭한 두 번째 다이아몬드가 모습을 드러냈다.

그리고 세 번째, 네 번째가 나왔다.

잠시 후, 대위는 1.5센티미터 이상 깊게 파지 않은 채 한쪽 끝에서 다른 쪽 끝까지 작은 틈을 쭉 따라가면서 같은 크기의 다이아몬드를 열여덟 개나 빼냈다.

그동안 해시계 주위에선 단 한마디의 외침도 단 한번의 움직임도 없었다. 일종의 마비 상태가 엄습해 상속인들의 혼을 빼놓았던 것이다. 마침내 뚱뚱한 남자가 중얼거렸다.

「이럴 수가!」

그리고 육군 하사가 신음하듯 내뱉었다.

「아! 대위님…… 대위님……」

두 자매는 실신하고 강아지를 안은 아가씨는 무릎을 꿇고 기도했으며 호텔 종업원은 술에 취한 사람처럼 비틀거리며 두 손으로 머리를 감싸 쥐었고 루이즈 데르느몽은 눈물을 흘렸다.

마침내 평정을 되찾고 자니오 대위에게 사의를 표하려고 했을 때에야 그들은 그가 벌써 떠나 버렸음을 깨달았다.

나는 몇 년 후에야 이 사건에 대해 뤼팽에게 물을 기회가 생겼다. 비밀을 고백하고 싶은 마음이 든 뤼팽이 내게 대답했다.

「열여덟 개의 다이아몬드 사건 말인가? 맙소사, 나와 똑같은 인간인 이들이 3, 4세대에 걸쳐 해답을 찾아 헤맸다는 생각을 하면! 열여덟 개의 다이아몬드는 약간의 먼지를 뒤집어 쓴 채 그곳에 그대로 있었는데 말이야!」

「그런데 자네는 어떻게 그곳에 있을 거라고 추측했나?」

「추측한 게 아니야. 생각해서 알아냈지. 아니, 생각할 필요나 있었을까? 처음부터 이 사건은 가장 중요한 한 가지 문제, 즉 시간의 문제에 달려 있다는 인상을 받았지. 샤를 데르느몽은 아직 정신이 온전할 때, 세 점의 그림에 날짜를 새겨 넣었어. 그 후, 어둠 속을 헤매면서도 미약하게나마 살아 있던 정신에 빛이 비춰 매년 그를 오래된 정원 중앙으로 이끌었고, 매년 같은 시각, 그러니까 5시 27분에 다시 그곳을 떠나게 했던 거지. 그의 고장 난 머리를 무엇이 이렇게 조정했을까? 어떤 놀라운 힘이 그 가련한 미치광이를 움직이게 했을까? 그건 틀림없이 징세 청부인의 그림에서 해시계가 상징하고 있는 〈시간〉에 대한 본능적인 개념이었을 거네. 그러니까 지구의 공전이 샤를 데르느몽을 정해진 날짜에 파시의 정원으로 나오게 했으며, 지구의 자전이 그를 정해진 시간에, 즉 아마도 오늘날과는 다른 어떤 장애물에 가려져 해가 더 이상 파시의 정원을 비추지 않게 된 시간에 정원을 떠나게 한 것이지. 해시계는 바로 이 모든 것의 상징 그 자체라네. 그래서 나는 어디를 찾아봐야 할지 곧 알았지」

「그러면 찾는 시간은 어떻게 정했나?」

「단지 그림에 따라서였네. 샤를 데르느몽처럼 그 시대에 살았던 사람이라면 혁명력 2년 열월 26일이라고 적거나 1794년 4월 15일이라고 적기 마련이지, 혁명력 2년 4월 15일이라고 쓰지는 않았을 거야. 아무도 그런 생각을 하지 못했다는 게 놀라울 뿐이야」

「그러면 숫자 2가 가리키는 게 2시란 말인가?」

「물론이지. 자, 어떻게 된 건지 생각해 보자고. 징세 청부인은 자신의 재산을 금, 은으로 바꾸고 한층 더 신중을 기해 이 금과 은으로 놀랄 만큼 훌륭한 열여덟 개의 다이아몬드를 사 두었어. 그리고 순찰대가 온다는 말에 놀란 그는 정원으로 도망쳤지. 다이아몬드를 어디에 숨겨야 할까? 그때, 우연히도 해시계를 보았네. 시간은 2시였지. 화살이 대리석의 틈을 따라 그림자를 드리웠어. 그는 이 그림자의 표시에 따랐지. 흙먼지 속에 열여덟 개의 다이아몬드를 파묻고 침착하게 돌아와 병사들에게 순순히 몸을 맡긴 거네」

「하지만 화살의 그림자는 4월 15일 뿐 아니라 매일 2시에 대리석의 틈과 일치할 텐데?」

「친애하는 친구여, 자네는 이것이 4월 15일이라는 날짜만을 기억하고 있는 미치광이의 일이라는 것을 잊었군」

「좋네. 하지만 자네는 수수께끼를 풀었으니, 1년이 되기 전에 담장 너머로 들어가 다이아몬드를 쉽게 훔쳐 올 수 있지 않았나?」

「물론 아주 쉬운 일이었지. 그 사람들만 아니었다면 당장에 그렇게 했을 거야. 하지만 정말이지 그 불쌍한 사람들에 대한 연민이 생겼다네. 이 뤼팽이 얼마나 어리숙한지 잘 알지 않나? 하늘에서 떨어진 자비로운 천사처럼 불쑥 나타나서 사람들을 깜짝 놀라게 해 준다는 생각에 언제나 어리석은 짓을 저지르곤 한다니까」

「쳇! 그리 대단히 어리석은 짓도 아니군. 아름다운 다이아몬드 여섯 개를 얻었잖나! 데르느몽의 후손들은 기쁜 마음으로 계약을 이행했을 테니」

뤼팽은 나를 바라보더니 느닷없이 웃음을 터뜨렸다.

「자네 아무것도 몰랐나? 아! 그건 정말 대단했지……. 데르느몽 후손들의 기쁨 말이야……! 그 결과 다음날 선량한 자니오 대위에게는 철천지원수들이 생겨났다고! 비쩍 마른 두 자매와 뚱뚱한 남자가 다음날 항의를 했다네. 계약서? 그건 아무짝에도 쓸모없었지. 자니오 대위라는 사람은 없었기 때문이네. 그 사실은 쉽게 증명이 되었지. 〈자니오 대령이라고……? 그게 어디서 굴러먹던 사기꾼이야? 어디 한번 우리에게 덤벼 보라지!〉」

「루이즈 데르느몽도?」

「아니, 루이즈 데르느몽만은 이런 비열한 행동에 반대했어. 하지만 그녀가 어떻게 할 수 있었겠나? 게다가 부자가 된 그녀는 약혼자를 다시 만났지. 그 후로는 그녀에 대해 듣지 못했네」

「그러면 자네는 어떻게 되었나?」

「친애하는 친구여, 법적인 덫에 걸려 아무 힘이 없던 나는 그들과 타협을 해서 가장 작고 보잘 것 없는 다이아몬드 하나로 만족해야 했지. 그러니 자네도 성심성의껏 이웃을 돕는 데 힘써 보게나!」

그리고 뤼팽은 입속으로 투덜거렸다.

「아! 감사하는 마음이란 건 얼마나 엉터리인지! 그나마 정직한 사람들에게는 의무를 다했다는 만족감과 양심이 있기에 망정이지」

지옥의 함정

경마가 끝나고 관중석 출구로 몰려드는 인파가 부딪치며 지나가자 니콜라 뒤그리발은 손을 재빨리 양복 안주머니에 가져다 대었다. 부인이 물었다.

「왜 그러세요?」

「이 돈 때문에 걱정이 돼서 말이야. 소매치기라도 당하면 어떻해?」

「그런 큰돈을 몸에 지니고 다니다니 당신을 이해하지 못하겠어요! 우리의 전 재산을 말이에요! 그 돈 벌기가 얼마나 어려웠는데」

그녀가 중얼거렸다.

「흥! 이 지갑 안에 뭐가 있는지 누가 알겠어?」

「아니에요. 아는 사람이 있지요. 생각해 보세요. 지난 주에 해고한 하인은 모든 걸 알고 있잖아요. 그렇지 않니, 가브리엘?」

그녀가 투덜댔다.

「맞아요, 숙모님」
그들 옆에 있던 한 청년이 대답했다.
뒤그리발 부부와 조카 가브리엘은 경마장에서 매우 유명했다. 단골들은 거의 매일 그들을 볼 수 있었다. 뒤그리발은 혈색이 붉고 뚱뚱하며 쾌활한 낙천가였고 마찬가지로 몸집이 큰 그의 부인은 천박한 얼굴에 항상 눈에 띄게 낡고 짙은 자줏빛 비단 드레스를 입고 있었다. 조카는 매우 젊고 날씬하며 얼굴이 창백하고 검은 눈에 약간 곱슬곱슬한 금발 머리의 청년이었다.
그 부부는 보통 경마 내내 앉아만 있었다. 삼촌을 위해서 말을 살펴보고, 말을 돌보는 소년들과 기수들 사이에서 사방팔방 정보를 모으고, 관중석과 장외 마권 판매소를 왕복하며 판돈을 거는 건 조카였다.
그날은 운이 좋았다. 뒤그리발의 옆자리 사람들이 돈을 들고 오는 조카를 세 번이나 보았으니 말이다.
다섯 번째 경기가 끝났다. 뒤그리발은 담배를 물었다. 그때, 반백의 콧수염을 기르고 꽉 끼는 밤색 웃옷을 입은 남자가 다가와 은밀한 목소리로 물었다.
「누가 훔쳤나 본데 이거 혹시 당신 것 아니오?」
말하면서 그는 줄 장식이 달린 금시계를 내밀었다.
뒤그리발이 펄쩍 뛰어 올랐다.
「맞아요, 맞습니다……. 내 거요……. 보시오, 내 이름 첫글자가 새겨져 있소. N. D…… 니콜라 뒤그리발(Nicolas Dugrival)이오」
그리고 겁에 질린 몸짓으로 곧장 손을 양복 주머니에 대었다. 지갑은 그대로 있었다.
「아! 운이 좋군……. 하지만 어떻게 된 거지? 어떤 놈인지 아시오?」

 당황한 그가 말했다.

「예, 녀석을 잡았소이다. 지금 파출소에 있소. 실례지만 나와 함께 가시겠소? 자세히 설명해 드리리다」

「그런데 댁은 누구신지……?」

「경찰청 소속 경감, 들랑글이라고 하오. 마르켄 경관에게 이미 알려 놓았소」

 니콜라 뒤그리발은 경감과 함께 나갔다. 둘은 관람석을 빙 돌아 경찰서 쪽으로 향했다. 50보쯤 남았을 때 누군가 다급하게 경감에게 말을 걸었다.

「시계를 훔친 녀석이 전부 불었습니다. 지금 나머지 무리를 추적 중이에요. 마르켄 씨가 장외 마권 판매소에서 기다려 달라고 하십니다. 네 번째 매표소를 감시하면서요」

 장외 마권 판매소 앞에는 군중들이 북적대고 있었다. 들랑글 형사가 투덜거렸다.

「저런 데서 만날 약속을 하다니 정말 한심하군……. 게다가 누굴 감시하라는 거야? 마르켄은 항상 바보 같은 짓만 한다니까……」

 그는 마구 밀어붙이는 사람들 틈을 비집고 나아갔다.

「제기랄! 길을 헤치고 나아가야 하니 지갑을 잘 간수하시오. 아까도 이렇게 당한 거요, 뒤그리발 씨」

「어떻게 된 건지 도무지……」

「아! 그들이 어떻게 행동하는지 당신이 안다면! 그들은 전혀 알아채지 못하도록 한다오. 한 사람이 당신의 발을 밟으면 다른 사람이 지팡이로 당신의 눈을 가리지. 그리고 세 번째 사람이 지갑을 소매치기하는 거요. 단 세 번의 동작이면 모든 게 끝나오……. 이런 얘기를 하고 있는 나도 당한 적이 있소」

그는 갑자기 화가 난 듯 말을 멈추었다.

「빌어먹을! 여기 죽치고 있지 말고 움직입시다. 정말이지 대단한 혼잡이군! 참을 수가 없소……. 아! 저기 마르켄 경관이 우리에게 신호를 보내고 있군. 잠깐…… 꼼짝 말고 여기 계시오」

그러더니 어깨로 밀치며 사람들을 헤치고 나아갔다.

니콜라 뒤그리발은 잠시 눈으로 그를 좇다가 그가 시야에서 사라지자 사람들에게 떠밀리지 않기 위해 약간 비켜섰다. 여섯 번째 경주가 시작하려 할 때 뒤그리발은 그를 찾고 있는 아내와 조카를 발견했다. 그는 경감 들랑글 씨가 경관과 이야기 중이라고 설명해 주었다.

「돈은 가지고 있죠?」

부인이 물었다.

「물론이지! 형사와 내가 줄곧 사람들과 부딪치지 않도록 주의했으니 말이야」

그는 양복을 더듬다가 터져 나오는 비명을 억누르며 주머니에 손을 넣고 알아들을 수 없는 말을 중얼거렸다. 뒤그리발 부인이 질겁을 하며 더듬더듬 말했다.

「왜요……? 무슨…… 일이에요?」

「도둑맞았어……. 내 지갑…… 내 5만 프랑……」

「그럴 리가! 그럴 리가!」

「맞아. 그 경감이…… 그놈이 사기꾼이었어……」

그녀는 고래고래 소리를 지르기 시작했다.

「도둑이야! 남편이 돈을 도둑맞았어요……! 5만 프랑을…… 우리는 망했어요……. 도둑이야!」

경찰이 즉시 그들을 에워싸더니 경찰서로 데리고 갔다. 뒤그리발은 얼떨떨해서 시키는 대로 따라갔다. 부인은 설명을 늘어놓고 가짜 형사에게 욕설을 퍼부으며 여전히 울부짖었다.

「그자를 찾아요……! 그자를 찾아내라고요! 밤색 웃옷에 수염을 뾰족하게 기른 사람이에요……. 아! 나쁜 놈 같으니라고! 우리를 속이다니! 5만 프랑을…… 여보, 뭐 하시는 거예요?」

그녀는 갑자기 남편에게 달려들었다. 하지만 너무 늦었다! 그는 이미 자신의 관자놀이에 총신을 대고 있었다. 총성이 울리고 뒤그리발이 쓰러졌다. 그는 죽었다.

신문마다 경찰의 근무 태만과 무능함을 비난할 기회라도 잡은 듯 이 사건에 대해 떠들어댔다. 어떻게 소매치기가 벌건 대낮에, 그것도 공공장소에서, 형사 형세를 하고 아무 어려움 없이 선량한 시민의 돈을 털 수 있단 말인가?

니콜라 뒤그리발의 부인은 통곡하면서 취재에 응해 이러한 신문지상의 논쟁에 참여했다. 그녀가 시체 앞에 서서 팔을 뻗으며 죽음에 대한 복수를 맹세할 때, 한 기자가 그녀의 사진을 찍는 데 성공했다. 그녀 옆에는 조카 가브리엘이 증오심에 불타는 얼굴로 서 있었다. 조카 역시 낮지만 굳은 결심을 한 듯한 어조로, 살인자나 다름없는 그자를 뒤쫓아 반드시 쏴 죽이겠다고 맹세했다.

신문에서는 바티뇰에 있는 그들의 소박한 거처를 보도했고 한 스포츠 신문은 전 재산을 도난당한 그들을 위해 기부금을 모금하기도 했다.

수수께끼의 인물 들랑글은 찾을 수 없었다. 두 명의 용의자가 체포되긴 했지만 곧 풀려 났다. 그의 종적을 수없이 발견한 듯하였지만 매번 곧 포기해야 했다. 여러 사람의 이름이 거론되다가

결국에는 아르센 뤼팽에게 화살이 돌아갔고, 그리하여 그 저명한 괴도는 사건 발생 엿새 후 뉴욕에서 다음과 같은 전보를 보내기에 이르렀다.

궁지에 몰린 경찰의 중상에 분노를 금치 못하여 이에 항의하는 바이다. 가련한 희생자 가족에게도 조의를 표한다. 그들에게 5만 프랑이 전달되도록 내 담당 은행가에게 필요한 조치를 취했다.
——뤼팽

실제로 전보가 발표된 다음날 한 미지의 남자가 뒤그리발 부인 집 초인종을 울리고 그녀에게 봉투 한 장을 건네주었다. 봉투 안에는 1000프랑짜리 지폐 50장이 들어 있었다.

하지만 이러한 사건의 급변이 신문의 논평을 가라앉히지는 못했다. 오히려 다른 사건이 발생해 다시 한번 여론을 흥분시켰다. 그로부터 이틀 후, 뒤그리발 부인과 가브리엘이 사는 건물의 세입자들은 새벽 4시경 끔찍한 비명 소리에 잠에서 깼다. 그들은 소리가 흘러나온 곳으로 달려가 보았다. 관리인이 문을 열었고, 한 이웃 사람이 희미한 촛불을 비추어 방에 쓰러져 있는 가브리엘을 발견하였다. 가브리엘은 손발이 묶인 채 입에는 재갈을 물리고 있었다. 옆방에는 뒤그리발 부인이 가슴에 커다란 상처를 입고 피를 흘리며 쓰러져 있었다.

「돈을…… 훔쳐 갔어요……. 전부……」

그녀는 이렇게 중얼거리더니 기절했다.

어떻게 된 일인가?

가브리엘이 사건 경위를 설명했다. 뒤그리발 부인도 말을 할 수 있게 되자마자 조카의 이야기를 거들었다. 가브리엘은 두 남자의 공격을 받고 잠에서 깨었다. 한 사람은 그의 입을 틀어막고 다른 사람은 그를 끈으로 묶었다. 그리고 어둠 속이라서 남자들의 모습은 보이지 않았지만 숙모가 그들에게 저항해서 싸우는 소리가 들렸다. 강도들은 알 수 없는 직감으로 정확한 장소를 알고 있는지 곧장 돈을 숨겨 놓은 작은 가구 쪽으로 가더니 그녀의 반항과 고함에도 아랑곳 않고 지폐 뭉치를 빼앗았다. 떠날 때 그녀에게 팔을 물린 한 남자가 칼로 그녀를 찌르고 달아났다.

「어디로 나갔소?」

누군가 물었다.

「제 방문으로요. 그 다음은 현관 문을 통해 나갔겠지요」

「그럴 수는 없소! 그랬다면 관리인이 봤을 테니」

사실 수수께끼의 핵심은 여기 있었다. 강도들이 집으로 어떻게 들어와서 어떻게 나갈 수 있었는가? 그들에게는 아무런 출구도 없었다. 그렇다면 하숙인들 중 하나란 말인가? 낱낱이 심문해 본 결과 이는 터무니없는 추리임이 드러났다.

그렇다면?

이 사건을 자청해서 담당한 가니마르 경감도 이처럼 혼란스러운 사건은 본 적이 없다고 고백했다.

「이건 매우 뤼팽이 저지르는 사건들과 비슷한 사건이긴 하지만 뤼팽은 아니오······. 그래, 이 내막에는 다른 것, 의심쩍고 수상한 뭔가가 있소······. 만약 뤼팽의 소행이라면 뭐 하러 자기가 보낸 5만 프랑을 도로 빼앗아 갔겠소? 또 한 가지 나를 혼란에 빠뜨리는 문제가 있소. 이 두 번째 강도 사건과 경마장에서의 첫 번째 사건 사이에는 어떤 관계가 있을까요? 모든 것이 불가사의요. 이런 느낌을 받은 적은 매우 드문데, 이번에는 찾아봐야 소용없다는 생각이 드는군요. 나는 포기하겠소」

하지만 예심판사는 이 일에 악착같이 매달렸다. 기자들도 사법 당국의 노력에 가세했다. 한 유명한 영국 탐정이 해협을 건너오고, 탐정 소설을 너무 읽어 머리가 이상해진 어떤 부유한 미국인은 진실을 밝혀 줄 최초의 단서를 찾아내는 자에게 막대한 포상금을 내걸었다. 하지만 6주가 지나도 그 이상 알려진 것은 아무것도 없었다. 대중은 가니마르의 의견을 받아들였다. 예심판사도 시간이 흐를수록 짙어져만 가는 어둠 속에서 싸우는 것에 지쳤다.

미망인 뒤그리발 부인의 집에서는 일상생활이 계속되었다. 조카의 보살핌 덕에 그녀의 상처는 곧 회복되었다. 가브리엘은 아침마다 그녀를 창가 옆, 식당의 안락의자에 앉혀 놓은 뒤, 청소를 하고 시장을 보러 가고 관리인 여자의 도움도 마다한 채 직접 점심을 준비했다.

경찰의 심문과 특히 언론의 인터뷰 요구에 지친 숙모와 조카는 아무도 만나지 않았다. 뒤그리발 부인을 성가시게 하고 피곤하게 만드는 수다 때문에 관리인 여자도 들이지 않았다. 그녀는 가브리엘이 관리인실 앞을 지날 때마다 그를 부르며 뛰어나오곤 했다.

「조심하세요, 가브리엘 씨. 당신들은 감시당하고 있어요. 사람들이 당신네를 염탐하고 있다고요. 어제 저녁에도 우리 남편이 당신네 창문을 곁눈질하는 어떤 녀석을 붙잡았다오」

「쳇! 오히려 잘됐지요. 그들은 우리를 지켜 주는 경찰이니까 말입니다」

가브리엘은 대답했다.

그러던 어느 날 오후 4시 무렵, 길 끝에서 야채 행상인 둘 사이에 격렬한 말다툼이 일어났다. 관리인 여자는 그들이 서로에게 퍼붓는 욕설을 듣기 위해 곧 관리인실에서 나왔다. 그녀가 등을 돌리기 무섭게, 훌륭하게 재단된 회색 양복을 입은 중키의 젊은 남자가 집 안으로 살짝 미끄러져 들어가더니 재빨리 계단을 올라갔다.

그는 4층에서 벨을 울렸다.

대답이 없었다. 다시 한번 벨을 울렸다.

세 번째 벨이 울렸을 때에야 문이 열렸다.

「뒤그리발 부인 계십니까?」

모자를 벗으며 그가 물었다.

「뒤그리발 부인은 아직 몸이 편찮으십니다. 손님을 만날 수 없어요」

가브리엘이 현관에 선 채 대답했다.

「부인을 꼭 만나야 합니다」

「제가 그분의 조카이니 저한테 말씀하시면 전해 드리지요」

「좋소. 그녀가 당한 도난 사건에 대해 제가 우연히 아주 귀중한 정보를 얻었는데 이 아파트를 조사해 보고 몇 가지 세부 사항을 직접 확인해 보고 싶다고 뒤그리발 부인에게 전해 주시오. 이런 류의 수사는 제가 늘상 하는 일이니 부인에게도 확실히 도움이 될 겁니다」

가브리엘은 잠시 그를 살펴보고 생각을 하더니 말했다.

「그런 일이라면 숙모님도 동의하실 거라고 생각합니다. 들어오시지요」

가브리엘은 식당 문을 열고 낯선 남자가 지나갈 수 있도록 비켜섰다. 남자가 문 입구까지 걸어갔다. 그런데 그가 막 문턱을 넘으려는 순간 가브리엘이 팔을 들어 남자의 오른쪽 어깨 위로 단도를 사납게 내리꽂았다.

방 안에 웃음소리가 넘쳐흘렀다.

「명중! 잘했다, 가브리엘. 그런데 이 도둑놈을 죽인 건 아니지?」

뒤그리발 부인이 의자에서 일어나 달려오며 말했다.

「그럴 거예요. 날도 가늘고 힘을 조절했으니까요」

남자는 죽어 가는 창백한 얼굴로 손을 앞으로 뻗으며 비틀거렸다.

그녀가 조소했다.

「어리석은 것! 너는 함정에 걸려들었어. 안됐다고 할 수는 없군! 여기서 오랫동안 네 놈을 기다려 왔으니 말이야. 자, 어서 쓰러져 보시지. 난처한가, 응? 그래도 결국엔 그렇게 해야 할 텐데. 좋아! 주인 마님 앞에 우선 한쪽 무릎을 꿇고……, 다른 쪽 무릎도…… 예의범절을 아주 잘 배웠어……! 쿵! 저런, 쓰러지셨군. 아! 불쌍한 내 바깥 양반이 이 모습을 볼 수 있다면! 자, 가브리엘, 이제 처리해야지!」

그녀는 방으로 가서 거울이 달린 옷장 문을 열었다. 그러고 나서 걸려 있는 드레스들을 양쪽으로 벌리더니 옷장 안쪽의 옆집 방으로 통하는 다른 문을 밀었다.

「이 녀석 옮기는 걸 도와줘, 가브리엘. 그리고 정성껏 돌봐야 한다, 알았지? 당분간은 이놈이 매우 소중하거든」

아침무렵, 부상자는 의식을 조금 되찾았다. 그는 눈을 뜨고 주위를 둘러보았다.

부상을 당했던 방보다 조금 큰방에 누워 있었다. 방에는 가구들이 갖추어져 있고 두꺼운 커튼이 창을 위에서 아래까지 덮고 있었다.

하지만 옆에 있는 의자에 앉아 자신을 지키고 있는 가브리엘 뒤그리발을 알아볼 수 있을 정도의 불빛은 있었다.

「아! 애송이 너였군. 축하하네. 네 녀석의 칼 놀림은 아주 훌륭하고 가차 없던데」

그리고 그는 다시 잠이 들었다.

그날부터 며칠 동안 계속 그는 여러 번 잠에서 깨어났다. 그때마다 청년의 창백한 얼굴과 얇은 입술, 딱딱한 검은 눈을 볼 수 있었다.

「이거 겁나는걸. 나를 처형하기로 결심했다면 어려워할 것 없네. 이봐, 좀 웃으라고! 나는 죽음을 항상 세상에서 가장 우습게 여겼지. 그런데 네 녀석과 함께 있으니 그 생각이 점점 으시시해지는군그래. 나는 푹 자야겠어, 안녕」

어쨌든 가브리엘은 뒤그리발 부인의 명령에 따라 그를 세심하게 보살펴 주었다. 환자는 이제 열도 거의 없었고 우유와 수프를 먹기 시작했다. 기력을 되찾은 그는 농담을 하곤 했다.

「회복기 환자의 첫 번째 외출은 언제가 되겠습니까? 차는 준비 되었겠죠? 이봐, 좀 웃으란 말이야! 네 놈은 꼭 나쁜 짓을 저지르려는, 울상을 한 꼬마 꼴을 하고 있잖아. 자, 아빠에게 웃어 보렴, 아가야」

어느 날 잠에서 깬 그는 매우 불편함을 느꼈다. 몸을 움직여 보려 애쓴 끝에, 자신이 잠든 사이에 누군가 다리와 상반신과 팔을 철제 침대에 묶어 놓았음을 깨달았다. 그것도 아주 가느다란 강철 철사로 묶어 놓아 조금만 움직여도 살을 파고들었다.

그가 감시인에게 말했다.

「아! 이번에는 또 무슨 장난이지? 닭이라도 잡는 것 같군. 나를 이렇게 만든 게 네 녀석이냐, 가브리엘 천사? 그러면 면도칼은 깨끗한 걸 준비해 주게! 소독도 부탁하네」

하지만 자물쇠 삐걱거리는 소리가 그의 말을 막았다. 정면의 문이 열리고 뒤그리발 부인이 나타났다.

그녀는 천천히 다가와서 의자에 앉더니 주머니에서 권총을 꺼내 침대 맡 탁자 위에 올려놓았다.

포로가 중얼거렸다.

「부르르…… 다양한 장르의 혼합극을 보는 듯하군. 이제 제4막…… 악인에 대한 심판인가……. 형 집행인이 여자라……. 여신의 손으로…… 끔찍하기도 하지! 뒤그리발 부인, 부디 얼굴은 망가뜨리지 말아 주시면 감사하겠소」

「입 다물어, 뤼팽」

「아! 알고 계셨소? 제기랄, 냄새를 잘 맡는군」

「입 다물어, 뤼팽」

그녀의 목소리에는 포로를 조용하게 만드는 엄숙한 뭔가가 있었다.

그는 자신의 감시자인 두 사람을 차례로 바라보았다. 뒤그리발 부인의 부은 얼굴과 불그스름한 안색은 조카의 섬세한 얼굴과 대조를 이루었지만 둘 다 냉혹한 결의를 다지는 듯한 분위기였다.

미망인이 그에게 몸을 숙이며 말했다.

「내 질문에 대답할 준비는 되었겠지?」

「두말하면 잔소리」

「그럼 잘 들어」

「귀를 쫑긋 세우고 있소이다」

「뒤그리발이 전 재산을 주머니에 넣어 둔 걸 어떻게 알았지?」

「하인이 떠들어서 알았지」

「우리 집에 있었던 하인 말이지?」

「그렇소」

「먼저 뒤그리발의 시계를 훔친 것도 네 놈이지? 그것을 다시 돌려줌으로써 신임을 얻으려고 했겠지」

「맞소」

그녀는 끓어오르는 분노를 억눌렀다.

「이 멍청한 놈! 얼간이! 내 남편을 약탈하고 죽음으로까지 몰고 간 주제에 어떻게 이 세상 끝으로 도망가 숨지 않고 뻔뻔스럽게도 파리 한복판에서 네 놈의 짓거리를 계속할 수 있지? 내가 죽은 자의 머리에 대고 살인범을 찾아내겠다고 맹세한 것을 기억하지 못하나?」

「안 그래도 그래서 좀 놀랐지. 그런데 어째서 나를 의심한 거요?」

「어째서냐니? 자백한 건 네 놈이야」

「내가?」

「물론이지……. 그 5만 프랑……」

「저런, 뭐라고! 그건 선물이었어」

「그렇지, 그 선물은, 경마가 있던 그날 네 놈이 미국에 있었다는 알리바이를 만들기 위해서 전보로 내게 보내라고 명령한 것이었어. 선물이라니! 정말 멋진 장난이야! 네가 죽게 만든 불쌍한 사람이 마음에 걸렸던 게지. 그래서 그의 미망인에게 돈을 돌려 주었어. 물론 공개적으로 말이야. 보는 눈들이 많았고, 엉터리 배우인 네 놈은 언제나 광고를 내기를 좋아하니까. 아주 훌륭했어! 단 뒤그리발에게서 훔쳐 간 바로 그 지폐를 보내지는 말았어야지! 그래, 이 한심한 놈, 바로 그 지폐들이었단 말이다! 뒤그리발과 나는 숫자를 적어 두었어. 네 놈은 어리석게도 내게 그 돈뭉치를 보낸 거야! 네 놈의 바보 짓을 이제 알겠지?」

뤼팽이 웃음을 터뜨렸다.

「참으로 친절한 실수였군. 하지만 나는 책임이 없어. 나는 다른 명령을 내렸으니까……. 그래도 어쨌든 내가 비난의 대상이 될 수밖에 없겠군」

「그렇지, 인정을 하시는군. 그것은 곧 네 도둑질이라는 증명서에 서명을 한 것이나 다름없고 네 놈의 파멸을 승인하는 행동이었어. 우리에게는 네 놈을 찾는 일만 남았지. 네 놈을 찾는다? 아니, 그보다 더 좋은 수가 있었지. 뤼팽을 찾는 대신 그가 제 발로 찾아오게 만드는 거야! 아주 훌륭한 생각이었지. 나만큼이나 너를 증오하고, 네 놈에 관한 책이라면 모조리 읽어서 너에 대해 속속들이 알고 있는 조카 녀석의 머리에서 나온 생각이었으니 말이야. 이 애는 네 놈의 호기심과 음모에 대한 욕구, 어둠 속에서 길을 찾고 남들이 풀지 못한 문제를 해결하는 방식에 대해 알고 있어. 네 놈의 거짓 선행, 희생자를 위해 거짓 눈물을 쏟아 붓는 네 놈의 유치한 감상벽에 대해서도 잘 알고 있고 말이야. 그래서 연극을 꾸몄지. 두 명의 도둑이 들었다는 얘기를 지어낸 거야. 5만 프랑을 다시 도둑맞았다고 말이야. 내 손으로 휘두른 칼이니까 큰 상처는 아니었지. 현장을 조사하고 우리 집 창문 아래를 서성이는 네 부하들을 힐끔힐끔 지켜보면서, 또 네 놈을 기다리면서 우리는 즐거운 시간을 보냈어. 너는 틀림없이 오게 되어 있었으니까! 네가 뒤그리발의 미망인에게 5만 프랑을 준 이상, 뒤그리발 부인이 그것을 빼앗겼다는 건 용납할 수 없는 일이었겠지? 너는 수상한 냄새를 맡고 반드시 오게 되어 있었어. 하찮은 자만심과 허영심 때문에 말이야! 그리고 실제로 네 놈은 이렇게 나타났지!」

미망인은 날카롭게 웃어댔다.

「지독하게 당했지, 안 그래? 그 대단하신 뤼팽, 대가 중의 대가, 가까이 갈 수도 없고 모습을 드러내지도 않는 그가 한 여자와 애송이의 함정에 빠지다니! 이렇게 실제로 눈앞에 잡아 놓고 있다니! 팔다리가 묶인 채, 종달새만큼도 위험하지 않은 뤼팽이라니! 그가 여기 있어! 그가!」

그녀는 기쁨에 떨며 제물에게서 눈을 떼지 않은 채 야수같은 걸음걸이로 방을 가로지르며 걷기 시작했다. 뤼팽은 인간에게서 이토록 끔찍한 증오와 잔인성을 느낀 적이 없었다.

「할 얘기는 충분히 했군」

그녀가 말했다.

그리고 돌연 감정을 자제하며 그에게 다시 돌아와서는 은근한 목소리로, 아까와는 판이하게 다른 어조로 또박또박 말했다.

「열이틀 전, 뤼팽 네 주머니에서 발견한 서류 덕분에 나는 시간을 아주 유용하게 썼어. 네가 관여한 모든 사건과 네 놈의 모든 교묘한 술책, 네가 사용하는 가명들, 네가 이끌고 있는 조직, 파리와 다른 곳에 네가 소유한 집들을 전부 알게 됐지. 그 집들 중 한 곳을 찾아가기까지 했어. 바로 네 놈의 서류와 장부, 경제 활

동의 세부적인 사항들이 숨겨져 있는 가장 은밀한 장소였지. 거기서 뭘 발견했냐고? 괜찮은 것들이지. 네가 여러 은행에서 네 가지 다른 이름으로 개설한 계좌 네 개에서 발행한 수표 책 네 권에서 뜯어낸 수표가 여기 네 장 있어. 나는 각각의 수표에 1만 프랑이라는 금액을 기입했지. 그 이상은 위험할 수도 있거든. 자, 여기에 서명해」

「제길! 이건 그야말로 공갈 협박이군, 훌륭하신 뒤그리발 부인」

「기가 막히지, 안 그래?」

「그렇소」

「대적할 만한 상대를 만났지?」

「나를 능가하는 상대요. 그러니까 결국 이 함정은, 그래, 지옥의 함정이라 부릅시다, 나를 옭아맨 이 지옥의 함정은 복수를 갈망하는 한 미망인의 작품일 뿐 아니라, 재산을 증식하려는 탁월한 사업가의 작품이기도 하군?」

「바로 그거야」

「축하하오. 그렇다면 내 생각에 혹시 뒤그리발 씨도……」

「네 생각대로야, 뤼팽. 네 놈한테 숨길 이유가 뭐 있겠나? 이 얘기는 네 양심의 가책도 좀 덜어 줄 거야. 맞았어, 뤼팽. 뒤그리발도 너와 같은 분야에 종사했다고 할 수 있지. 아! 뭐 그리 대단한 규모는 아니었어……. 우리는 소박한 사람들이었지. 우리에게 교육받은 가브리엘이 경마 중에 사방에서 훔쳐 온 동전 지갑이나, 금화 한 닢 정도…… 그런 식으로 약간의 재산을 모아서 은퇴를 하려 했지」

「그랬으면 좋았을 뻔했군」

뤼팽이 말했다.

「그랬겠지! 너에게 이런 얘기를 한 것은 내가 초보가 아님을, 네게는 더 이상 희망이 없음을 알려주기 위해서다. 구출? 그런 건 불가능해. 내 방과 통하는 이 아파트에는 특별 출입구가 있지만 아무도 그 사실을 모르지. 이것은 뒤그리발의 특수 아파트였어. 그는 여기에서 동료들을 만났지. 그의 작업 도구들, 변장 용품들이 있고 보다시피 전화도 갖춰져 있어. 요컨대 네 놈에게는 아무런 희망이 없다. 네 동료들은 이 부근에서 너를 찾는 것을 포기했어. 내가 그들에게 추적을 위한 다른 실마리를 던져 주었거든. 넌 끝난 거야. 이제 상황이 이해되기 시작하나?」

「그렇소」

「좋아, 그럼 서명해」

「서명을 하면 자유의 몸이 되는 건가?」

「먼저 내가 수표를 현금으로 바꿔야 해」

「그 다음에는?」

「그 다음에는 내 명예와 목숨을 걸고, 넌 자유야」

「믿지 못하겠소」

「네게는 선택의 여지가 없다」

「좋아, 수표를 이리 주시오」

그녀는 뤼팽의 오른손을 풀어 주고 펜을 건네주면서 말했다.

「각각의 수표마다 네 가지 다른 이름을 사용했다는 걸 잊지 마. 따라서 매번 다르게 서명을 해야 한다고」

「걱정 마시오」

그는 서명했다.

미망인이 조카에게 말했다.

「가브리엘, 지금은 10시다. 만일 정오까지 내가 돌아오지 않으면 이 비열한 놈이 나를 골탕 먹였다는 뜻이야. 그러면 이놈의 머리를 날려 버려라. 네 삼촌을 죽게 한 이 권총을 남겨 두고 가마. 여섯 발 중에 다섯 발이 남아 있어. 그거면 충분하지」

그녀는 콧노래를 흥얼거리며 떠났다.

꽤 긴 침묵이 흐르고 뤼팽이 웅얼거렸다.

「내 돈을 이렇게 뺏길 순 없어!」

그는 잠시 눈을 감고 있다가 느닷없이 가브리엘에게 물었다.

「얼마면 되겠나?」

상대방이 듣지 못한 척하자 그는 화를 냈다.

「이봐, 그래, 얼마냐고? 대답하란 말이야! 우리는 같은 일을 하는 사람들이야. 나도 훔치고 너도 훔치고, 우리 둘 다 훔치지. 그러니 서로 합의를 볼 수 있어. 안 그런가? 어때? 같이 도망갈까? 내 조직에 아주 근사한 자리를 하나 마련해 주지. 네 몫으로 얼마나 원해? 1만? 2만? 금고는 가득 차 있으니 망설이지 말고 값을 불러 봐」

그는 감시인의 무표정한 얼굴을 보고 분노에 치를 떨었다.

「아! 대답도 하지 않으시겠다! 이봐, 너도 그렇게까지 뒤그리발이란 놈을 사랑했나? 잘 들어. 네가 나를 풀어 주면…… 어서 대답을 해!」

하지만 말을 끊어야 했다. 젊은 청년의 눈에서 그가 익히 잘 알고 있는 그 잔인한 표정이 되살아났다. 어떻게 이런 녀석의 마음을 흔들리게 할 수 있겠는가?

「빌어먹을! 하지만 여기서 개죽음을 당하지는 않겠다! 아! 내가……」

뤼팽은 이를 갈았다.

그는 몸을 빳빳하게 세우며 줄을 끊기 위해 힘을 써 보았으나 곧 기진맥진해서 고통스런 비명을 지르며 도로 침대에 쓰러졌다. 잠시 후 그가 혼자 중얼거렸다.

「미망인이 말했듯이 나는 이제 끝났어. 애도를 표하네, 뤼팽……」

15분이 흐르고, 30분이 흘렀다.

가브리엘이 다가와 보니 뤼팽은 눈을 감고 있었고 잠이 든 사람처럼 호흡도 규칙적이었다. 그런데 뤼팽이 입을 열었다.

「난 자는 게 아냐, 꼬마야. 아니고말고. 이런 순간에 잠이나 잘 사람이 어디 있나? 단지 체념하고 받아들였을 뿐이야. 그래야 하니까, 그렇지 않나? 그리고 앞으로 벌어질 일들에 대해 생각하고 있네. 그에 대해 나름대로 완벽한 이론을 가지고 있지. 보다시피 나는 영혼의 이동과 윤회설의 신봉자거든. 네게 설명하기에는 좀 길군……. 이봐, 꼬마야. 헤어지기 전에 악수나 한 번 하지? 싫어? 그럼 잘 있거라……. 만수무강하라고, 가브리엘……」

그는 눈을 감고 입을 다문 채 뒤그리발 부인이 도착할 때까지 미동도 하지 않았다.

미망인은 정오가 되기 조금 전에 급히 뛰어 들어왔다. 매우 흥분한 모습이었다.

「돈을 가져 왔어. 어서 도망가라. 아래에 대기하고 있는 차 안에서 다시 만나자」

그녀가 조카에게 말했다.

「하지만……」

「네 도움 없이도 이놈을 처리할 수 있다. 나 혼자 맡아서 하겠어. 하지만 네가 악당의 일그러진 얼굴을 보고 싶다면…… 무기를 이리 줘라」

가브리엘이 그녀에게 권총을 건네주고 그녀가 그것을 받았다.

「우리의 서류는 전부 태웠지?」

「예」

「자, 시작하자. 복수를 한 뒤에는 곧장 달아나는 거야. 총성이 들리면 이웃 사람들이 몰려들지도 모르니까. 그들이 왔을 때는 텅 빈 아파트 두 채만을 발견하게 해야 돼」

그녀는 침대 쪽으로 다가갔다.

「준비됐나, 뤼팽?」

「초조해서 못 견디겠군」

「나에게 부탁할 건?」

「없소」

「그러면……」

「한마디만」

「말해」

「저 세상에서 뒤그리발을 만나면 뭐라고 전해 드릴까?」

그녀는 어깨를 으쓱하더니 뤼팽의 관자놀이에 총신을 대었다. 뤼팽이 말했다.

「훌륭해. 부디 떨지 마시오, 부인. 맹세컨대 당신은 전혀 아프지 않을 거요. 아시겠소? 그러면 숫자에 맞춰서…… 하나…… 둘…… 셋……」

미망인이 방아쇠를 당겼다. 총성이 울렸다.

「이게 죽음인가? 이상하군! 삶과 많이 다를 줄 알았는데」

뤼팽이 말했다.

두 번째 총성이 이어졌다. 가브리엘이 숙모의 손에서 무기를 빼앗아 살펴보더니 말했다.

「이런! 누가 탄알을 빼 놓았어요……. 뇌관밖에 남아 있지 않아요……」

숙모와 조카는 당황해서 잠시 동안 움직이지 못했다.

「그럴 수가……. 누가 그랬지? 경찰일까? 아니면 예심판사……?」

순간 그녀는 더듬거리며 하던 말을 멈추었다가 다시 숨이 막힌 듯한 목소리로 중얼거렸다.

「들어 봐……. 무슨 소리가……」

그들은 귀를 기울였다. 현관까지 걸어간 미망인은 실망과 공포로 흥분해서 미친 듯이 화를 내며 돌아왔다.

「아무도 없어. 이웃들은 모두 나갔나 보군. 아직 시간이 있어. 뤼팽, 네 놈이 장난을 쳤겠다……. 가브리엘, 칼을 줘」

「제 방에 있어요」

「가서 찾아 와」

가브리엘이 급히 멀어져 갔다. 미망인은 화가 나서 발을 굴렀다.

「나는 맹세했어! 네 놈은 죽어야 해! 남편에게 맹세했다고! 매일 아침저녁으로 맹세를 하고 또 했지. 무릎을 꿇고, 그래, 내게 귀를 기울여 줄 신 앞에 무릎을 꿇고 맹세했어! 남편의 죽음에 복수를 하는 건 나의 의무야. 아! 이봐, 뤼팽, 더 이상은 농담을 못하는 것 같군. 빌어먹을! 겁을 먹은 것 같은데! 뤼팽이 겁을 먹었다! 뤼팽은 두려워하고 있어! 그의 눈 속에서 그것을 읽을 수 있지! 가브리엘, 어서 오렴……. 이자의 눈을 봐! 이자의 입술을……. 이놈은 떨고 있어. 칼을 줘라. 이놈이 떨고 있을 때 그 칼로 심장을 찌르겠다. 이 겁쟁이 녀석! 빨리, 빨리, 가브리엘, 칼을 이리 줘」

「찾을 수가 없어요. 방에서 사라졌어요! 어떻게 된 건지 모르겠어요!」

가브리엘이 겁에 질려 뛰어 들어오며 외쳤다.

「잘됐군! 잘됐어! 그럼 내가 직접 해치우겠어」

뒤그리발의 미망인이 반쯤 미친 듯이 소리쳤다.

그녀는 뤼팽의 목을 잡아 떨리는 열 손가락으로 있는 힘을 다해 꽉 졸랐다. 그리고 필사적으로 누르기 시작했다. 뤼팽은 헐떡거리다가 축 늘어졌다. 그는 끝났다.

그때 느닷없이 창문 쪽에서 무언가 쨍그랑 깨지는 소리가 들리며 유리창 하나가 산산조각 났다.

「뭐지? 무슨 일이야?」

아연실색한 미망인이 몸을 일으키며 더듬더듬 말했다.

평소보다 더 창백해진 가브리엘이 중얼거렸다.

「모르겠어요……. 모르겠어요!」

「어떻게 된 거지?」

미망인이 다시 말했다.

앞으로 일어날 일에 대한 불안감 때문에 그녀는 감히 움직일 수도 없었다. 특히 그녀를 공포에 빠뜨린 것은 그들 주위의 땅에 떨어진 물건이 아무것도 없다는 점이었다. 하지만 유리창은 분명히 무겁고 커다란 돌 같은 물체에 부딪혀 부서졌다.

잠시 후 그녀는 침대 밑과 서랍 장 아래를 찾아보았다.

「아무것도 없어」

그녀가 말했다.

「네, 아무것도 없어요」

함께 찾던 조카가 대꾸했다.

다시 그녀가 자리에 앉으며 말했다.

「무서워……. 팔을 움직일 수가 없다……. 네가 저 녀석을 완전히 끝내도록 해라……」

「저도 무서워요……」

「하지만…… 하지만…… 해야 해……. 나는 맹세했어」

그녀가 웅얼거렸다.

필사의 노력을 기울여 그녀는 다시 뤼팽 곁으로 돌아와서 뻣뻣하게 굳은 손가락으로 목을 감싸 쥐었다. 하지만 그녀의 파랗게 질린 얼굴을 바라보던 뤼팽은 그녀에게 더 이상 자기를 죽일 힘이 없음을 확실히 느꼈다. 그녀에게 뤼팽은 신성하고 범할 수 없는 존재가 되었다. 어떤 신비한 힘이 알 수 없는 방법으로 벌써 세 번이나 그의 목숨을 구했고, 그에게서 죽음의 함정을 멀리 몰아낼 다른 방법을 찾으면서, 모든 공격에 대항해 그를 보호하고 있었다.

그녀는 낮은 목소리로 뤼팽에게 말했다.

「네 놈은 나를 비웃고 있겠지?」

「그렇지 않소. 당신 입장이라면 나도 겁을 먹었을 거요!」

「이 나쁜 자식! 누군가 너를 구해 줄 거라고 생각하겠지……. 친구들이 와 있다고 말이야, 그렇지 않나? 하지만, 그건 불가능해, 이 친구야」

「나도 알고 있소. 나를 보호해 주는 건 그들이 아냐……. 나를 지켜 주는 사람은 아무도 없소……」

「그러면?」

「어쨌든 저 아래에 당신을 소름 끼치게 하는, 기적적이고 놀라운 이상한 뭔가가 있나 보지」

「비열한 놈! 곧 더 이상 웃지 못하게 될 거다」

「그거 놀라운걸」

「기다려」

그녀는 다시 생각에 잠겼다가 조카에게 말했다.

「어떻게 하지?」

「이자의 팔을 다시 묶고 도망가 버려요」

그가 대답했다.

얼마나 잔인한 충고인가! 그것은 곧 뤼팽을 가장 끔찍한 죽음, 즉 아사(餓死)에 처하게 하는 것이었다.

「아니, 그러면 이놈은 또 구원의 방법을 찾아낼 거야. 그보다 좋은 방법이 있다」

그녀는 수화기를 들었다. 연결이 되자 그녀가 말했다.

「822-48번 부탁합니다」

그리고 잠시 후,

「여보세요? 경찰청이죠? 가니마르 경감 계십니까? 20분 후에나 들어오신다고요? 안타깝군요! 돌아오시면 뒤그리발 부인에게서 전화가 왔다고 전해 주세요. 네, 니콜라 뒤그리발의 부인입니다. 가니마르 씨에게 우리 집으로 와 달라고 전해 주세요. 이곳에 오셔서 유리가 달린 옷장을 열면, 제 방과 다른 두 방을 연결하는 입구가 숨겨져 있는 걸 확인하게 될 거예요. 그중 한 방에 한 남자가 단단히 묶여 있습니다. 그가 도둑이고 뒤그리발의 살인자예요. 제 말을 믿지 않으시는 건가요? 가니마르 씨에게 알려 주세요. 그분은 믿을 겁니다. 아! 도둑놈의 이름을 깜빡했군요. 그는 아르센 뤼팽이에요!」

더 이상 말하지 않고 그녀는 수화기를 내려놓았다.

「이상이야, 뤼팽. 사실 이런 복수도 내 맘에 쏙 드는군. 뤼팽 사건의 법정 공방을 지켜보는 건 얼마나 유쾌할까! 가자, 가브리엘」

「네, 숙모님」

「잘 있게, 뤼팽. 아마 다시는 만날 일이 없을 거야. 우리는 외국으로 갈 테니까. 하지만 감옥에 있을 네게 사탕을 좀 보내 주지」

「초콜릿도 보내 주시오, 부인! 우리는 함께 먹게 될걸」

「안녕히!」

「또 보자고!」

미망인은 침대에 묶인 뤼팽을 내버려 둔 채 조카와 함께 나갔다.

뤼팽은 즉시 팔을 움직여 빠져 나오려고 애썼다. 하지만 단 한 번 움직여 보자마자 자신에게 자신을 묶고 있는 쇠사슬을 끊을 힘이 없음을 곧 깨달았다. 그는 이미 고열과 정신적 고통으로 기진맥진해 있는데 가니마르가 도착할 20, 30분 동안 무엇을 할 수 있겠는가?

더 이상 부하들에게 기대하지도 않았다. 세 번이나 죽음에서 구출된 것은 확실히 부하들의 도움이 아니라 경이로운 우연 덕이었다. 부하들이었다면 이런 거짓말 같은 극적인 사건을 일으키는 데서 그치지 않고 그를 완전하게 구출해 냈으리라.

그들이 아니었다. 모든 희망을 포기해야 했다. 가니마르는 방에 들어와 여기 묶여 있는 뤼팽을 발견하게 되리라. 그것은 피할 수 없는 일이었고 기정사실이었다.

앞으로의 사건을 예상하자 그는 점점 약이 올랐다. 오랜 적수의 야유가 벌써 들리는 듯했고 다음날 믿을 수 없는 소식을 듣고 터져 나올 폭소가 보이는 듯했다. 전장에서 격렬한 전투 중에 압도적인 적의 부대에게 체포된 것이라면 그래도 괜찮았다! 하지만 이런 식으로, 체포된다기보다는 적의 손안에 떨어지는 것은 정말 너무나 한심했다. 그토록 수없이 다른 사람들을 조롱했던 뤼팽이었으나 뒤그리발 사건의 결말에서는 스스로 조롱거리가 되었고, 어리석게도 미망인이 만든 지옥의 함정에 걸려들어, 결국에는 알맞게 익고 훌륭하게 조리된 사냥감으로 경찰에게 제공되는 것이었다.
「빌어먹을 과부! 차라리 간단하게 내 목을 땄으면 좋았잖아!」

그는 귀를 기울였다. 누군가 옆방에서 걷고 있었다. 가니마르인가? 아니다. 그가 아무리 서둘렀다고 해도 아직은 도착할 시간이 아니었다. 또 가니마르라면 이런 식으로 행동하지 않을 것이고, 저 사람처럼 문을 열지도 않을 것이다. 뤼팽은 자기 목숨을 세 번이나 구해 준 기적의 개입을 떠올렸다. 누군가가 정말로 미망인에 대항해 자기를 지켜 준 것일까? 그 누군가가 지금 다시 그를 구출하려고 시도하는 것일까? 하지만 대체 누가……?

뤼팽이 미처 보기도 전에 미지의 인물은 침대 아래쪽으로 몸을 굽혔다. 뤼팽은 쇠줄을 끊어 조금씩 그를 해방시켜 주는 집게 소리를 들었다. 먼저 상체가, 그리고 팔과 다리가 풀려났다.

어떤 목소리가 그에게 말했다.
「옷을 입어야 해요」
매우 허약해져 있던 그가 반쯤 몸을 일으켰을 때, 미지의 인물이 일어났다.
「당신은 누구시오? 누구십니까?」
너무 놀라 입이 딱 벌어진 뤼팽이 중얼거렸다.

그의 옆에는 검은 드레스를 입고 머리에 레이스를 써 얼굴을 살짝 가린 여인이 서 있었다. 그 여인은 젊고 우아하고 날씬해 보였다.

「당신은 누구시오?」

그가 되풀이해서 물었다.

「가야 해요……. 시간이 촉박해요」

여인이 말했다.

「그럴 수만 있다면! 하지만 힘이 없소」

뤼팽이 필사적으로 애쓰며 말했다.

「이걸 마시세요」

그녀가 컵에 우유를 따라 그에게 내밀었다. 그때 레이스가 벌어져 그녀의 얼굴이 드러났다.

「너는……! 너는……! 아니, 당신은……? 당신이었소?」

그는 어리둥절해서, 가브리엘과 놀랍도록 닮은 여인의 얼굴을 바라보았다. 섬세하고 반듯한 얼굴은 가브리엘과 똑같이 창백했고 입매도 똑같이 딱딱하고 불쾌감을 주었다. 남매 사이라고 해도 이렇게 닮을 수는 없으리라. 의심의 여지없이 둘은 동일 인물이었다. 뤼팽은 단 한순간도 가브리엘이 여장으로 자신을 감추고 있다는 생각은 들지 않았다. 오히려 옆에 있는 사람은 실제로 여자이고, 증오심으로 뤼팽을 끈질기게 괴롭혔으며 단도로 내리찍기까지 한 청년이 실은 여자였다는 강한 확신이 들었다. 직업상 용무를 더 용이하게 하기 위해서 뒤그리발 부부는 그녀를 소년으로 변장시켜 온 것이었다.

「당신은…… 당신은…… 누가 감히 예상이나 했겠소?」

뤼팽이 다시 말했다.

그녀는 작은 유리병에 든 내용물을 전부 컵에 붓고 말했다.
「이 강심제를 드세요」
그는 독이 들어 있지 않을까 생각하며 망설였다.
그녀가 다시 말했다.
「당신을 구해 준 건 저였어요」
「정말…… 정말이오? 권총의 탄환을 빼놓은 게 당신이오?」
그가 물었다.
「네」
「칼을 감춘 것도?」
「그 칼은 여기, 제 주머니 속에 있어요」
「숙모가 내 목을 조를 때 유리를 깬 것도 당신이오?」
「네, 저예요. 탁자 위에 있던 서진을 바깥으로 던졌어요」
「하지만 어째서? 왜 그랬소?」
뤼팽은 완전히 어리둥절해서 물었다.
「어서 마시세요」
「내가 죽기를 바랐던 게 아니오? 그러면 처음에는 왜 나를 칼로 찔렀소?」
「어서 마시세요」
그는 갑작스레 믿음이 생긴 이유도 알지 못한 채 단숨에 잔을 비웠다.
「옷을 입으세요……. 빨리……」
그녀가 창 옆에서 물러나며 명령했다.
그는 순순히 따랐다. 그가 기진해서 의자에 쓰러지자 그녀가 다시 그의 곁으로 돌아왔다.
「떠나야 해요. 그래야…… 시간이 없어요. 힘을 모아 보세요」

그녀는 허리를 약간 구부려서 그의 어깨를 부축한 다음 문 쪽으로, 그리고 계단으로 그를 끌고 갔다.

뤼팽은 꿈속을 걷듯이 걷고 또 걸었다. 세상에서 가장 앞뒤가 맞지 않는 일들이 벌어지는 이상한 꿈, 2주전부터 계속된 끔찍한 악몽에 이어지는 행복한 꿈속을 걷듯이.

그런데 어떤 생각이 뇌리를 스치자 문득 웃음이 터져 나왔다.

「불쌍한 가니마르! 지독히도 운도 없군. 내가 체포되는 광경을 목격할 수만 있다면 기꺼이 관람료를 지불하겠는걸」

믿을 수 없을 정도의 놀라운 힘으로 그를 부축해 주는 동행 덕에 계단을 내려오자, 길에 자동차가 대기하고 있었다. 그녀는 그를 차에 태웠다.

「출발하세요」

그녀가 운전사에게 말했다.

2주 만의 바깥 공기와 무리한 움직임 때문에 멍해진 뤼팽은 지나가는 길과 그 길의 소소한 풍경들을 거의 알아차리지 못했다. 그가 거주하는 집들 중 하나에 돌아와서야 완전히 의식을 회복했다. 집을 지키던 하인에게 그 젊은 여인이 지시를 내렸다.

「가 보세요」

그러고는 그녀도 멀어져 가려 할 때, 그가 그녀의 옷깃을 붙잡았다.

「아니, 안 되오. 먼저 설명을 해 주시오. 왜 나를 구했소? 당신의 숙모가 눈치 채지 못하게 돌아왔던 거요? 하지만 왜, 어째서 나를 구해 주었소? 동정심 때문이오?」

그녀는 침묵을 지켰다. 상체를 꼿꼿이 세우고 머리를 약간 치켜든 채 그녀는 여전히 이해할 수 없는 딱딱한 표정을 짓고 있었다. 하지만 그에게는 그녀의 입술 윤곽이 냉혹함보다는 쓰라림을 보여 주는 것 같았다. 아름다운 검은 눈에도 우수가 어렸다. 완전히 이해할 순 없었지만 뤼팽은 그녀의 마음속에서 일어나는 동요를 대강 직감했다. 그는 그녀의 손을 잡았다. 그녀는 거칠게 저항하며 그를 밀쳤다. 거의 혐오에 가까운 증오가 느껴졌다. 그가 계속 버티자 그녀가 소리쳤다.

「절 내버려 두세요! 내버려 두라고요! 제가 당신을 얼마나 증오하는지 모르겠어요?」

당황한 뤼팽과 창백한 얼굴이 이상하게 붉어진 채 동요하며 몸을 떠는 그녀, 그들은 잠시 서로를 바라보았다. 그가 그녀에게 부드럽게 말했다.

「나를 증오한다면 죽게 내버려 두었어야지요……. 아주 쉬운 일이었잖소. 그런데 왜 그렇게 하지 않았소?」

「왜냐고요? 왜냐고? 저도 모르겠어요……」

그녀의 얼굴이 일그러졌다. 그녀는 곧 두 손으로 얼굴을 가렸다. 손가락 사이로 눈물이 흘러내렸다.

뤼팽은 매우 감동을 받아, 어린 아이를 달래듯이 다정한 말과 따뜻한 충고를 건넬 뻔했다. 그녀가 자기를 구해 주었듯이 이번에는 자기가 그녀를 구해 주고 고단한 삶에서 끌어내 주고 싶었다.

하지만 그가 어떤 말을 하든 부질없었을 것이다. 또 사건의 전말을 깨달은 이상 그는 무슨 말을 해야 할지도 알 수 없었다. 그녀가 환자의 침상에서 자기가 상처를 입힌 남자를 돌보다가 그의 용기와 쾌활함에 감탄하고 그에게 애정을 느끼게 되어 결국에는 사랑에 빠진 것임을 상상할 수 있었다. 그리하여 원한과 분노가 폭발하는 데도 일종의 본능적인 충동으로 자기도 모르게 세 번이나 그를 죽음에서 구한 젊은 여인의 모습을 떠올릴 수 있었다.

이 모든 것이 너무나 기묘한 뜻밖의 일이었고, 그로 인한 놀라움이 너무나 컸던 나머지, 그녀가 그에게서 시선을 떼지 않은 채 뒷걸음질을 치며 문 쪽으로 향하는 데도 이번에는 붙잡을 생각을 하지 못했다.

그녀는 고개를 숙이며 살짝 미소를 짓고는 사라졌다.

그는 갑자기 요란하게 벨을 울렸다.

「저 여자를 좇아가게……. 아니, 아니야. 여기에 있게. 그게 낫겠어……」

그가 하인에게 말했다.

그는 오랫동안 생각에 잠겼다. 여인의 영상이 머릿속을 떠나지 않았다. 죽음에 그토록 가까이 다가갔던 이 희한하고 감동적이며 비극적인 사건 전체를 다시 떠올려 보았다. 그리고 탁자 위에 있던 거울을 들어, 육체적 고난과 정신적 고통에도 그리 상하지 않은 자신의 얼굴을 한참 동안 흐뭇하게 바라보다가 중얼거렸다.

「잘생긴 남자란……!」

붉은 실크 스카프

그날 아침, 가니마르 수사 반장은 평소와 같은 시간에 재판소로 가려고 나오다가 페르골레즈가를 따라 앞서 걸어가는 사람의 이상한 행동에 주목했다.

계절이 11월인데도 밀짚모자를 쓰고 초라하게 차려입은 이 남자는 신발 끈을 다시 묶는다든가 지팡이를 집어 든다든가 또는 다른 어떤 핑계로든 50, 60보쯤 가다가 매번 몸을 숙였다. 그리고 그때마다 주머니에서 작은 오렌지 껍질 조각을 꺼내 보도 한쪽 가에 몰래 놓았다.

보통 사람 같으면 단순한 괴벽이나 실없는 장난으로 여겨 전혀 주의를 기울이지 않았겠지만 가니마르는 무엇 하나 무심히 넘기지 않는 통찰력 있는 관찰자로서 그 일의 은밀한 비밀을 알아내야만 만족할 사람이었다. 따라서 그는 남자를 뒤좇기 시작했다.

그 남자가 라그랑다르메 대로에서 오른쪽으로 도는 순간 형사는 그가 열두어 살짜리 어린아이와 신호를 주고받는 장면을 목격했다. 이 아이는 왼쪽의 집들을 따라갔다.

20미터 정도 떨어진 곳에서 남자는 몸을 숙이고 바지 밑단을 걷었다. 그리고 오렌지 껍질로 지나가는 길을 표시했다. 그때 소년이 멈추더니 자기 옆에 있는 집에 분필 조각으로 동그란 원과 그 안에 하얀 십자가를 그렸다.

두 인물은 그렇게 계속 걷다가 1분 후 다시 멈추었다. 남자가 핀을 주우면서 오렌지 껍질을 떨어뜨리자 아이는 곧 벽에 마찬가지로 흰 원 안에 두 번째 십자가를 그렸다.

「제기랄! 분명히 뭔가 있어……. 도대체 저 녀석들 무슨 음모를 꾸미는 거지?」

기억에 담아 둘 만한 특별한 일은 일어나지 않은 채 두 〈녀석들〉은 프리에들랑 대로와 포부르 생토노레를 따라 내려갔다.

거의 규칙적인 간격으로, 말하자면 기계적으로 이중 작업이 다시 시작되었다. 오렌지 껍질의 남자가 일단 표시해야 할 집을 고른 다음에 그 행동을 하면 소년이 일행의 신호를 본 다음에 집에 표시를 하는 게 분명했다.

둘 사이에 확실히 협약이 있었다. 이 놀랄 만한 수법은 가니마르 경감의 눈에 상당한 홍미거리를 제공했다.

보보 광장에서 남자는 멈칫했다. 그러더니 결심한 듯 바짓단을 두 번 올렸다가 내렸다. 그러자 아이는 보도 가장자리, 내무부 앞에서 보초를 서는 병사 맞은편에 앉았다. 그리고 돌에 두 개의 작은 십자가와 두 개의 원을 그렸다.

엘리제 궁에서도 마찬가지 의식을 치렀다. 다만 대통령 궁의 경비병이 걷고 있는 이 보도에서는 표시가 두 개가 아니라 세 개였다.

「저게 무슨 뜻일까……? 대체 무슨 뜻이지?」

흥분으로 얼굴이 창백해진 가니마르는 수상한 상황이 벌어질 때마다 늘 그렇듯이 자기도 모르게 영원한 숙적 뤼팽을 생각하며 중얼거렸다.

하마터면 두 〈녀석들〉을 붙들고 물어볼 뻔했다. 하지만 그렇게 어리석은 짓을 저지르기에는 그는 너무 노련했다. 게다가 마침 오렌지 껍질의 남자가 담배를 피워 물었다. 그러자 마찬가지로 담배꽁초 하나를 쥔 꼬마가 틀림없이 불을 얻으려는 목적으로 남자에게 다가갔다.

그들은 몇 마디 말을 나눴다. 꼬마는 어떤 물건을 재빨리 일행에게 내밀었다. 가니마르가 보기에 그것은 케이스 안에 든 권총 같았다. 그들은 함께 물건 위로 몸을 숙이더니 남자가 벽 쪽으로 돌아서 주머니에 손을 넣고 무기를 장전하는 듯한 동작을 여섯 번 했다.

그 일을 마치자마자 그들은 왔던 길을 되돌아가 쉬렌가에 도착했다. 그들의 주의를 끌 위험을 무릅쓰며 가능한 한 바짝 뒤쫓던 경감은 그들이 4층과 꼭대기 층만 제외하고 덧문이 모두 닫혀 있는 오래된 집 현관으로 들어가는 것을 보았다.

경감은 역시 그들을 뒤따라 뛰어 들어갔다. 마차가 드나들 수 있는 정문 끝에 서니 커다란 정원 안쪽에는 페인트 가게의 간판이, 왼쪽으로는 계단 입구가 보였다.

그는 계단을 올라갔다. 2층에 올라가자 누군가를 때리는 것 같은 요란한 소음이 위에서 들려와서 그는 걸음을 더욱 빨리했다.

마지막 층계참에 도착하니 문은 열려 있었다. 안으로 들어가 잠시 귀를 기울이자 싸우는 소리가 들려왔다. 소리가 흘러나오는 듯한 방에까지 달려간 그는 몹시 놀라 숨을 헐떡이며 문간에 멈춰 섰다. 오렌지 껍질의 남자와 소년이 의자로 마루바닥을 두드리고 있었다.

그 때, 제3의 인물이 옆방에서 나왔다. 스물여덟에서 서른 살 가량의 젊은 남자로 구레나룻을 짧게 자르고 안경을 쓰고 모피로 안을 댄 실내복을 입고 있었다. 그는 외국인, 러시아 사람처럼 보였다.

「안녕하십니까, 가니마르 씨?」

그가 말하고는 두 일행에게 말을 건넸다.

「친구들, 고맙네. 훌륭한 성과를 얻었으니 축하하네. 여기 약속한 사례금이 있네」

그는 그들에게 100프랑짜리 지폐를 줘서 밖으로 내보낸 뒤 두 개의 문을 도로 닫았다.

「실례합니다, 경감 나리. 당신에게 할 말이 있어서…… 아주 긴급한 일이랍니다」

그는 가니마르에게 말하며 손을 내밀었다. 경감이 붉으락푸르락한 얼굴로 넋이 나간 듯이 서 있자 그가 다시 소리쳤다.

「이해를 못하시는 것 같군요. 아주 간단한 얘긴데 말입니다. 급히 당신을 만날 필요가 있었단 말입니다. 자, 아시겠습니까?」

그리고 무언의 항의에 대답하는 듯이 말을 이었다.

「아니, 아닙니다. 당신 생각은 틀렸습니다. 내가 편지를 보내거나 전화를 했다면 당신은 아마 오지 않았을 겁니다. 아니면 대부대를 끌고 왔겠지요. 그런데 나는 당신만 만나고 싶었거든요. 그래서 선량한 두 친구를 보내어 우연히 당신과 마주치게 한 다음 오렌지 껍질을 뿌리고 십자가와 원을 그려서, 간단히 말하자면 당신에게 여기까지 오는 길을 인도해 주는 수밖에 없다고 생각했지요. 아니, 왜 그러십니까? 얼떨떨해 보이는군요. 무슨 일인가요? 설마 나를 못 알아보는 겁니까? 뤼팽입니다…… 아르센 뤼팽. 기억을 더듬어 보세요……. 이 이름에서 뭔가 떠오르지 않습니까?」

「짐승 같은 놈」

가니마르는 이를 갈았다.

뤼팽이 딱하다는 듯 다정한 어조로 말했다.

「화났습니까? 역시 그렇군요. 당신 눈을 보면 알 수 있습니다. 뒤그리발 사건 때문입니까? 당신이 체포하러 올 때까지 내가 기다려야 했을까요? 빌어먹을, 그 생각을 못했군요! 내 약속하지요, 다음번에는 꼭……」

「더러운 놈」

가니마르가 중얼거렸다.

「나는 당신이 기뻐할 줄 알았는데! 정말입니다, 나는 혼자 이렇게 생각했지요. 〈그 사람 좋은 가니마르 씨와 만난 지가 참 오래되었군. 그가 반가워서 내 목을 끌어안겠는걸.〉」

이제까지 움직이지 않던 가니마르는 어이가 없어 나가려는 것 같았다. 그는 주위를 둘러보고 뤼팽을 바라보았다. 정말로 뤼팽의 목에 달려들까 망설이고 있는 게 훤히 보였다. 그러더니 갑자기 상대방의 얘기를 듣기로 결심한 듯 감정을 억누르며 의자를 꼭 붙잡고 자리에 앉았다.

「말해……. 난 바쁘니까 객설은 집어치우고」

가니마르가 말했다.

「좋습니다. 얘기하지요. 이보다 더 조용한 장소는 꿈도 꿀 수 없을 겁니다. 여기는 로슐로르 공작 소유의 저택이지요. 하지만 여기에 살지 않는 그는 이 층을 나에게 임대해 주고 부속 건물을 페인트 공에게 내주는 데 동의했답니다. 나는 이와 비슷한 매우 유용한 집들을 몇 채 가지고 있지요. 여기서 나는 러시아의 대귀족의 모습을 하고 있긴 하지만 전직 대관, 장 도브뢰이 씨로 통하지요. 이해하겠지만, 주의를 끌지 않기 위해 좀 흔한 직업을 골랐답니다」

「그래서 뭐가 어쨌다는 거야?」

가니마르가 물었다.

「바쁜 분 앞에서 내가 좀 말이 많았군요. 용서하십시오. 오래 걸리지 않을 겁니다. 5분이면 됩니다. 다시 시작하지요……. 담배 피우겠습니까? 싫어요? 좋습니다, 그럼 나도 안 피우지요」

그도 역시 의자에 앉더니 생각에 잠긴 채 피아노를 연주했다. 그리고 이렇게 말을 계속했다.

「1599년 10월 17일, 따뜻하고 행복한 아름다운 날…… 잘 듣고 있지요? 그러니까, 1599년 10월 17일…… 하긴, 굳이 앙리 4세가 통치하던 시대까지 거슬러 올라가서 당신에게 퐁네프 다리의 연대기에 대한 자료를 제공할 필요는 없겠죠? 아니, 당신이 프랑스 역사를 통달할 필요는 없겠지요. 오히려 당신의 머릿속을 혼란에 빠뜨릴 위험도 있고 말입니다. 그러니 당신은 어젯밤 새벽 1시쯤, 퐁네프 다리의 좌안 쪽 마지막 아치 밑을 지나가던 한 뱃사공이, 누군가 다리 위에서 센 강 깊숙이 던진 무언가가 거룻배 앞으로 떨어지는 소리를 들었다는 것만 알면 됩니다. 동시에 그의 개가 짖으며 강으로 뛰어들었습니다. 뱃사공이 거룻배 끝으로 갔을 때 개는 갖가지 물건을 포장하는 데 쓰인 신문 조각을 입에 물고 흔들고 있었지요. 그는 물에 떨어지지 않은 물건들을 주워 선실로 돌아와 조사했지요. 조사는 아주 흥미로웠습니다. 내 친구들 중 한 명과 친분이 있던 그 뱃사공은 곧 나에게 이 소식을 알리도록 했지요. 그래서 오늘 아침 내 부하가 나를 깨워 이 사건에 대해 알려 주고 그가 주운 것을 내게 넘겨 주었습니다. 자, 보시지요」

그는 물건들을 탁자 위에 죽 늘어놓으며 보여 주었다. 우선 찢어진 신문 조각, 그리고 뚜껑에 기다란 끈이 달린 커다란 수정 잉크 병과 작은 유리 파편, 너덜너덜해진 부드러운 일종의 판지 상자가 있었다. 마지막으로 같은 천, 같은 색깔의 술이 달린 진홍색 붉은 실크 조각이 나왔다.

뤼팽이 다시 말했다.

「이게 우리의 증거품이랍니다, 경감님. 물론 멍청한 개가 흘려 버린 다른 물건들이 있다면 해결해야 할 문제는 훨씬 간단했겠지요. 하지만 조금만 생각하고 머리를 쓴다면 그럭저럭 해결할 수 있을 것 같습니다. 마침 그것이 당신의 주요한 자질 아닙니까? 어떻게 생각하십니까?」

가니마르는 꼼짝도 하지 않았다. 뤼팽의 수다를 참아 내고는 있었지만 그의 자존심은 단 한마디의 대답도, 동의나 반대의 표시로 여겨질 수 있는 고갯짓조차도 허락하지 않았다.

가니마르의 침묵을 눈치 채지 못했다는 듯이 뤼팽이 계속 말했다.

「내 생각에 우리는 의견이 완전히 일치하는 것 같습니다. 그러면 내가 이 증거품들이 말해 주는바에 따라 사건을 최종적으로 간단하게 요약해 보지요. 어제 저녁 9시에서 자정 사이에, 외알박이 안경을 쓰고 옷을 잘 차려입었으며 경마계에 종사하는 한 남자가 좀 튀는 차림의 어떤 아가씨를 칼로 찌르고 목을 졸라 죽였습니다. 그는 바로 직전에 여자와 함께 카페에서 머랭그(설탕과 계란 흰자위로 만든 크림 과자의 일종) 세 조각과 에클레르 한 쪽을 함께 먹은 사이였지요.」

뤼팽은 담배에 불을 붙이고 가니마르의 소매를 붙잡으며 말을 이었다.

「뭐야, 말문이 막히셨나요, 경감 나리? 경찰의 추론에서는 이런 식의 비약은 금지라고 생각하고 있겠지요? 틀렸습니다, 가니마르 씨. 뤼팽은 소설 속 탐정처럼 곡예를 부리지요. 증거가 있냐고요? 확실하고 단순한 증거지요」

그리고 그는 물건들을 하나하나 가리키며 논증했다.

「그러니까, 어제 저녁 9시 이후, (이 신문 조각에는 어제 날짜가 찍혀 있고 〈석간〉이라고 명시되어 있습니다. 게다가 여기 신문에 붙어 있는 노란 띠 일부가 보이지요? 그 띠 아래에는 정기 구독자의 번호가 적혀 있고 이것은 9시 우편물로 배달되지요.) 옷을 잘 차려입은 한 남자가(이 작은 유리 파편에는 가장자리에 외알박이 안경의 테가 남아 있고 외알박이 안경이란 본래 귀족적인 물건임을 주목하기 바랍니다.), 제과점에 들어갔습니다.(여기 상자 모양으로 생긴 얇은 판지에는 보통 이런 상자에 담는 머랭그와 에클레르의 크림이 아직도 묻어 있어.) 짐을 들고 외알 안경을 쓴 그 남자는 한 젊은 여인을 만났습니다. 이 진홍색 붉은 실크 스카프는 그녀의 좀 튀는 차림을 충분히 보여 주지요. 그녀와 만난 남자는 아직은 알 수 없는 어떤 동기로 먼저 그녀를 칼로 찌른 뒤 이 실크 스카프로 목을 조른 겁니다.(돋보기를 가지고 보시지요, 형사 나리. 실크 위에 더 짙은 붉은 자국을 볼 수 있을 겁니다. 여기는 칼을 닦은 흔적이고 저기는 천에 달라붙은 피 묻은 손자국이랍니다.) 범죄를 저지르고 나서 흔적을 남기지 않기 위해 그는 주머니에서 첫째, 그가 구독하는 경마 신문(이 조각을 대충 훑어보시지요. 제목을 쉽게 알아볼 수 있을 겁니다.)을 꺼내고 둘째, 우연히 주머니 안에 있었던 채찍용 끈을 꺼냈습니다.(이 두 가지 세부 사항은 이 인물이 경마를 좋아하고 직접 말을 돌보는 사람이라는 것을 증명해 주지요.) 그리고 나서 그는 싸우는 와중에 끈이 끊어진 외알박이 안경의 파편을 주워 모으고 스카프의 얼룩덜룩해진 부분을 가위로(가위질한 자국을 잘 살펴보시지요.) 잘라 냈지요. 나머지 부분은 희생자의 꼭 쥔 손안에 남겨져 있을 겁니다. 제과점의 판지는 구겨서 동그랗게 만들고, 칼과 함께 센 강에 가라앉혀야 할 다른 몇 가지 증거물들도 함께 챙겨서 모든 것을 신문으로 싸고 끈으로 묶은 다음 무게를 싣기 위해 수정 잉크병을 매단 거지요. 그리고 부리나케 달아났지요. 그 짐 꾸러미는 잠시 후 뱃사공이 타고 있던 거룻배 앞에 떨어졌고요. 자, 이렇게 된 겁니다. 후, 내가 흥분해서 떠들었군요. 당신은 이 일에 대해 어떻게 생각하십니까?」

그는 자신의 연설에 형사가 어떤 반응을 보이는지 알아보기 위해 가니마르를 주시했다. 가니마르는 여전히 침묵을 깨지 않았다.

뤼팽이 웃음을 터뜨렸다.

「사실 깜짝 놀랐겠지요. 하지만 경계하고 있군요. 〈만일 이 사건이 무언가 훔치기 위해 벌이는 일이라면 뤼팽이란 놈이 왜 이 사실을 혼자만 간직한 채 살인범을 뒤쫓아 그에게서 도로 빼앗지 않고 나에게 알리는 것일까?〉 물론 이런 질문은 합당한 것입니다.

그런데…… 한 가지 문제가 있습니다. 내가 시간이 없기 때문이지요. 요즘 일이 넘치거든요. 런던의 강도 사건, 로잔의 또 다른 강도 사건, 마르세이유의 어린아이 바꿔 치기, 배회하는 죽음에 둘러싸여 있는 아가씨 구출하기, 이 모든 것들이 동시에 내 팔에 매달려 있답니다. 그래서 생각했지요. 〈이 일을 훌륭한 가니마르 씨에게 넘기는 게 어떨까? 반쯤은 해결이 된 셈이니 성공을 거두기도 쉬울 테고. 이 얼마나 큰 베품인가! 그가 얼마나 유명해질까!〉 그리고 생각하자마자 실행에 옮겼답니다. 아침 8시, 오렌지 껍질 사나이를 보내 당신과 우연히 마주치게 했지요. 역시 당신은 미끼를 물었군요. 9시가 되자 싱싱하게 팔딱팔딱 뛰며 여기 도착했으니 말입니다」

뤼팽은 일어나 형사에게 약간 몸을 숙이고 눈을 똑바로 바라보며 말했다.

「이상 끝. 더 이상 할 얘기는 없습니다. 오후에는 아마 희생자가 누구인지 알게 되겠지요……. 발레 단의 무용수인지, 라이브 카페의 가수인지……. 또 한편, 범인은 퐁네프 근처, 그것도 좌안에 살 가능성이 있어요. 하여튼 여기 증거품들을 당신에게 선물하지요. 열심히하십시오. 이 스카프 끄트머리 조각만 내가 간직하겠습니다. 스카프 전체를 이어 볼 필요가 있다면 희생자의 목에서 발견될 나머지 조각을 내게 가져오십시오. 다음 달 오늘까지, 말하자면 12월 28일 오전 10시까지 가져와야 합니다. 반드시 나를 찾을 수 있을 겁니다. 걱정하지 마십시오. 이제까지 한 얘기가 모두 진실이었음을 맹세할 수 있습니다, 친애하는 가니마르 씨. 장난은 조금도 섞이지 않았답니다. 그러니 일을 단행해도 좋습니다. 아참! 중요한 사실 한 가지! 외알박이 안경의 그 작자를 체포할 때는 주의하십시오! 그자는 왼손잡이랍니다. 그럼 잘 가십시오, 노경감 나리. 행운을 빕니다!」

가니마르가 미처 결정을 내리기도 전에 뤼팽은 한 바퀴 빙 돌아 문 쪽으로 가더니 문을 열고 사라졌다. 형사는 재빨리 달려갔지만 이내 그가 모르는 어떤 장치 덕에 자물쇠가 달린 손잡이가 돌아가지 않는다는 것만 확인했다. 이 자물쇠를 해체하는 데 10분이 걸렸고 대기실 문을 따는 데도 10분이 걸렸다. 3층을 구르듯이 달려 내려왔을 때 가니마르는 이미 아르센 뤼팽을 다시 만날 희망을 버렸다.

더구나 그는 더 이상 아르센 뤼팽에 대해 생각하지도 않았다. 뤼팽은 그에게 두려움과 원한과 본의 아닌 감탄, 자기가 아무리 노력해도, 아무리 끈질긴 수사를 거듭해도 그와 같은 적수의 발끝에도 닿지 못하리라는 혼란스런 예감으로 뒤섞인 미묘하고 복잡한 감정을 불러일으켰다. 그는 경찰의 의무와 자존심 때문에 뤼팽의 뒤를 쫓고는 있지만 이 무시무시한 사기꾼에게 속지는 않을까, 언제나 자신의 실패를 비웃을 준비가 되어 있는 대중들 앞에서 망신을 당하지는 않을까 하는 두려움에 계속 시달렸다.

특히 붉은 스카프 이야기는 매우 수상쩍은 느낌이 들었다. 물론 여러 가지 면에서 흥미롭기는 했지만 얼마나 엉뚱한 이야기인가! 또 언뜻 보기에는 그토록 논리적으로 보이는 뤼팽의 설명이 엄밀한 조사 하에서 과연 얼마나 굳건히 견딜 수 있을 것인가!

「아니야. 전부 허풍이야……. 근거 없는 가설과 억측투성이일 뿐이야. 나는 동의하지 않겠어」

가니마르는 중얼거렸다.

오르페브르 강변 36번지, 경찰청에 도착했을 때 그는 이 일을 없었던 일로 치부하기로 확고하게 결심했다.
 그는 경찰청으로 올라갔다. 동료들 중 하나가 그에게 말했다.
「경찰청장님 만났나?」
「아니」
「방금 전에 자네를 찾으시던데」
「그래?」
「그래, 찾아가 보게」
「어디로?」
「베른가야……. 어제 밤 살인 사건이 났다더군」
「그런가? 희생자는?」
「잘은 모르겠지만…… 라이브 카페의 여가수인 것 같네」
 가니마르는 단지 이렇게 중얼거렸다.
〈빌어먹을!〉
 20분 후 그는 지하철에서 나와 베른가로 향했다.
 연예계에서 제니 사파이어라는 애칭으로 알려져 있는 희생자는 3층에 위치한 소박한 아파트에 살고 있었다. 가니마르는 경찰의 안내를 받아 우선 두 개의 방을 가로질러 갔다. 그리고 수사를 담당한 사법관과 경찰청장 뒤두이 씨와 법의학자가 먼저 도착해 있는 방으로 들어갔다.
 보자마자 그는 몸서리를 쳤다. 긴 의자에 누워 있는 젊은 여인의 시체는 붉은 실크 조각을 손에 꼭 쥐고 있었다! V자로 파진 블라우스 밖으로 드러난 어깨에는 칼자국이 두 군데 나 있었고 그 주위로는 피가 응고되어 있었다. 거의 거무죽죽해진, 경련을 일으킨 얼굴에는 끔찍한 공포의 표정이 어려 있었다.
 조사를 마친 법의학자가 선언했다.

「첫 번째 결론은 매우 간단합니다. 희생자는 칼에 두 번 찔리고 나서 목이 졸렸습니다. 질식사가 분명합니다」

〈빌어먹을!〉

뤼팽의 말, 그가 그려 낸 범죄 상황을 떠올리며 가니마르는 다시 속으로 중얼거렸다.

예심판사가 반박했다.

「하지만 목에는 피하 출혈의 흔적이 없잖소」

「희생자가 가지고 있는 이 실크 스카프로 목을 졸랐을 가능성이 큽니다. 여자는 저항하기 위해 두 손으로 이 조각을 꼭 쥐었던 겁니다」

「하지만 왜 이 조각만 남아 있을까요? 나머지 부분은 어떻게 된 거죠?」

판사가 말했다.

「피로 얼룩진 나머지 부분은 살인범이 가져갔겠지요. 가위로 급하게 잘랐음을 확인할 수 있습니다」

〈빌어먹을! 그놈의 뤼팽은 그 자리에 없었으면서도 모든 걸 보았군!〉

가니마르가 이를 갈며 세 번째로 중얼거렸다.

「그렇다면 범행 동기는? 자물쇠는 부서지고 장롱은 뒤죽박죽이 되었소. 다른 정보가 있으시오, 뒤두이 씨?」

판사가 물었다.

경찰청장이 대답했다.

「하녀의 증언으로부터 적어도 한 가지 가설을 제시할 수 있습니다. 노래 실력은 별로였지만 미모로 유명했던 희생자는 2년 전 러시아로 여행을 갔다가 아마도 그곳 궁정의 한 인물에게 받았을 훌륭한 사파이어를 가지고 돌아왔지요. 그때부터 제니 사파이어라고 불리게 된 여인은 이 선물을 굉장히 자랑스러워했지만 신중을 기하기 위해 따로 잘 모셔 놓고 몸에 차고 다니지는 않았습니다. 이 사파이어를 훔치려는 게 범죄의 동기였다고 가정할 수 있지 않을까요?」

「그렇다면 하녀는 보석이 있는 장소를 알고 있었습니까?」

「아니오, 그건 아무도 몰랐습니다. 흐트러진 방의 상태로 보아 살인범도 그것을 몰랐음이 명백합니다」

「하녀를 심문해야겠소」

예심판사가 말했다.

뒤두이 씨는 가니마르 경감을 따로 불렀다.

「표정이 아주 이상하군, 가니마르. 무슨 일인가? 뭔가 짚이는 데라도 있나?」

「없습니다, 청장님」

「안 됐군. 경찰청에는 놀랄 만한 솜씨가 필요한데. 범인을 찾지 못한 이런 범죄가 벌써 여러 건이야. 이번에는 우리가 반드시, 그리고 신속하게 범인을 찾아내야 해」

「어려운 일입니다, 청장님」

「반드시 찾아내야만 해. 내 말을 잘 듣게, 가니마르. 하녀의 말에 따르면 제니 사파이어는 매우 규칙적인 생활을 했는데, 한 달 전부터 극장에서 돌아올 때쯤, 그러니까 10시 반경에 한 손님이 찾아와 자정까지 머물곤 했다네. 제니 사파이어는 〈그이는 사교계 인사야. 나랑 결혼하고 싶어 하지.〉라고 말했다는군. 그런데 이 사교계 인사는 관리인실 앞을 지날 때면 언제나 누구의 눈에도 띄지 않도록 옷깃을 세우고 모자를 눌러 쓰는 등 온갖 주의를 기울였네. 또 제니 사파이어도 그가 오는 날에는 늘 남자가 도착하기도 전에 하녀를 멀리 보냈네. 이 남자를 찾아야 해」

「그가 남긴 흔적은 전혀 없습니까?」

「전혀. 그자는 처벌을 피하기 위해 모든 가능성을 철저히 따져서 완전 범죄를 준비하고 실행했네. 굉장히 뛰어난 상대임에 분명해. 그를 체포한다면 커다란 공적이 될 거야. 자네를 믿겠네, 가니마르」

「아! 저를 믿으십시오. 두고 보세요……. 두고 보세요……. 불가능한 건 아닌데…… 다만……」

그는 매우 긴장한 것처럼 보였다. 그의 이런 흥분에 뒤두이 씨는 적잖이 놀랐다.

가니마르가 계속 말했다.

「다만, 다만 맹세컨대…… 아시겠습니까, 청장님? 맹세컨대……」

「뭘 맹세한다는 건가?」

「아니, 아무것도…… 두고 보십시오……. 두고 보시라고요……」

가니마르는 밖으로 나와서야 딱 한 번, 발을 구르며 매우 화가 난 어조의 큰 소리로 말을 끝까지 마쳤다.

「다만 맹세컨대 저만의 수단으로 체포할 겁니다. 그 비열한 놈이 제공해 준 정보는 단 한 가지도 사용하지 않고 말입니다. 아! 절대로……」

가니마르는 이 일에 연류된 것에 불같이 화를 내고 뤼팽에게 욕설을 퍼부으면서도 이 사건을 반드시 해결하리라 결심하며 무턱대고 길을 걸었다. 혼란스러운 머리로 생각을 정리해 보려 애썼고 어지러이 흩어져 있는 사실들 가운데서 아무도 눈치 채지 못한, 뤼팽조차 생각지 못한 어떤 것, 자신을 승리로 이끌어 줄 사소한 단서를 발견해 내려고 애썼다.

포도주 가게에서 급히 점심 식사를 마치고 다시 길을 걷던 그는 문득 아연실색하고 어안이 벙벙해져서 그 자리에 멈추어 섰다. 그는 쉬렌가의 현관 아래, 몇 시간 전에 뤼팽이 자신을 유인했던 바로 그 집으로 들어가고 있었다. 자신의 의지를 뛰어넘는 어떤 강한 힘이 그를 다시 이리로 데려왔던 것이다. 문제의 해결은 그곳에 있었다. 그곳에 진실의 모든 요소가 있었다. 가니마르가 어떻게 생각하건 뤼팽의 단언은 너무나 정확했고 그의 계산은 너무나 치밀했기에, 그토록 놀라운 예시에 존재의 깊숙한 곳까지 뒤흔들린 가니마르는 그의 적수가 손을 놓은 바로 그 지점에서 다시 일을 시작할 수밖에 없었다.

그는 더 이상 저항하지 않고 4층까지 올라갔다. 아파트는 열려 있었다. 증거물은 아무도 건드리지 않은 채였다. 그는 그것들을 주머니에 넣었다.

그때부터 그는 말하자면 기계적으로, 복종할 수밖에 없는 주인에게 이끌려 추론하고 행동하기 시작했다.

미지의 인물이 퐁네프 근처에 산다는 가정을 받아들인다면, 퐁네프 다리에서 베른가까지 가는 길에서 저녁에도 영업을 하고 그날 문제의 과자를 팔았던 제과점을 찾아야 했다. 수사는 오래 걸리지 않았다. 생라자르 역 부근에서 한 제과점 주인이 재료나 모양이 가니마르가 가지고 있는 것과 똑같은 종이 상자를 보여 주었다. 게다가 점원 중 한 명이 전날 저녁, 모피 깃 깊숙이 목을 파묻었지만 외알박이 안경이 눈에 띄었던 어떤 신사에게 과자를 판 것을 기억했다.

〈자, 첫 번째 증거는 확인됐어. 우리의 상대는 외알박이 안경을 쓰고 있다.〉

형사는 생각했다.

그리고 경마 신문의 조각들을 모아 신문팔이에게 보여 주자 신문팔이는 그것이 《르 튀르프 일뤼스트레》지라는 것을 쉽게 알아보았다. 가니마르는 곧장 《르 튀르프》 사로 찾아가서 정기 구독자 명단을 요청했다. 그리고 그 명단에서 퐁네프 근처, 특히 뤼팽이 말한바에 따라 강의 좌안에 사는 모든 사람들의 이름과 주소를 추려 냈다.

이어 경찰청으로 돌아온 그는 여섯 명의 요원들을 집합시켜 필요한 지시를 내린 뒤 파견했다.

저녁 7시, 그들 중 마지막 사람이 돌아와 좋은 소식을 알렸다. 《르 튀르프》지를 구독하는 프레바이유 씨라는 인물이 오귀스탱 강변 중이층 건물에 살고 있는데 그자는 전날 저녁 모피 외투를 입고 집에서 나와 관리인이 건네주는 우편물과 《르 튀르프 일뤼스트레》지를 받고 떠났다가 자정 무렵에 돌아왔다는 것이었다.

이 프레바이유 씨는 외알박이 안경을 썼으며 경마장의 단골이었고 자기가 소유하고 있는 몇 마리 말들을 직접 타거나 빌려 주곤 했다.

수사가 너무나 급속하게 진행되고 또 결과가 뤼팽의 예언에 너무나 잘 맞아떨어져서 경찰관의 보고를 듣던 가니마르는 어지럼증을 느꼈다. 그는 다시 한번 뤼팽의 방대한 능력을 헤아려 볼 수 있었다. 짧지 않은 인생을 살면서 이토록 뛰어난 혜안과 날카롭고 영민한 정신의 소유자는 본 적이 없었다.

그는 뒤두이 씨를 만나러 갔다.
「준비가 다됐습니다, 청장님. 영장은 가지고 계시지요?」
「뭐?」
「체포를 위한 준비가 다되었다고 말씀드렸습니다, 청장님」
「제니 사파이어의 살인범을 알아냈단 말인가?」
「그렇습니다」
「아니, 어떻게 알았나? 설명해 보게」
가니마르는 양심의 가책을 느껴 얼굴을 약간 붉혔지만 곧 대답했다.
「우연히 알게 됐습니다. 살인범은 자신을 위태롭게 할 물건들을 전부 센 강에 던졌습니다. 그 짐 꾸러미 중 일부를 주운 사람이 제게 보냈지요」
「그 사람이 누군가?」
「보복을 두려워해서 이름을 밝히지 않은 어떤 뱃사공이었습니다. 하지만 필요한 모든 증거가 제 손안에 들어왔습니다. 일은 아주 간단했습니다」
형사는 자신이 어떻게 일을 처리했는지 이야기했다.
「그게 우연이라고? 그 일이 간단했다고? 아니, 이건 자네의 공적 중 가장 훌륭한 공적이네. 끝까지 자네가 맡아서 하도록 하게, 친애하는 가니마르. 그리고 신중해야 하네」

가니마르는 속히 결말을 내고 싶었다. 그는 오귀스탱 강변으로 가서 그 집 주위에 부하들을 배치했다. 관리인에게 묻자 그 하숙인은 밖에서 저녁 식사를 하지만 식사 후에는 언제나 집에 들른다고 했다.

과연 9시 조금 안 돼 창가에 몸을 기대고 있던 관리인은 가니마르에게 신호를 보냈고 가니마르는 곧 가볍게 휘파람을 한 번 불었다. 모피 외투를 두르고 실크해트를 쓴 신사가 센 강을 따라 보도를 걸어오다가 도로를 건너 집으로 향했다.

가니마르가 나아갔다.

「프레바이유 씨죠?」

「맞습니다만, 당신은……?」

「나는 당신을……」

말을 마칠 여유가 없었다. 어둠 속에서 불쑥 튀어나온 사람들을 보고 프레바이유는 잽싸게 벽까지 물러나서 덧문이 닫혀 있는 1층 상점 문에 등을 기댄 채 적들을 마주 보았다.

「가까이 오지 마. 나는 당신을 몰라」

그가 소리쳤다.

오른손으로는 지팡이를 위협적으로 흔들어 댔고 등 뒤로 돌린 왼손으로는 문을 열려고 애쓰는 것 같았다.

가니마르는 그가 그렇게 해서 어떤 비밀 출구로 도망가 버릴 듯한 느낌이 들었다.

「이봐, 서툰 짓은 그만 둬. 너는 잡혔어. 항복해」

하지만 프레바이유의 지팡이를 붙잡는 순간 뤼팽의 경고가 떠올랐다. 뤼팽은 프레바이유가 왼손잡이라고 했다. 따라서 그가 왼손으로 찾고 있는 것은 바로 권총이었다.

경감은 재빨리 몸을 숙였다. 남자가 갑자기 움직이는가 싶더니 두 방의 총성이 울렸다. 아무도 맞지 않았다.

몇 초 후 프레바이유는 개머리판으로 턱을 한 대 맞고 그 자리에 쓰러졌다. 밤 9시, 그는 유치장에 수감되었다.

그 당시 가니마르는 이미 대단한 명성을 누리고 있었다. 경찰은 이 일을 서둘러 발표했고 매우 간단한 방법으로 그토록 범인을 순식간에 체포한 가니마르는 더욱 높은 평판을 얻었다. 사람들은 곧 밝혀지지 않은 채 남아 있는 모든 범죄를 프레바이유에게 덮어씌웠고 신문마다 가니마르의 쾌거를 칭송했다.

처음에는 소송이 신속하게 진행되었다. 우선 본명이 토마 드록인 프레바이유는 전에도 법정에 선 적이 있는 전과범이었다. 게다가 그의 집을 가택 수색하자, 새로운 증거는 나타나지 않았지만 짐을 싸는데 쓰인 끈과 똑같은 끈 뭉치가 발견되었고 희생자의 상처와 유사한 상처를 낼 수 있는 단도도 발견되었다.

그런데 여드레째 되는 날 모든 것이 달라졌다. 이제까지 대답을 거부하던 프레바이유가 변호사가 참석한 자리에서 매우 확실한 알리바이를 제시했다. 범죄가 있던 그날 저녁 그는 폴리베르제르(1869년, 파리에 설립된 뮤직홀——옮긴이)에 있었다는 것이었다.

그의 턱시도 주머니에서 실제로 그날 저녁의 날짜가 찍힌 좌석표와 공연 팸플릿이 나왔다.

「조작된 알리바이요」

예심판사가 반박했다.

「증명해 보십시오」

프레바이유가 대답했다.

대질 심문이 이루어졌다. 제과점 아가씨는 그가 외알박이 안경의 신사인 것 같다고 증언했다. 베른가의 관리인도 그가 제니 사파이어를 찾아오던 남자인 것 같다고 했다. 하지만 누구도 그 이상 단언하지는 못했다.

예심에서 확실한 것은 아무것도 발견하지 못했고 정식으로 기소할 수 있는 물증을 찾지 못했다.

예심판사는 가니마르를 불러 자신의 곤경을 털어놓았다.

「더 이상 끌고 나갈 수 없소. 피고에게 불리한 증거가 부족해요」

「하지만 당신도 확신하시지 않습니까, 판사님? 프레바이유가 범인이 아니었다면 아무런 저항 없이 순순히 따라왔을 겁니다」

「그는 자기를 공격하는 줄 알았다고 주장하고 있소. 또 제니 사파이어를 한번도 본 적이 없다는 거요. 사실 그를 꼼짝 못하게 할 증인은 아무도 없소. 게다가 사파이어를 도둑맞았다면, 그자의 집에서 그것이 발견됐어야 하는데 그 집에서는 아무것도 나오지 않았소」

「하지만 다른 곳에도 없지 않습니까?」

가니마르가 항의했다.

「그건 그렇지. 하지만 그렇다고 해서 그 점이 프레바이유에게 불리한 증거가 되지는 않아요. 우리에게 당장 필요한 게 무엇인지 아시오, 가니마르? 이 붉은 스카프의 다른 쪽 끝이오」

「다른 쪽 끝이오?」

「그렇소. 살인범이 그것을 가져갔다면 분명 그의 손가락에 묻은 핏자국이 천에 남았기 때문일 거요」

가니마르는 대답하지 않았다. 사실 그는 며칠 전부터 사건 전체가 이와 같은 결말을 향해 가고 있음을 느끼고 있었다. 다른 증거가 있을 수 없었다. 실크 스카프, 그것만 있으면 프레바이유의 유죄는 확실했다. 그리고 가니마르는 이 유죄를 입증해야 하는 상황에 몰렸다. 프레바이유의 체포를 담당했고 그로 인해 유명해졌고 악당들의 가장 무서운 적이라는 격찬을 들은 가니마르였으니 프레바이유가 무사히 풀려난다면 웃음거리가 되고 말 것이다.
 불행히도 필수 불가결한 유일한 증거는 뤼팽의 수중에 있었다. 그것을 어떻게 찾아오겠는가?
 가니마르는 새로 수사를 벌이고 탐문을 재개하고 베른가의 수수께끼를 조사하기 위해 뜬눈으로 밤을 지새우며 십여 명의 경찰들을 동원하여 사라진 사파이어를 찾으려 애썼다. 하지만 모든 게 허사였다.
 12월 27일, 예심판사가 그를 재판소로 불러들였다.
「어떠시오, 가니마르, 새로운 게 있소?」
「없습니다, 판사님」
「그렇다면 이 사건을 포기해야겠소」
「하루만 더 기다려 주십시오」
「무엇 때문이오? 우리에게는 스카프의 다른 쪽 끝이 필요하단 말이오. 그것을 가지고 있소?」
「내일이면 얻게 될 겁니다」
「내일?」
「예, 대신 판사님이 가지고 계신 한쪽 부분을 제게 맡겨 주십시오」
「그렇게 하면?」
「그렇게 하면 스카프 전체를 복원시켜 드릴 것을 약속합니다」
「알겠소」
 가니마르는 예심판사의 서재로 들어가서 실크 조각을 들고 나왔다.
「젠장, 좋아. 내 그것을, 증거를 찾으러 가지……. 내가 가지게 될 거야. 뤼팽이라는 놈이 대담하게도 약속대로 나타난다면 말이지」

그가 중얼거렸다.

사실 그는 뤼팽의 대담성을 믿어 의심치 않았다. 그리고 바로 그 점이 신경을 거슬리게 했다. 뤼팽은 왜 약속을 했던 것일까? 어떤 목적이 있는 걸까?

불안을 느끼며 분노와 증오에 찬 그는, 함정에 빠지지 않기 위해서뿐 아니라, 기회가 주어진 만큼 적에게 덫을 놓아 잡기 위해서 필요한 모든 대비를 하리라 결심했다. 그는 밤새도록 쉬렌가의 그 오래된 저택을 조사한 결과 정문 외에는 다른 출구가 없음을 확인하고 부하들에게 위험한 임무를 완수해야 한다고 미리 알렸다. 다음날 즉, 뤼팽이 정한 약속 날짜인 12월 28일, 가니마르는 그들과 함께 전투장에 도착했다.

그는 부하들을 카페에 배치시켰다. 명령은 간단명료했다. 그가 4층 창문에 모습을 나타내거나 한 시간 후까지 돌아오지 않으면 그 집에 침입해 그곳을 빠져나가려는 사람은 누구든 체포하는 것이다.

가니마르 경감은 권총이 잘 작동하는지 주머니에서 쉽게 꺼낼 수 있는지 점검하고 올라갔다.

모든 게 지난 번 그가 떠났을 때 그대로인 것을 보고 그는 조금 놀랐다. 말하자면 문은 열린 채였고 자물쇠는 부서져 있었던 것이다. 그는 안방 창문이 거리로 향해 있음을 확인하고 나서 아파트의 다른 세 방을 둘러보았다. 아무도 없었다.

「뤼팽이 겁을 먹은 게로군」

어떤 만족감을 느끼며 그가 중얼거렸다.

「어리석은 소리」

등 뒤에서 목소리가 들렸다.

돌아서자 문간에 페인트 공의 긴 작업복을 입은 늙은 노동자의 모습이 보였다.

「두리번거리지 마십시오. 납니다, 뤼팽. 오늘 아침부터 페인트 공의 가게에서 일하고 있지요. 지금은 식사 시간이라 올라온 겁니다」

남자가 말했다.

그는 즐거운 미소를 띠고 가니마르를 관찰하며 소리쳤다.

「그렇군요! 당신에게 약속한 시간이군요, 노경감 나리. 당신 목숨 10년을 준대도 이 순간과 바꾸지 않을 겁니다. 내가 당신을 얼마나 좋아하는데요! 어떻게 생각하십니까, 유명 인사 나리? 잘 짜여지지 않았습니까? 하나부터 열까지 내 예상대로였지요? 나는 이 사건을 정확히 파악하고 스카프의 비밀을 꿰뚫었습니다. 그렇지 않습니까? 내 추론에 허점이 없었다고, 내 그물에는 단 한 코의 빈틈도 없었다고 얘기하는 건 아닙니다……. 하지만 얼마나 멋진 예지의 걸작입니까! 얼마나 훌륭한 재구성이었습니까, 가니마르 씨! 이미 일어난 일과 범죄의 발견 이후 증거를 찾아 당신이 여기 도착하기까지 일어날 일들 모두를 얼마나 기막히게 예상했습니까! 정말 놀라운 선견지명이지요! 스카프는 가져왔습니까?」

「그래, 반쪽을 가져왔네. 다른 쪽은 가지고 있지?」

「여기 있습니다. 대조해 보지요」

그들은 두 조각의 실크를 탁자 위에 펼쳤다. 가위로 잘린 부분이 정확히 일치했다. 게다가 색깔도 동일했다.

뤼팽이 말했다.

「하지만 내 생각에 당신이 여기 온 건 이것 때문만은 아닌 것 같군요. 정작 흥미를 끄는 것은 핏자국일 테지요. 따라오시지요, 가니마르 씨. 여기는 너무 캄캄합니다」

그들은 뜰 옆쪽에 위치한, 확실히 좀 더 밝은 옆방으로 갔다. 뤼팽은 천을 유리에 대어 보았다.

「보시지요」

그가 가니마르에게 자리를 내어 주며 말했다.

형사는 기쁨에 떨었다. 다섯 손가락과 손바닥 자국이 똑똑히 보였다. 부인할 수 없는 증거였다. 살인범은 제니 사파이어를 칼로 찌른 바로 그 피 묻은 손으로 이 천을 쥐었고 이 스카프를 희생자의 목에 묶었던 것이다.

「이건 왼손 자국이지요. 이걸 보고 경고했던 겁니다. 하나도 놀라울 게 없지요. 당신이 나를 탁월한 지성의 소유자로 생각하는 건 알지만 마법사 취급은 싫거든요」

뤼팽이 말했다.

가니마르는 재빨리 실크 조각을 집었다. 뤼팽이 동의했다.

「그래, 그래요. 그건 당신 겁니다. 당신을 기쁘게 하는 게 곧 나의 기쁨이니 말입니다! 보시다시피 아무런 함정도 없습니다……. 있는 건 호의뿐이지요. 동료가 동료에게 친구가 친구에게 베푸는 친절……. 또 고백하자면 약간의 호기심도 있지요. 맞습니다, 다른 쪽, 그러니까 경찰이 가진 쪽 실크 조각을 살펴보고 싶었답니다. 걱정 마십시오. 당신에게 돌려줄 테니……. 단 잠시 후에 말이죠」

가니마르가 마지못해 그의 말을 듣고 있는 동안 뤼팽은 무심한 태도로 스카프의 반쪽 끝에 달린 술을 가지고 놀았다.

「이 얼마나 솜씨 좋은 여인의 소품입니까! 수사하면서 이 점을 주목하지 않았습니까? 제니 사파이어는 손재주가 뛰어나서 모자나 드레스들을 직접 만들어 입었지요. 이 스카프도 그녀가 만든 게 분명합니다. 나는 첫날부터 그 사실을 깨달았지요. 천성적으로 호기심이 많은 나는 영광스럽게도 당신에게 알리기 전에, 방금 전에 당신이 낚아챈 그 피 묻은 실크 조각을 철저히 살펴보았었지요. 술 장식 안쪽에서 그 불행한 여인이 행운의 부적처럼 넣어 가지고 다니던 성스러운 작은 메달을 발견했답니다. 감동적이지 않습니까, 가니마르 씨? 구원의 마리아 메달이라니」

형사는 매우 놀라 그에게서 눈을 떼지 않았다. 뤼팽이 계속했다.

「그래서 나는 생각했지요. 〈경찰이 희생자의 목에서 발견할 스카프의 나머지 반쪽을 조사해 보면 재미있겠군.〉 마침내 내 손에 들어온 이 나머지 반쪽도 끝부분이 마찬가지로 처리되어 있군요. 따라서 여기에도 똑같은 비밀 장소가 있다면 그 안에 무엇이 들어 있는지 알게 될 겁니다……. 잘 보시죠, 경감 나리. 얼마나 교묘하게 만들었는지! 그것도 이토록 간단하게! 속이 빈 나무로 된 올리브 모양의 장식 주위를 붉은 끈의 실타래로 땋기만 하면 되는 겁니다. 가운데 부분에 작고 좁지만 성인의 메달이나…… 또는 다른 어떤 물건…… 예를 들면 사파이어…… 같은 보석을 집어 넣기에 충분한 빈 공간을 만들어 놓고 말이지」

동시에 그는 실크로 땋은 매듭을 다 풀고 엄지와 검지손가락으로 올리브 모양의 빈 공간에서 완벽한 순도와 세공의 감탄할 만한 파란 보석을 끄집어냈다.

「이것 보시지요, 내가 뭐라고 했습니까?」

그는 고개를 들었다. 얼빠진 시선으로 납빛이 된 형사는 자기 앞에 반짝이는 보석에 홀려 멍해진 것 같았다. 마침내 가니마르는 뤼팽의 모든 술책을 깨달았다.
「짐승 같은 놈」
그는 처음 만났을 때 내뱉었던 욕설을 다시 중얼거렸다.
두 사람은 서로 마주 보고 서 있었다.
「내게 넘겨」
형사가 말했다.
뤼팽이 천 조각을 내밀었다.
「사파이어도!」
가니마르가 명령했다.
「어리석기는」
「이리 내놔. 그렇지 않으면……」
「그렇지 않으면 뭡니까, 이 딱한 양반? 허 참! 내가 당신에게 공연히 이 사건을 넘겼다고 생각하십니까?」
「이리 내놓으라고!」
「나를 뭘로 보는 겁니까? 뭐라고요? 나는 지난 4주간 당신을 바보로 만들었지요. 그리고 당신은…… 이보슈, 가니마르 씨. 조금만 머리를 써 보시지요……. 지난 4주 동안 당신은 복슬 강아지에 지나지 않았다는 점을 깨달으란 말이오. 가니마르, 그걸 가져오렴……. 주인에게 가져와……. 자, 당신은 주인을 따르는 착한 개였소……. 뒷발로 서 보렴…… 사탕 줄까?」
가니마르는 부글부글 끓어오르는 분노를 억누르며 부하들을 불러야겠다는 한 가지 생각만 했다. 그가 있는 방은 뜰을 향해 있었기 때문에 서서히 몸을 돌려 옆방으로 통하는 문으로 돌아가려고 애썼다. 그리고 나서 창문으로 펄쩍 뛰어가 유리창 하나를 깨리라.
뤼팽이 계속 말했다.

「어쨌든 당신이나 다른 사람들이나 모두 참으로 어리석었지! 그 천을 손에 넣고도 만져 보려 한 사람이 한 명도 없었으니 말이오. 그 가련한 여인이 왜 그토록 스카프를 꼭 붙잡고 있었는지 생각해 본 사람도 없고. 단 한 사람도! 당신들은 모두 무엇 하나 예상하거나 심사숙고해 보지 않고 무턱대고 행동한단 말이야」

형사는 목표에 도달했다. 뤼팽이 그에게서 멀어지는 순간을 이용해서 급히 돌아선 뒤 문고리를 잡았다. 하지만 그 순간 욕설이 터져 나왔다. 손잡이는 움직이지 않았다.

갑자기 뤼팽이 웃음을 터뜨렸다.

「그것 봐! 당신은 그것조차 예상하지 못했지요! 나에게 덫을 치려 하면서 내가 미리 사태를 짐작할 수 있다는 건 가정하지 못했지요. 내가 일부러 이리로 끌고 오는 건 아닌지 생각해 보지도 않고, 자물쇠에 특수 장치가 되어 있다는 것도 기억하지 못하고 순순히 이 방으로 따라왔지요. 보십시오, 솔직히 당신이 무슨 할 말이 있겠습니까?」

「내가 할 말 말인가?」

가니마르가 격노해서 외쳤다.

그리고 민첩하게 권총을 꺼내어 적의 얼굴을 정면으로 겨냥했다.

「손 들엇!」

그가 소리쳤다.

뤼팽은 어깨를 으쓱하고는 그 앞에 우뚝 서 있었다.

「또 허튼 짓을 하는군요」

「다시 한번 말한다. 손 들엇!」

「또 허튼 짓이라니까. 당신 물건은 발사되지 않습니다」

「뭐라고?」

「당신의 하녀, 카트린 할멈은 나를 위해 일한답니다. 오늘 아침 당신이 카페오레를 마시는 동안 그녀가 화약을 물에 적셔 두었지요.」

가니마르는 분노한 몸짓으로 무기를 주머니에 넣고 뤼팽에게 달려들었다.

「그 다음은 어쩔 겁니까?」

자신의 다리를 차려는 발길질을 정확하게 제지하며 뤼팽이 말했다.

그들의 옷이 거의 맞닿았다. 그들의 시선은 서로 막 치고 받으려는 두 적수처럼 맞부딪쳤다.

하지만 싸움은 없었다. 이전에 싸웠던 기억이 떠오르자 전투는 불필요해졌다. 가니마르는 과거에 있었던 자신의 모든 패배와 헛된 공격, 뤼팽의 격렬한 반격을 떠올리고 움직이지 않았다. 그는 알았다. 자기가 할 수 있는 건 없었다. 뤼팽은 힘을 자유자재로 구사할 줄 알았고 그 힘에 대항하는 모든 힘들은 부서지기 마련이었다. 그러니 어쩌겠는가?

뤼팽이 다정한 목소리로 말했다.

「그렇죠? 이 정도하고 그만 두는 게 낫겠지요. 게다가 이번 모험이 당신에게 가져다 줄 것들을 잘 생각해 보시죠. 명예와 다음 번 승진의 보장. 또 그 덕분에 얻게 될 행복한 노후 전망. 여기에다 사파이어의 발견과 이 가엾은 뤼팽의 머리까지 덧붙이기를 바라는 건 아니겠지요! 그건 정당하지 않습니다. 이 가엾은 뤼팽이 당신의 목숨을 구해 줬다는 건 따지지 않더라도 말입니다. 당연하지요. 이 자리에서 프레바이유가 왼손잡이라는 주의를 준 게 누구입니까? 그런데 이런 식으로 보답을 하다니! 고약하군요, 가니마르 씨. 당신은 정말 내 맘을 아프게 했습니다」

계속 지껄이면서 뤼팽은 가니마르가 했던 것과 똑같이 조금씩 움직여 문으로 다가갔다.

가니마르는 적이 빠져나가려 한다는 것을 눈치 챘다. 그는 조심성을 모두 잃고 뤼팽의 길을 가로막으려 했다가 배에 강한 일격을 받고 반대편 벽까지 나뒹굴었다.

단 세 번의 동작으로 뤼팽은 용수철을 움직이게 하고 문고리를 돌려 문을 살짝 연 다음 웃음을 터뜨리며 사라졌다.

20분 후 가니마르가 부하들과 다시 만났을 때 그들 중 한 명이 말했다.

「다른 일꾼들은 전부 점심 식사를 마치고 들어가는데 반대로 집에서 나오는 일꾼이 한 명 있더군요. 그가 제게 편지를 주면서 〈상사에게 전하시오.〉라고 하기에 저는 〈상사라니요?〉 하고 물었지요. 하지만 그는 이미 멀리 있었어요. 아마 경감님께 전하라는 것 같습니다」

「이리 주게」

가니마르는 편지를 뜯었다. 연필로 급하게 휘갈겨 쓴 편지였다.

친애하는 가니마르 씨, 이건 당신의 지나친 맹신을 경계하게 하기 위한 편지입니다. 어떤 사람이 당신의 권총 탄약이 젖어 있다고 말하면 그 사람에 대한 믿음이 아무리 클지라도, 그 사람이 아르센 뤼팽이라고 할지라도 속지 마시길. 일단 방아쇠를 당기십시오. 그리고 그 사람이 핑그르르 돌아 저 세상으로 간다면 당신은 증거를 갖게 될 겁니다. 첫째, 탄약이 젖지 않았다는 증거. 둘째, 카트린 할멈은 세상에서 가장 성실한 하녀라는 증거.

 그녀를 만날 영광스러운 날을 기다리며……. 그럼 이만, 당신의 충실한 벗의 다정한 마음을 받아 주시기를…….

── 아르센 뤼팽

배회하는 죽음

아르센 뤼팽은 성벽을 한 바퀴 돌아 출발 지점으로 돌아왔다. 확실히 틈이라고는 전혀 없었다. 모페르튀이의 이 거대한 영지에 들어가려면 안쪽에서 굳게 걸어 잠근 낮고 작은 쪽문을 통과하거나 관리인실이 옆에 버티고 있는 정문의 철책을 지나가야만 했다.
「좋아, 좋은 수가 있지」
그는 오토바이를 숨겨 놓은 잡목림 한가운데로 들어가서 안장 아래 둥글게 말아 놓은 가느다란 끈 뭉치를 풀고, 조사하는 동안 점 찍어 둔 장소로 갔다. 숲 가장자리, 길에서 멀리 떨어진 그곳에는 정원에 심은 나뭇가지가 벽 이쪽으로 넘어와 있었다.
뤼팽은 줄 끝에 돌을 묶어 던져서 굵은 가지 하나에 걸쳤다. 그것을 끌어당겨 걸터앉기만 하면 되었다. 가지가 다시 올라가면서 그를 땅에서 들어올렸다. 그는 벽을 넘어 나무를 타고 미끄러져 내려가 정원의 풀밭에 가뿐히 뛰어내렸다.

겨울이었다. 헐벗은 잔가지 사이로 울퉁불퉁한 잔디 너머 멀리 모페르튀이의 작은 성이 보였다. 그는 사람들 눈에 띄지 않도록 전나무들 뒤로 몸을 숨겼다. 그곳에서 작은 쌍안경으로 성의 음울하고 칙칙한 정면을 살펴보았다. 창문은 모두 닫혀 있었고 굳게 닫힌 덧문이 자로막고 있는 것 같았다. 마치 아무도 살지 않는 집처럼 보였다.

「젠장, 유쾌하지 않은 저택이군. 내 삶을 마칠 만한 곳은 아니야」 뤼팽이 중얼거렸다.

그런데 3시를 알리는 종이 울리자 1층의 문 하나가 테라스 쪽으로 열리더니 검은 외투를 두른 매우 날씬한 여자의 윤곽이 나타났다.

여자는 둘러싼 새들에게 빵 부스러기를 던져 주며 몇 분 동안 이리저리 돌아다녔다. 그러고 나서 중앙 잔디밭으로 이어지는 돌계단을 내려와 오른쪽에 난 오솔길을 걸으며 잔디밭을 따라갔다.

뤼팽은 쌍안경으로 이쪽으로 다가오는 그녀를 유심히 보았다. 그녀는 키가 크고 금발이었으며 자태가 우아한 매우 젊은 아가씨 같았다. 12월의 창백한 태양을 바라보며, 길가의 관목에서 죽은 잔가지들을 꺾으며 경쾌한 발걸음으로 다가왔다.

뤼팽이 있는 곳까지 거리가 약 3분의 2 정도로 줄어들었을 때 느닷없이 맹렬히 짖는 소리가 들리더니 옆 오두막에서 집채만큼 커다란 덩치의 덴마크 산 개 한 마리가 튀어나와 개줄 끝에 묶인 몸을 곧추 세웠다.

아가씨는 살짝 비켜서며 매일 일어나는 일인 듯 이 사고에 별로 주의를 기울이지도 않고 지나갔다. 개는 더욱 화가 나서 두 발로 서서는 목이 졸리도록 끈을 팽팽하게 잡아당기고 있었다.

그녀는 30, 40보쯤 더 가다가 참을 수 없었는지 몸을 돌려 개에게 마구 손짓했다. 덴마크 산 개는 으르렁거리며 뛰어올랐다가 개집 안 깊숙이 물러나더니 다시 막을 수 없는 강한 힘으로 펄쩍 뛰어 나왔다. 아가씨는 미칠 듯한 공포로 비명을 질러 댔다. 개가 끊어진 사슬을 질질 끌면서 둘 사이의 거리를 가로질러 왔다.

그녀는 있는 힘을 다해 달리면서 필사적으로 도움을 요청하기 시작했다. 하지만 개는 단 몇 발짝만으로 이내 그녀를 따라잡았다.

그녀는 기진맥진해서 정신을 잃고 쓰러졌다. 개가 벌써 그녀를 덮쳐서 막 물어뜯으려는 순간, 총성이 울렸다. 개는 앞으로 고꾸라지면서 다시 두 발로 섰다가 앞발로 땅을 팍팍 긁더니 여러 차례 울부짖으며 쓰러졌다. 갈라지고 헐떡이는 울부짖음은 결국 둔탁한 신음 소리로 바뀌고, 잘 들리지 않는 거친 숨결이 되었다. 그리고 끝이었다.

「죽었군」

곧장 달려가 다시 권총을 쏠 준비를 하고 있던 뤼팽이 말했다.

얼굴이 창백하게 질린 아가씨는 일어나긴 했지만 여전히 비틀거렸다. 그녀는 자신을 구해 준 이 낯선 남자를 놀란 눈으로 살펴보다가 중얼거렸다.

「감사합니다. 정말 무서웠어요. 하마터면…… 감사합니다」

뤼팽이 모자를 벗었다.

「제 소개를 하지요, 아가씨. 폴 도브뢰이라고 합니다. 하지만 전부 설명드리기 전에 잠시만 양해를 구해야겠습니다」

그리고 그는 개의 사체에 몸을 숙여 사슬의 끊어진 부분을 살펴보았다.

「역시! 생각했던 대로군. 제기랄! 사고가 점점 빈번해지고 있어. 좀 더 일찍 도착했어야 했는데」

그는 이렇게 중얼거리고 아가씨에게 돌아서며 서둘러 말했다.

「아가씨, 시간이 없습니다. 제가 이 정원에 들어와 있는 건 분명 이상한 일이지요. 그러니 누구에게도 들키면 안 됩니다. 특히 당신과 관련됐다는 건 더 더욱……. 혹시 성에서 총소리를 들었을까요?」

여인은 이미 흥분 상태에서 회복된 듯했고 용감한 천성을 드러내는 자신 있는 어조로 대답했다.

「그렇지 않을 거예요」

「당신 아버지는 오늘 성에 계십니까?」

「아버지는 몇 달 전부터 편찮으셔서 누워 계세요. 더구나 아버지 방은 반대편에 있고요」

「하인들은?」

「그들도 반대편에 살고 거기서 일해요. 이쪽으로는 아무도 오지 않죠. 저만 이곳을 산책해요」

「그렇다면 이 나무들이 우리를 가려 주고 있으니 저를 본 사람도 아무도 없겠군요」

「그렇겠죠」

「그럼 솔직하게 말해도 되겠습니까?」

「물론이에요. 하지만 이해가 되지 않……」

「이해하시게 될 겁니다」

그는 그녀에게 좀 더 다가가서 말했다.

「간단히 얘기하겠습니다. 나흘 전 잔 다르시와 양이……」

「그건 저예요」

그녀가 웃으며 말했다.

뤼팽은 계속했다.

「잔 다르시외 양이 베르사유에 사는 마르슬린이라는 친구에게 편지를 썼습니다……」

「그걸 당신이 어떻게 아세요? 다 쓰기도 전에 찢어 버렸는데」

그녀가 깜짝 놀라 말했다.

「그리고 그 조각을 성에서 방돔으로 이어지는 길가에 버렸지요」

「맞아요……. 산책하다가……」

「누군가 그 조각을 주웠고 바로 다음날 저에게 전달했습니다」

「그럼…… 그것을 읽으셨단 말이에요?」

잔 다르시외가 분명히 화가 난 어조로 말했다.

「그렇습니다. 제가 경솔한 짓을 했지요. 하지만 후회하진 않습니다. 이렇게 당신을 구했으니까요」

「나를 구했다고요? 무엇으로부터?」

「죽음으로부터」

뤼팽은 이 짧은 한 마디를 딱 부러지게 단언했다. 여인이 몸서리를 쳤다.

「저는 죽음의 위협을 당하지 않았어요」

「아니, 당했습니다, 아가씨. 10월 말쯤, 당신이 평소와 같은 시간에 테라스의 벤치에 앉아 책을 읽고 있을 때 벽기둥 위쪽의 커다란 석재가 떨어졌지요. 몇 센티미터 빗나가지만 않았어도 당신은 깔려 죽었을 거요」

「그건 우연이에요」

「또 11월의 어느 아름다운 밤, 당신은 달빛을 받으며 채소밭을 가로지르고 있었는데, 그때 총알이 발사됐고 당신의 귓가를 스치고 지나갔습니다」

「어쨌든 제 생각에는……」

「마지막으로 지난 주에는 폭포에서 2미터 정도 떨어진 곳, 정원의 강에 걸쳐 놓은 작은 나무 다리가 당신이 지나가는 순간 무너졌지요. 당신이 나무뿌리를 잡을 수 있었던 건 기적입니다」

잔 다르시외는 미소 지으려 애썼다.

「좋아요, 하지만 마르슬린에게 썼듯이 그건 우연한 사건들이 겹쳐 일어난 것뿐이에요……」

「아닙니다, 아가씨. 아니에요. 한 번은 우연이라고 칩시다. 두 번째도 그렇다고 쳐요. 그런데 또다시! 우연이 세 번이나 그토록 특별한 상황에서 장난을 치며 똑같은 행위를 반복한다고 생각할 수는 없습니다. 그래서 저는 당신을 구하러 와야 한다고 생각했지요. 그리고 저의 개입은 비밀로 남아 있어야만 효과가 있기 때문에 주저 없이 문이 아닌 다른 데를 통해 이곳에 들어왔던 겁니다. 당신이 말씀하셨듯이 하마터면 큰일 날 뻔했어요. 적이 당신을 다시 한번 공격했으니까요」

「뭐라고요? 무슨 생각을 하시는 거예요? 아니, 그럴 리 없어요……. 믿고 싶지 않아요……」

뤼팽은 사슬을 집어 들어 그녀에게 보여 주었다.

「이 마지막 고리를 보십시오. 줄질을 한 것이 분명합니다. 그렇지 않으면 이렇게 견고한 사슬이 끊어졌을 리가 없습니다. 게다가 줄질을 한 흔적도 또렷해요」

잔은 창백해졌다. 아름다운 얼굴이 공포로 일그러졌다.

「하지만 도대체 누가 저한테 이렇게 원한을 품었을까요? 끔찍해요……. 저는 누구도 괴롭힌 적이 없는데……. 하지만 당신 말씀이 분명 맞는 것 같군요……. 더구나……」

그녀는 목소리를 낮추어 말을 이었다.

「더구나 똑같은 위험이 아버지도 위협하고 있지 않은지 의심스러워요」

「그분도 공격을 당했습니까?」

「아니에요. 방에서 움직이지 않으시니까요. 하지만 아버지의 병이 너무 이상해요. 아버지는 전혀 기력이 없으세요……. 걷지도 못하시고……. 그리고 마치 심장이 멎어 버린 것처럼 곧잘 숨이 막혀 헐떡거리곤 해요. 아! 정말 무서워요!」

뤼팽은 이런 순간 그녀에게 전적인 권위를 행사할 수 있다는 걸 느끼며 단호하게 말했다.

「두려워하지 마십시오, 아가씨. 무조건 저만 따라 주신다면 반드시 곤경을 벗어날 수 있을 겁니다」

「네……. 그러겠어요……. 하지만 이 모든 게 너무 끔찍해요」

「저를 믿으십시오. 그리고 제 말을 잘 들으세요. 몇 가지 정보가 필요합니다」

그는 연이어 몇 가지 질문을 던졌고 잔 다르시외는 신속하게 대답했다.

「이 개는 한 번도 풀어 놓은 적이 없었지요?」

「네, 한 번도」

「누가 먹이를 줬습니까?」

「관리인이에요. 해가 지면 먹이를 가져다 줬어요」

「그렇다면 그는 이 개에게 물리지 않고 가까이 다가갈 수 있겠군요?」

「네, 그 사람만 그럴 수 있었어요. 이 개는 굉장히 사나웠거든요」

「그에게 수상한 점은 없습니까?」

「아니, 없어요······. 밥티스트가? 결코 아니에요」
「다른 수상한 사람이 없으십니까?」
「아무도 없어요. 하인들 모두 우리에게 헌신적이에요. 저를 무척 좋아하고요」
「성에 친구 분은 없습니까?」
「없어요」
「형제는?」
「없어요」
「그러니까 당신을 보호해 줄 사람은 아버지뿐이군요?」
「네, 그리고 아버지가 어떤 상태이신지는 이미 말씀드렸지요」
「아버지께 그간 있었던 사고를 말씀드렸습니까?」
「네, 하지만 제가 잘못했어요. 우리의 주치의 게루 씨는 아버지께 조금도 자극을 주어서는 안 된다고 했거든요」
「어머니는······?」
「어머니에 대한 건 기억나지 않아요. 16년 전에 돌아가셨어요. 정확히 16년 전에······」
「당신은 그때······?」
「다섯 살이 조금 안 됐을 때에요」
「그때도 여기 살았습니까?」
「파리에 살았어요. 아버지는 그 다음 해에야 이 성을 사셨지요」
뤼팽은 잠시 동안 아무 말이 없다가 결론을 내렸다.
「좋습니다, 아가씨. 감사합니다. 지금으로서는 이 정도 정보로 충분합니다. 게다가 더 이상 오래 함께 있는 것도 경솔한 짓입니다」
「하지만 잠시 후에 관리인이 이 개를 발견할 텐데······. 누가 죽였다고 하지요?」

그녀가 물었다.

「당신이 죽였다고 하십시오, 아가씨. 개가 공격해 와서 방어하기 위해서 그랬다고 말이에요」

「제게는 무기가 없는걸요」

「누가 뭐래도 당신이 이 짐승을 죽인 것이고, 이 개를 죽일 수 있는 사람은 당신뿐이었으니까, 무기가 있었다고 스스로 믿으셔야 합니다. 그러면 우리가 원하는 대로 믿게 할 수 있을 겁니다. 중요한 것은, 제가 다시 성에 올 때에는 수상하지 않은 사람으로, 제대로 절차를 밟아 당당히 들어올 거라는 점입니다.

「성에 오신다고요? 그럼……?」

「어떻게 올지 아직은 모릅니다. 하지만 올 겁니다. 오늘 저녁에……. 그러니까 다시 한번 말씀드리지만, 안심하고 계세요. 모든 걸 제가 맡겠습니다」

잔은 그를 바라보았다. 그리고 그의 자신감과 정직한 모습에 매료되어 순순히 그의 말에 따르며 짧게 대답했다.

「안심하겠어요」

「모든 게 잘될 겁니다. 그럼 오늘 저녁에 뵙겠습니다, 아가씨」

「그럼 오늘 저녁에」

그녀는 멀어져 갔다. 뤼팽은 그녀가 성 모퉁이로 사라질 때까지 바라보고 있다가 중얼거렸다.

「아름다운 여인이야! 저런 여인에게 불행이 닥치다니 유감이군. 하지만 다행히도 정의의 아르센 뤼팽이 불의의 사태에 대비하신다 이거야」

그는 누가 자기를 볼 수 있는 가능성도 개의치 않은 채, 귀를 쫑긋 세우고 정원의 탁 트인 곳을 돌아다니며 밖에서 보았던 낮고 작은 쪽문을 찾았다. 그것은 채소밭의 문이었다. 그는 빗장을 벗기고 열쇠를 챙긴 다음 벽을 따라 아까 타고 넘었던 나무 옆으로 돌아왔다. 2분 후 그는 자기 오토바이에 올라타 있었다.

모페르튀이 마을은 성 바로 곁에 있었다. 뤼팽은 수소문 끝에 의사 게루가 교회 옆에 산다는 것을 알아냈다.
벨을 누르고 진료실로 안내받아 들어간 그는 자신을 파리의 쉬렌가에 사는 폴 도브뢰이라고 소개했다. 또 경찰청과 비공식적인 관계를 맺고 있는데 그것은 비밀이며, 찢어진 편지를 통해 다르시외 양의 목숨이 위험에 빠진 것을 알게 되어 그 아가씨를 구하러 왔노라고 이야기했다.
잔을 매우 아끼는 시골 노의사 게루는 뤼팽의 설명을 듣자, 그 사건들이 어떤 음모의 명백한 증거라는 데 곧 동의했다. 그는 매우 흥분해서 자신을 찾아온 방문객을 친절히 대접했고 저녁 식사까지 하고 가라고 붙들었다.
둘은 오랫동안 얘기를 나누었다. 그리고 저녁이 되자 함께 성을 찾아갔다.
2층에 있는 환자의 방으로 올라간 의사는, 자신은 이제 쉬고 싶으며 담당 환자를 빠른 시일 내에 넘겨주려고 한다면서, 젊은 동료 한 명을 데리고 와도 되겠는지 환자에게 허락을 구했다.
뤼팽은 방에 들어가면서 아버지의 침상을 지키고 있는 잔 다르시외를 알아보았다. 그녀는 놀란 몸짓을 자제하며 의사의 손짓에 따라 밖으로 나갔다.
진찰은 뤼팽이 보는 앞에서 이루어졌다. 다르시외 씨의 얼굴은 고통으로 수척해졌고 눈은 고열로 충혈되어 있었다. 그날은 특히 가슴의 고통을 호소했다. 청진기 검사 후에 그는 눈에 띄게 불안해하며 의사에게 질문을 했고 의사의 대답에 매번 안심하는 듯했다. 그는 또 잔에 대해서도 말했는데 사람들이 자기를 속이고 있으며 자기 딸이 여러 번 사고를 모면했다고 확신하고 있었다. 의사가 아무리 부인해도 그는 초조해했다. 아마 경찰에 알려 수사를 진행하기를 원했으리라.

하지만 흥분 때문에 기력이 쇠진하여 서서히 잠에 빠져들었다.

복도에서 뤼팽은 의사를 멈춰 세웠다.

「선생님의 정확한 소견으로는…… 다르시외 씨의 병의 원인을 좀 이상한 데서 찾을 수도 있다고 생각하시는지요?」

「어째서 말인가?」

「아버지와 딸을 사라지게 함으로써 이득을 얻는 하나의 적이 있다고 가정해 봅시다……」

게루 의사는 이러한 가설에 충격을 받은 것 같았다.

「사실…… 정말로…… 이 병은 종종 알 수 없는 양상을 띠었지! 그러고 보니 거의 완전히 마비된 다리는……」

의사는 잠시 생각에 잠겼다가 곧 목소리를 낮추고 분명히 말했다.

「독 때문이라는 결론이 나오네. 그런데 무슨 독일까? 더구나 중독 증상은 전혀 보지 못했는데……. 가정을 해보자면…… 아니 그런데, 뭐하는 건가? 무슨 일인가?」

두 남자는 2층의 작은 응접실 앞에서 이야기를 나누고 있었는데 응접실에서는 의사가 아버지 방에 있는 시간을 이용해 잔이 저녁 식사를 시작했다. 열려 있는 문으로 그녀를 바라보던 뤼팽은 그녀가 잔을 입술로 가져가 몇 모금 마시는 것을 지켜보았다.

그러다 별안간 그녀에게 달려들어 팔을 붙잡았다.

「지금 무엇을 마시는 겁니까?」

「홍차를…… 우려서……」

그녀는 당황하며 대답했다.

「당신은 마시기 싫은 듯 인상을 찌푸렸습니다. 왜 그랬죠?」

「모르겠어요……. 그냥……」

「그냥……?」

「약간 쓴맛이 나는 것 같아서……. 하지만 아마 제가 탄 약 때문일 거예요」

「무슨 약이죠?」

「매일 저녁 몇 방울씩 먹는 거예요……. 의사 선생님이 처방해 주셨어요. 그렇죠, 선생님?」

「그랬지. 하지만 그 약은 아무런 맛이 없는데……. 2주 전부터 복용하고 있으니 너도 잘 알잖니, 잔. 쓴맛은 이번이 처음……」

의사가 단언했다.

「맞아요……. 지금은 맛을 느꼈어요……. 아! 아직도 입이 타는 것 같아요」

여인이 중얼거렸다.

이번에는 의사 게루가 한 모금 마셔 보았다.

「앗! 푸푸! 이럴 수는 없어!」

그가 마신 것을 다시 뱉어내며 외쳤다.

뤼팽은 약이 들어 있는 작은 병을 살펴보며 물었다.

「낮에는 이 병을 어디에 둡니까?」

하지만 잔은 대답할 수 없었다. 그녀는 손으로 가슴을 부여잡고 얼굴은 파랗게 질린 채 눈가에는 경련이 일었고 극도로 고통스러워했다.

「너무 아파요……. 너무 아파요……」

그녀가 더듬거리며 말했다.

두 남자는 재빨리 그녀를 방으로 데려가 침대에 눕혔다.

「토사제가 필요해요」

뤼팽이 말했다.

「장롱을 열게. 약상자가 있어……. 찾았나? 작은 통 하나를 꺼내게……. 좋아, 자…… 이제 따뜻한 물을…… 차 쟁반에 있을 거야」

의사가 명령을 내렸다.

벨을 울리자 잔의 시중을 드는 하녀가 달려왔다. 뤼팽은 그녀에게 다르시외 양이 알 수 없는 병에 걸렸다고 설명했다.

그리고 작은 식당으로 돌아와 찬장과 벽장을 살펴본 뒤 의사가 다르시외 씨의 음식을 조사하러 보냈다는 구실로 부엌으로 내려갔다. 거기서 그는 드러나지 않게 주의하며 요리사와 하인 그리고 성에서 식사를 하고 있던 밥티스트에게 여러 가지 말을 물어보았다.

그리고는 다시 2층으로 올라와 의사를 만났다.

「어떻습니까?」

「잠들었네」

「위험은?」

「없네. 다행히 두세 모금밖에 마시지 않았으니. 자네가 오늘만 벌써 두 번째로 그녀의 생명을 구했군. 이 작은 병 속에 든 액체를 분석해 보면 증거가 나올 거야」

「분석해 볼 필요도 없습니다. 독살을 기도한 게 틀림없어요」
「누가 그랬지?」
「저도 모르지요. 하지만 이 모든 흉계를 꾸민 악마는 이 성의 일상을 아주 잘 알고 있습니다. 이곳저곳 자기 마음대로 돌아다니고 정원을 산책하고 개의 사슬에 줄질을 하고 음식에 독을 섞는 등, 간단히 말해서 그의 모든 활동은 자기가 제거하려고 하는 사람, 아니 사람들과 똑같이 생활을 공유하는 사람의 행동인 것 같습니다」
「앗! 그렇다면 자네는 정말로 다르시외 씨도 같은 위험에 처해 있다고 생각하나?」
「물론입니다」
「하인들 중 한 명일까? 아니, 그건 있을 수 없는 일이야. 자네 생각에는……」
「저는 아무 생각도 없습니다. 아무것도 모릅니다. 제가 말할 수 있는 건 상황이 비극적이므로 최악의 사태를 염려해야 한다는 것뿐입니다. 죽음이 이곳에 있습니다, 선생님. 죽음이 이 성을 배회하고 있고 얼마 안 있어 표적을 맞출 겁니다」
「어떻게 해야 하지?」
「불침번을 서야지요. 다르시외 씨의 건강이 위태롭다는 핑계를 대고 이 작은 방에서 자는 겁니다. 아버지와 딸의 방이 모두 인접해 있으니까요. 위험한 낌새가 있으면 분명 우리에게 들릴 겁니다」
방에 안락의자가 하나 있었다. 그들은 돌아가며 한 사람씩 자기로 결정했다.

사실 뤼팽은 두세 시간밖에 자지 않았다. 한밤중에 그는 옆 사람에게 알리지 않은 채 방을 나가서 성을 샅샅이 순찰한 뒤 정문의 철책으로 나갔다.

9시쯤 그는 오토바이로 파리에 도착했다. 오는 길에 전화를 해 둔 두 친구가 그를 기다리고 있었다. 그들 셋은 각자 뤼팽이 심사 숙고한바를 조사하며 하루를 보냈다.

6시, 그는 부리나케 다시 출발했다. 나중에 나에게 얘기해 주었지만, 12월의 그 안개 낀 밤처럼 무모하게 목숨을 걸었던 적은 없었다고 했다. 희미한 헤드라이트 불빛만으로 가까스로 두터운 어둠을 뚫으며 미친 듯한 속력으로 달렸던 것이다.

여전히 열려 있는 철문 앞에 도착하자 그는 오토바이에서 뛰어내려 성까지 달려갔고 2층까지 단 몇 걸음에 성큼성큼 뛰어올라갔다.

작은 방에는 아무도 없었다.

그는 지체 없이 노크도 하지 않고 잔의 방으로 들어갔다.

「아! 여기 계셨군요」

나란히 앉아 대화를 나누고 있는 잔과 의사를 발견하고 뤼팽은 안도의 한숨을 내쉬며 말했다.

「무슨 일인가? 새로운 일이라도?」

냉정해 보였던 남자가 이토록 흥분한 모습에 불안을 느낀 의사가 물었다.

「아닙니다. 아무 일도 없습니다. 여기는 어떻습니까?」

그가 대답했다.

「여기도 별일 없네. 다르시외 씨의 방에서 막 나오는 길이야. 상태도 좋았고 식욕도 아주 왕성했네. 보다시피 잔도 혈색을 되찾았고」

「그럼 떠나야겠군요」

「떠나다니요? 그럴 수는 없어요」

잔이 항의했다.

「그러셔야 합니다」

뤼팽이 정말 화가 난 듯 발을 구르며 외쳤다.

하지만 그는 곧 감정을 자제하고 사과의 말을 건넨 뒤 3, 4분간 깊은 침묵에 잠겼다. 잔과 의사는 그를 방해하지 않도록 조심하고 있었다.

마침내 그가 여인에게 말했다.

「내일 아침에 떠나십시오, 아가씨. 단지 1, 2주면 됩니다. 당신이 편지를 썼던 베르사유의 친구에게 데려다 드리겠습니다. 오늘 저녁, 공공연하게 모든 준비를 마쳐 주시기를 바랍니다. 하인들에게도 알리십시오. 아버지께는 의사 선생님이 알리고 이번 여행이 당신의 안전을 위해 꼭 필요하다는 점을 가능한 한 조심스럽게 이해시키실 겁니다. 그리고 아버지 다르시외 씨께서도 기력을 회복하는 대로 곧 당신을 만나러 가실 겁니다. 그럼 결정됐습니다. 그렇죠?」

「알겠어요」

그녀는 부드러우면서도 단호한 뤼팽의 목소리에 완전히 이끌린 듯 대답했다.

「그렇다면 서두르십시오. 그리고 이 방에서 나가지 마십시오」

뤼팽이 말했다.

「하지만…… 만일 오늘 밤에……」

그녀가 떨리는 목소리로 말했다.

「아무것도 두려워하지 마십시오. 조금이라도 위험한 일이 생기면 저와 의사 선생님이 오겠습니다. 아주 가볍게 노크를 세 번 할 때에만 문을 열어 주십시오」

잔은 곧 하녀를 불렀다. 의사는 다르시외 씨의 방으로 가고 뤼팽은 작은 방에서 요기를 했다.

20분 후 의사가 나와서 말했다.

「이제 됐네. 다르시외 씨가 심하게 반대하지는 않더군. 사실 그 역시 잔을 멀리 보내는 게 좋겠다고 생각하고 있어」

그들은 함께 성 밖으로 물러 나왔다.

철문 옆에서 뤼팽이 관리인을 불렀다.

「문을 닫으셔도 됩니다. 다르시외 씨가 우리를 찾으시면 곧 사람을 보내십시오」

모페르튀이의 교회 종이 10시를 울렸다. 검은 구름이 들판에 무겁게 내려앉았고 그 틈으로 간간이 달빛이 새어 나왔다.

두 남자는 100보쯤 걸었다.

마을이 가까워졌을 때 뤼팽이 의사의 팔을 움켜잡았다.

「잠깐만요!」

「무슨 일인가?」

의사가 소리쳤다.

「제 계산이 정확하다면, 제가 완전히 잘못 오해한 게 아니라면 다르시외 양은 오늘 밤 살해당할 겁니다」

뤼팽이 급히 단언했다.

「뭐라고? 무슨 소린가? 그럼 왜…… 그 성에 계속 머무르지 않았나?」

질겁을 한 의사가 중얼거렸다.

「어둠 속에서 우리의 일거수일투족을 좇고 있는 범인이 범행을 미루지 않도록 하기 위해서입니다. 그가 선택한 시간이 아니라 제가 정한 시간에 일을 저지르도록 하기 위해서지요」

「그럼 우리는 성으로 다시 돌아가는 건가?」

「물론입니다. 그렇지만 따로따로 가야 합니다」

「그렇다면 당장 떠나세」

뤼팽이 침착한 목소리로 답했다.

「제 말 잘 들으세요, 선생님. 쓸데없는 얘기로 시간을 낭비해서는 안 되니까요. 무엇보다도 모든 감시를 피해야 합니다. 그러기 위해서는 선생님은 곧장 댁으로 돌아가십시오. 그리고 몇 분 후에, 아무도 뒤를 밟지 않는다는 확신이 들 때 다시 출발하십시오. 그리고 성의 왼쪽 벽, 채소밭으로 통하는 작은 문까지 가십시오. 여기 열쇠가 있습니다. 교회의 시계가 11시를 치면 천천히 문을 열고 곧바로 테라스를 향해 걸어가십시오. 다섯 번째 창문은 제대로 닫혀 있지 않습니다. 그러니 발코니를 뛰어넘기만 하면 됩니다. 일단 다르시외 양의 방에 들어가면 빗장을 지르고 움직이지 마십시오. 무슨 일이 일어나더라도 두 분 다 꼼짝하지 말고 귀를 기울이셔야 합니다. 다르시외 양은 화장실 창문을 반쯤 열어 놓지요?」

「그렇지. 내가 가르친 습관이야」

「놈은 그리로 들어올 겁니다」

「그럼 자네는?」

「저도 그리로 들어가야지요」

「그 무자비한 인간이 누군지 자네는 아나?」

뤼팽이 망설이다가 대답했다.

「아니…… 모릅니다……. 하지만 바로 이렇게 해서 알게 되겠지요. 부디 침착하셔야 합니다. 무슨 일이 일어나든 아무 소리도 내지 말고 손가락 하나도 까딱하시면 안 됩니다」

「약속하겠네」

「그걸로는 부족합니다. 맹세해 주십시오」

「맹세하지」

의사는 떠났다. 뤼팽은 곧 가까운 작은 언덕으로 올라가 그곳에서 저택의 2층과 3층 창문을 바라보았다. 몇몇 창문에 불이 켜져 있었다.

그는 한참 동안 기다렸다. 하나 둘씩 불이 꺼졌다. 그러자 그는 의사와 반대 방향인 오른쪽을 향해 전날 오토바이를 숨겨 놓은 나무들까지 벽을 따라 걸었다.

11시가 울렸다. 그는 의사가 채소밭을 지나 성에 들어가기까지 걸릴 시간을 계산해 보았다.

「자, 저쪽은 모든 게 잘 돌아가고 있어. 구조대 출동이다! 적은 서둘러 마지막 카드를 사용하겠지. 내가 그 자리에 있어야만 해!」

그는 처음과 똑같은 방법을 사용했다. 가지를 끌어당겨 벽에 기어오른 다음 가장 굵은 나뭇가지에 앉았다.

바로 그 순간 그는 귀를 쫑긋 세웠다. 낙엽이 사그락거리는 소리가 들리는 것 같았다. 그러더니 정말로 30미터 정도 떨어진 아래쪽에서 움직이는 그림자가 보였다.

〈제길, 망했군. 저 악당이 냄새를 맡았어.〉

뤼팽은 생각했다.

달빛이 스쳐갔다. 총을 겨누는 남자의 모습이 똑똑히 보였다. 뤼팽은 땅으로 뛰어내리려고 몸을 돌렸다. 순간 총성이 들리고 가슴에 충격을 느꼈다. 그는 분노의 욕설을 내뱉으며 이 가지에서 저 가지로 시체처럼 굴러 떨어졌다.

그때 게루 의사는 아르센 뤼팽의 명령에 따라 다섯 번째 창문의 창턱을 기어올라 더듬더듬 2층으로 향하고 있었다. 그리고 잔의 방에 도착, 가볍게 세 번 문을 두드려 안으로 들어가서 곧바로 빗장을 질렀다.

「침대에 누우려무나. 자는 듯이 보여야 해. 으…… 방이 좀 썰렁하군. 화장실 창문이 열려 있나?」

「네. 닫을까요?」

「아니, 내버려 둬. 그놈이 올 거야」

「그놈이 온다고요?」

겁에 질린 잔이 더듬거렸다.

「그래. 틀림없어」

「의심 가는 사람이 누구예요?」

「나도 몰라……. 이 성 안이나 정원에 누군가 숨어 있으리라는 것밖에는……」

「아! 무서워요」

「무서워할 것 없어. 너를 보호해 주는 그 젊은이는 매우 강하고 확실한 준비를 해둔 것 같더구나. 지금쯤 뜰 안 어딘가에 숨어 있을 거야」

의사는 스탠드를 끄고 창 옆으로 다가가 커튼을 올려 보았다. 2층을 빙 두르고 있는 기둥 윗부분의 좁은 장식 때문에 좀 멀리 떨어진 뜰의 일부밖에 보이지 않았다. 그는 다시 침대 곁으로 돌아와 앉았다.

끝나지 않을 듯이 길게 느껴지는 고통스러운 시간이 흘렀다. 시간을 알리는 종소리가 마을에 울려 퍼졌지만 밤의 작은 소리들에 묻혀서 가까스로 알아들을 수 있을 뿐이었다. 그들은 온 신경을 곤두세워 귀를 기울였다.

「들었지?」

의사가 입을 열었다.

「네……. 들었어요」

침대에 앉아 있던 잔이 대답했다.

「자리에 누워……. 누우라고……. 그가 오고 있어」

잠시 후 의사가 다시 말했다.

바깥에서 희미하게 기둥 장식에 부딪치는 달그락 소리가 났다. 그리고 무슨 소리인지 분간할 수 없는 소리들이 연이어 들렸다. 하지만 화장실 창문이 아까보다 더 많이 열린 듯한 느낌이 들었다. 차가운 공기가 휙 불어와 그들을 감쌌기 때문이다.

문득 상황이 분명해졌다. 가까운 곳에 누군가가 있었다.

의사는 떨리는 손으로 권총을 잡았다. 하지만 그가 받은 엄격한 명령을 떠올리고는 그에 거역하지 않으려고 꼼짝도 하지 않았다.

방이 칠흑 같은 어둠에 싸여 있어 적이 어디에 있는지 보이진 않았지만 그 존재는 느낄 수 있었다. 그들은 보이지 않는 적의 움직임에, 양탄자에 흡수되어 들리지 않는 적의 발걸음에 주의를 기울였다. 적은 확실히 방문턱을 넘어섰다.

적이 멈추었다. 그들은 확실히 느꼈다. 적은 날카로운 시선으로 어둠을 꿰뚫어 보려 애쓰며 아직 결정을 내리지 못한 듯 침대에서 다섯 걸음쯤 되는 곳에 움직이지 않고 서 있었다.

의사가 잡고 있는 잔의 손은 땀에 흠뻑 젖은 채 차디차게 식어 덜덜 떨고 있었다.

의사는 다른 쪽 손으로 권총을 꼭 움켜쥐고 손가락을 방아쇠에 걸었다. 맹세를 했지만 적이 침대 끝에 닿는 즉시 그는 망설이지 않고 무턱대고 총알을 발사할 작정이었다.

적이 한 발짝 더 움직이더니 다시 멈추었다. 이 싸늘한 정적과 어둠 속에서 미친 듯이 서로를 살핀다는 것은 끔찍스러운 일이었다.

이 깊은 밤에 불쑥 나타난 이자는 도대체 누구일까? 어떤 소름 끼치는 증오를 품고 있기에 이 아가씨를 해치려 하는 것일까? 어떤 가증할 목적을 가지고 있는 걸까?

두려움에 떨면서도 잔과 의사는 적의 가면을 뚫어지게 응시하며 진실을 알아내겠다는 오직 한 가지 생각뿐이었다.

적은 한 발 더 움직이고는 더 이상 꼼짝하지 않았다. 시커먼 공간 속에서 그의 윤곽이 더욱 검게 두드러져 보이는가 싶더니 그가 서서히 팔을 들어 올리는 것 같았다.

1분, 또 1분이 흘렀다.

그때 남자보다 조금 먼 오른쪽에서 갑자기 둔탁한 소리가 났다. 그러더니 강렬한 불빛이 솟아 나와 거칠게 정면으로 남자를 비추었다.

잔이 공포에 찬 비명을 질렀다. 그녀는 보았다……. 손에 단검을 든 채 자기 앞에 서 있는…… 아버지를!

거의 동시에 불빛이 꺼지고 총성이 울렸다. 의사가 총을 쏜 것이었다.

「빌어먹을! 쏘지 마십시오」

뤼팽이 소리치며 양팔로 의사를 붙잡았다. 의사가 씩씩거렸다.

「자네도 봤지……. 자네도 봤지……. 들어 봐, 그가 도망가고 있어……」

「도망가게 두십시오. 그게 최선책입니다」

뤼팽은 다시 손전등을 켜고 화장실로 달려가 남자가 사라진 것을 확인한 뒤 침착하게 탁자 쪽으로 돌아와 방의 등을 켰다.

잔은 창백하게 질려 침대에 기절해 있었다.

안락의자에 웅크리고 앉은 의사는 알아들을 수 없는 소리를 웅얼거렸다.

뤼팽이 웃으며 말했다.

「정신 차리세요, 선생님. 충격받으실 것 없습니다. 이제 다 끝났으니까요」

「그녀의 아버지가…… 그녀의 아버지가……」

늙은 의사는 신음했다.

「제발 부탁이니 쓰러진 다르시외 양이나 돌봐 주십시오」

더 이상 설명하지 않고 뤼팽은 화장실을 바라보더니 기둥 장식 위로 올라갔다. 사다리가 걸쳐져 있었다. 재빨리 그것을 타고 내려갔다. 벽을 따라 20보 정도 가니 줄사다리가 나오고 그리로 기어올라 가니 다르시외 씨의 방으로 이어져 있었다. 방은 비어 있었다.

「역시! 이 작자는 상황이 안 좋다고 판단하고 서둘러 떠난 거야. 즐거운 여행 되시길……. 문은 꼭 잠겨 있겠지? 정확해……. 우리의 환자 분께선 선량한 의사를 속이고 밤에 안전하게 자리에서 일어나 줄사다리를 발코니에 걸쳐 놓고 자잘한 공격들을 준비했겠지. 나름대로 머리를 잘 쓰셨군, 다르시외!」

그는 빗장을 벗기고 다시 잔의 방으로 돌아갔다. 의사가 그 방에서 나오며 그를 작은 방으로 끌고 갔다.

「그녀는 자고 있으니 깨우지 말자고. 충격이 커서 회복하는 데 시간이 걸릴 거네」

뤼팽은 물을 한 잔 따라 마셨다. 그리고 자리에 앉아 태평하게 말했다.

「뭐! 내일이면 괜찮아질걸요」

「뭐라고?」

「내일이면 괜찮아질 거라고 했습니다」

「어째서?」

「우선은 다르시외 양이 아버지에게 특별한 애정을 갖고 있지 않은 것 같기 때문이죠」

「그게 무슨 상관인가! 생각을 좀 해보게……. 딸을 죽이려는 아버지라니! 몇 개월 동안 그 무시무시한 시도를 대여섯 번이나 되풀이한 아버지라니! 설혹 잔보다 더 무심한 영혼이라고 해도 어떻게 이런 상황에서 상처를 입지 않을 수 있단 말인가? 얼마나 끔찍한 기억이 되겠나!」

「그녀는 잊을 겁니다」

「그런 기억은 잊지 못하는 법이네」

「잊을 겁니다, 선생님. 아주 단순한 이유가 있지요……」

「뭔가? 어서 말해 보게!」

「그녀는 다르시외 씨의 딸이 아닙니다!」

「뭐?」

「그녀는 그 몹쓸 인간의 딸이 아니란 말씀입니다」

「무슨 소릴 하는 거야? 다르시외 씨는……」

「다르시외 씨는 그녀의 양아버지일 뿐입니다. 친아버지는 그녀가 태어나고 얼마 되지 않아 돌아가셨습니다. 잔의 어머니는 남편과 이름이 똑같은 남편의 사촌과 재혼을 했는데 다르시외 씨에게 잔을 남긴 채 그 다음 해에 사망했습니다. 다르시외 씨는 잔을 낯선 지방으로 데려와 이 성을 샀지요. 이 지방에는 아는 사람이 아무도 없었으므로 그는 이 아이가 자기 딸인 척했습니다. 그녀조차 자신의 출생의 비밀을 모르고 있었습니다」

의사가 어안이 벙벙해서 중얼거렸다.

「그 얘기가 모두 사실인가?」

「낮에 저는 파리 시청에 다녀왔습니다. 호적을 열람하고 두 명의 공증인에게 정보를 구했지요. 증명서를 모두 확인했습니다. 의심의 여지가 없습니다」

「그렇다고 해도 이런 범죄, 아니 이런 연속적인 범죄가 이해되지는 않네」

「아니지요. 처음부터, 그러니까 제가 이 사건에 끼어들게 된 그 순간부터 다르시외 양의 한 마디에서 조사를 진행해야 할 방향을 직감했어요. 그녀는 〈어머니가 돌아가셨을 때 저는 막 다섯 살이 되기 전이었어요. 지금으로부터 16년 전이죠.〉라고 말했지요. 그러니까 이제 곧 스물한 살이 되고 성인이 되는 겁니다. 저는 당장에 그 사실에서 중요한 사항을 간파했습니다. 성년이 된다는 건 회계 보고를 받는 나이가 된다는 뜻이지요. 어머니의 정당한 상속자인 다르시외 양의 재산은 어떻게 되었을까요? 물론 저는 단 한순간도 그녀의 아버지를 의심하지 않았습니다. 우선 그런 일은 상상할 수도 없었고, 사지를 놀리지 못한 채 침상에 누워 앓는 연기를 한 다르시외 씨의 연극 때문이었지요……」

「하지만 정말로 아팠다네」
의사가 말을 가로챘다.
「바로 그 점 때문에 그가 의심을 사지 않았던 겁니다. 오히려 저는 그 자신도 위험한 살해 위협을 받고 있다고 믿었습니다. 그래서 가족 중에 이 부녀가 사라짐으로써 이익을 얻는 사람이 있지 않을까 생각하고 파리에 갔다가 모든 진실을 알아냈습니다. 다르시외 양은 어머니로부터 막대한 재산을 물려받았는데 양아버지인 다르시외 씨가 그것의 용익권을 가지고 있었습니다. 그런데 다음 달이면 공증인의 소집으로 파리에서 가족회의가 열리게 되고 거기서 진실이 밝혀지면 다르시외 씨는 파산이었지요」
「돈을 따로 저축해 두지도 않았나?」
「그랬지요. 하지만 계속되는 투기 실패로 엄청난 재산 손실을 입었습니다」
「맙소사! 그렇지만 사실이 밝혀진다 해도 잔이 그에게서 재산 관리권을 빼앗지는 않았을 텐데」
「선생님이 모르시는 부분이 있습니다. 저는 잔의 찢어진 편지를 보고 알았지요. 다르시외 양은 베르사유에 있는 친구의 오빠를 사랑하는데 다르시외 씨가 그 결혼을 반대했던 겁니다. 이제 이유를 아시겠지요. 그녀는 자유롭게 결혼할 수 있는 성년이 되기를 기다리고 있었습니다」
「그렇군……. 그래……. 그렇다면 다르시외 씨는 그야말로 파산이겠군」
「말씀드린 대로 파산이죠. 단 한 가지 구원의 기회는 바로 양딸의 죽음이었습니다. 그러면 자기가 가장 가까운 상속인이 되니까요」

「그렇지. 단 그녀의 죽음에 대해 아무도 그를 의심하지 않을 때에 한해서 말이야」

「맞습니다. 그래서 일련의 사고를 조작했던 겁니다. 우연한 죽음으로 보이도록 말이지요. 이런 사실을 안 저는 상황을 빨리 몰아가기 위해 일부러 다르시외 양이 급히 떠나야 한다고 알리도록 했던 겁니다. 그렇게 된 이상 가짜 환자는 야음을 틈타 정원이나 복도를 서성거리다가 오랫동안 꾸며 온 범행을 실행에 옮기는 수밖에 없었지요. 그렇습니다, 그는 행동해야 했고 그것도 당장, 준비도 제대로 하지 못한 채 무기를 손에 들고 나서야 했지요. 저는 그가 최후의 결심을 하리란 걸 믿어 의심치 않았습니다. 그리고 그는 정말로 나타났지요」

「그렇다면 그는 아무런 경계도 하지 않았단 말인가?」

「저를요? 물론 경계했습니다. 오늘 밤 제가 다시 성으로 돌아올 것을 예상하고 있었습니다. 심지어 제가 담을 넘어 왔던 지점을 감시까지 하고 있었지요」

「그래서 어떻게 되었나?」

「그래서요?」

뤼팽이 웃으며 대답했다.

「가슴에 정통으로, 아니 정확히 말하자면 지갑에 총알 한 방을 맞았지요. 보십시오, 여기 구멍이 났습니다······. 그리고 마치 죽은 듯이 나무에서 굴러 떨어졌습니다. 그는 자신의 유일한 적으로부터 해방되었다고 믿고 성으로 떠났지요. 두 시간 동안 서성이더니 결심한 듯 헛간에서 사다리를 꺼내 와 창문에 걸치더군요. 저는 그를 뒤따라가기만 하면 됐지요」

의사가 곰곰이 생각하다가 말했다.

「미리 그놈의 목덜미를 잡을 수도 있었는데 왜 올라오도록 내버려 두었나? 잔에게는 너무 가혹하고 불필요한 시련이 아니었나……」

「아니, 반드시 겪어야 할 일이었습니다! 그렇지 않았다면 다르시외 양은 절대로 진실을 받아들일 수 없었을 겁니다. 살인범의 얼굴을 직접 봐야만 했습니다. 잠에서 깨어나면 선생님이 상황을 설명해 주십시오. 그녀는 곧 회복될 겁니다」

「그런데…… 다르시외 씨는……」

「다르시외 씨의 실종에 대해서는…… 갑자기 여행을 떠났다든지, 미쳐 버렸다든지 좋을 대로 설명하십시오. 얼마간 수사를 벌이겠지만 곧 아무도 그에 대해 말하지 않게 될 겁니다」

의사가 고개를 끄덕였다.

「그렇겠지……. 사실…… 자네 말이 맞아. 자네가 비범한 솜씨로 이 모든 일을 해결했군그래. 자네는 잔의 생명의 은인이네. 그녀도 자네에게 감사할걸세. 그런데 자네를 위해 내가 뭐 해 줄 일은 없을까? 경찰청과 관계를 맺고 있다고 했지? 자네의 행동과 용기를 칭찬하는 편지를 써도 되겠나?」

뤼팽이 웃음을 터뜨렸다.

「물론이지요! 그런 편지를 써 주신다면 제게는 아주 도움이 될 겁니다. 제 직속 상관격인 가니마르 경감께 편지를 써 주십시오. 자기가 아끼는 부하, 쉬렌가의 폴 도브뢰이가 혁혁한 수훈을 세웠다는 얘기를 들으면 대단히 만족하실 겁니다. 사실 저는 바로 얼마 전에, 분명 선생님도 들어 보셨을 붉은 스카프 사건에서도 그의 명령에 따라 훌륭히 임무를 수행했거든요. 아, 그 선량한 가니마르 씨께서 얼마나 기뻐하실까!」

백조의 우아함을 지닌 에디트

「아르센 뤼팽, 가니마르를 정확히 어떻게 생각하나?」
「아주 좋게 생각하지」
「아주 좋게 생각한다고? 그런데 왜 항상 그를 웃음거리로 만들 기회라면 놓치는 법이 없나?」
「못된 습관이지. 나도 뉘우치고 있네. 하지만 어쩌겠나? 그게 세상 이치인걸. 선량한 경찰관, 질서를 수호하고 불량배들로부터 우리를 지켜 주고 우리를 위해 죽음까지 무릅쓰는 수많은 착한 사람들, 정직한 사람들이 있지. 하지만 우리는 오히려 그들에 대해 야유와 경멸을 보낼 뿐이니 한심한 노릇이지」
「말 한번 잘했네, 뤼팽. 자네는 마치 선량한 소시민처럼 말하는군」
「그렇지 않다면 내가 뭐란 말인가? 남들의 재산에 대해서 좀 특별한 생각을 가지고 있기는 하지만 내 재산이 문제가 될 때는 나도 완전히 딴판이 된단 말일세. 제길, 감히 내 소유물에 손을 대려 했다가는 큰일 나지. 그러면 나도 사나워진다고. 아! 내 지갑, 내 돈, 내 시계…… 손 떼렷다! 나는 보수주의자의 영혼과 소자산가다운 본능을 가지고 있고 모든 전통과 권위를 존중한다네. 친애하는 친구여, 내가 가니마르를 존경하고 그에게 감사하는 건 바로 그 때문이지」

「하지만 그에 대해 별로 감탄하지는 않지」

「아니, 매우 감탄한다네. 가니마르는 경찰청 모든 신사 분들의 공통적인 속성인 꺾이지 않는 용기 외에도 매우 훌륭한 자질들, 이를테면 결단력, 통찰력, 판단력 등을 갖추고 있지. 나는 그가 이룬 업적들을 보았어. 그는 대단한 인물이네. 〈백조의 우아함을 지닌 에디트〉라고 불리는 이야기에 대해 알고 있나?」

「누구나 아는 만큼은 알고 있지」

「말하자면 전혀 모르고 있군. 이 사건은 내가 가장 정성스럽게, 가장 심혈을 기울여 훌륭하게 꾸며 낸 것인데 말이야. 캄캄한 암흑과 수수께끼 속에 파묻히도록 일을 만들어 내기 위해서는 가장 탁월한 거장의 솜씨가 필요했다네. 매우 복잡하고 빈틈없고 정확한, 진정한 체스 게임이었지. 하지만 결국에는 가니마르가 그 실타래를 풀었다네. 사실 경찰청은 가니마르 덕분에 진실을 알게 됐지. 단언하건대 결코 평범하지 않은 진실을 말일세」

「얘기해 주겠나?」

「물론이지……. 언젠가 시간이 있을 때……. 하지만 오늘 저녁에는 오페라 극장에서 브뤼넬리 양이 춤을 추거든. 그녀가 내 자리를 봤을 때 내 모습이 보이지 않으면 안 돼지!」

뤼팽과는 매우 드물게 만난다. 게다가 그는 기분이 내킬 때에나 겨우 자신의 얘기를 털어놓곤 한다. 그것도 아주 조금씩, 드문드문 이따금 생각난 듯 이야기할 뿐이다. 나는 바로 그런 고백들을 들으며 이야기의 변화무쌍한 진행 과정에 주의를 기울여 그것을 다시 전체적으로, 세부적으로 재구성하는 것이다.

그 일의 발단은 모두 기억하고 있으리라. 그러니 나는 간단히 사실들만 언급하는 것으로 만족하려 한다.

3년 전 브레스트를 출발한 열차가 렌에 도착했을 때, 한 화물 객차의 문이 부서져 있었다. 그것은 부인과 함께 열차에 타고 있던 브레스 지방의 부유한 대령 스파르미엔토를 위해 임대해 주었던 객차였다.

부서진 객차는 테피스트리들을 수송 중이었다. 그중 하나가 들어 있던 케이스가 훼손되어 있었고 테피스트리는 사라지고 없었다.

스파르미엔토 대령은 철도 회사를 고소하고, 이 도난 사건이 전체 테피스트리 콜렉션에 미친 가치 저하에 대해 막대한 손해 배상을 요구했다.

경찰은 수색을 벌였고 철도 회사는 상당한 액수의 보험료를 지급할 것을 약속했다. 2주 후, 잘 봉해져 있지 않은 어떤 편지를 우편 당국에서 개봉해 본 후, 강도 사건이 아르센 뤼팽의 지휘 하에 일어났으며 짐은 다음날 북아메리카로 보내진다는 사실이 알려졌다. 그날 저녁 생라자르 역의 수하물 보관소에 맡겨진 가방에서 테피스트리를 되찾을 수 있었다.

뤼팽의 계획은 이렇게 실패로 끝났다. 뤼팽은 너무나 실망한 나머지 스파르미엔토 대령에게 전갈을 보내어 자신의 기분이 매우 좋지 않음을 밝히고 다음과 같은 단 몇 마디로 자신의 의사를 충분히 명백하게 알렸다.

    내가 특별히 마음을 써서 한 장밖에 가져오지 않았건만……. 다음번에는 열두 장 모두 가질 테니 명심하시오!
——A.L.

    스파르미엔토 대령은 몇 달 전부터 프장드리가와 뒤프레누아가 만나는 모퉁이, 작은 정원 깊숙이 위치한 저택에 살고 있었다. 그는 떡 벌어진 어깨에 검은 머리카락, 구리빛 피부를 한 건장한 남자였고 세련되고 검소하게 차려입었다. 그에게는 매우 아름답고 몸이 허약한 영국인 아내가 있었는데 그녀는 테피스트리 사건으로 깊은 충격을 받아 첫날부터 남편에게 그것들을 아무 값에나 팔아 버리자고 애원했다. 하지만 강직하고 고집 센 성격의 대령은 여자의 변덕 같은 것에 굴복할 수는 없었다. 그는 아무것도 팔지 않는 대신 경계를 더욱 철저히하고 어떤 도난 사건도 일어날 수 없도록 모든 수단을 동원하여 자기 주위를 둘러쌌다.
    우선 뒤프레누아가를 바라보고 있는 1층과 2층의 모든 창문을 폐쇄시켜 정원을 향해 있는 정면만 감시하면 되도록 만들었다. 그리고 재산의 절대적 안전을 보장할 수 있는 특수 경비 장치를 설치했다. 테피스트리들이 걸려 있는 회랑의 창문마다 혼자만 알고 있고 보이지 않는 기계 장치를 설치하여 아주 작은 접촉에도 저택의 모든 전구에 불이 들어오고 비상 벨이 울리게끔 했다.
    그가 가입한 보험 회사 측에서는 장정 셋이 밤마다 저택 1층을 지킨다는 조건 하에서만 테피스트리에 대한 보험을 들어 주겠다는 의사를 밝혔다. 회사 측에서 직접 파견할 이 장정 셋에 대해서는 대령이 비용을 지불해야 했다. 그리하여 보험 회사 측에서, 뤼팽에게 강한 증오심을 품고 있고 실력이 검증된 믿을 만한 전직 형사 세 명을 선택했다.

하인들에 대해서는, 오래전부터 함께 지내 온 스파르미엔토 대령이 직접 보증했다.

이렇게 모든 조치를 취하고 요새를 방불케 하는 철통 같은 방어를 갖추고 나서 대령은 자기가 속한 두 클럽의 회원들과 수많은 부인들, 기자들, 미술품 수집가들, 예술 비평가들을 초대해 성대한 개막 파티, 일종의 베르니사주(미술 전람회 개최 전날의 특별 초대——옮긴이)를 열었다.

정원의 철문을 넘어서자마자 사람들은 감옥에 들어온 듯한 느낌을 받았다. 계단 아래쪽에서 보초를 서는 세 명의 형사가 초대장을 요구하며 의심에 찬 눈초리로 얼굴을 뚫어지게 살핀다고 상상해 보라. 그들은 마치 몸을 샅샅이 수색하고 지문이라도 채취할 태세였던 것이다.

2층에서 손님들을 맞이한 대령은 웃으며 양해를 구했고 테피스트리의 안전을 위해 스스로 고안해 낸 조치들을 설명하며 즐거워했다.

금발 머리의 창백하고 연약한 부인은 우수에 찬 부드러운 태도를 보이며, 운명의 위협에 체념한 듯 젊고 우아한 매력적인 모습으로 그의 곁에 서 있었다.

초대 손님들이 모두 모이자 정원의 철문과 현관 문을 잠궜다. 그러고 나서 사람들은 방탄 장치를 한 이중문들을 통과해 창문마다 커다란 덧문이 설치되어 있고 쇠창살로 보호되어 있는 중앙 회랑으로 이동했다. 그곳에 열두 장의 테피스트리가 전시되어 있었다.

마틸드 왕비(1054년, 장차 잉글랜드의 정복왕 윌리엄이 될 노르망디 공 기욤과 결혼해 영국 왕비가 된다.──옮긴이)의 작품으로 여겨지는 그 유명한 바이외의 테피스트리(프랑스 노르망디의 옛 도시 바이외에서 발견된 너미 50cm, 길이 약 70cm의 테피스트리로 노르만 왕 윌리엄(기욤)의 잉글랜드 정복에 관한 설화가 약 72장의 정경으로 나뉘어, 여덟 가지 빛깔의 털실로 수놓아져 있다──옮긴이)에서 영감을 받아 영국 정복의 역사를 묘사한, 비할 데 없이 아름다운 예술품들이었다. 정복자 기욤 밑에 있던 한 군인의 후손의 주문으로 16세기에 아라스(프랑스 북부의 도시, 테피스트리로 특히 유명하다──옮긴이)의 유명한 직조공, 제앙 고세가 제작한 이 테피스트리들은 400년 후 브르타뉴의 오래된 작은 성 깊숙한 곳에서 발견되었다. 이 사실을 알게 된 대령은 5만 프랑이란 가격에 사들였는데 지금은 그 가치가 열 배로 뛰었다.

하지만 열두 장의 시리즈 중 가장 아름답고, 마틸드 여왕이 다루지 않았던 주제를 표현했기 때문에 가장 독창적인 작품은 바로 아르센 뤼팽에게 도난을 당했다가 다시 찾은 바로 그 작품이었다. 이것은 헤이스팅스에 널려 있는 시체들 사이에서 색슨 족의 마지막 왕이자 자신의 연인인 해럴드의 시체를 찾아 헤매는(1066년, 영국의 참회왕 에드워드가 죽은 뒤 의동생 해럴드 2세가 왕위에 올랐으나 노르망디 공 기욤이 왕위 계승권을 주장하며 쳐들어 와, 헤이스팅스 전투에서 해럴드 군을 격파, 정복왕 윌리엄 1세가 되었고 이로써 영국의 지배 계급은 색슨 족에서 노르만 가로 옮겨 갔다──옮긴이), 〈백조의 우아함을 지닌 에디트〉를 묘사하고 있었다.

이 작품의 꾸밈없는 아름다움과 빛바랜 색채, 살아 움직이는 듯한 인물들, 이 장면이 그리고 있는 처절한 슬픔 앞에서 손님들은 감격했다. 불행한 왕비, 백조의 우아함을 지닌 에디트는 마치 자신의 무게를 지탱하지 못하는 백합처럼 휘청거리고 있었다. 하얀 드레스는 갸날픈 몸매를 그대로 드러냈고 앞으로 쭉 내민 길고 수척한 손에는 두려움과 애원의 몸짓이 뒤섞여 있었다. 세상에서 가장 서글프고 가장 절망적인 미소 때문에 더욱 생생하게 살아나는 그녀의 옆얼굴, 그 무엇도 이보다 더 비통할 수는 없으리라.

「가슴을 에는 듯한 미소로군요」

한 비평가가 평했다. 사람들은 정중하게 듣고 있었다.

「게다가 매력이 넘치는 미소입니다. 대령님 부인의 미소를 떠올리게 하네요」

그 지적은 정확한 것 같았다. 그가 계속 말했다.

「다른 비슷한 점들도 문득 눈에 띄는군요. 매우 우아한 목선이라든지 섬세한 손…… 전체적인 실루엣이나 일상적인 자태……」

대령도 인정했다.

「사실 바로 아내와 닮은 점들 때문에 이 테피스트리들을 사기로 결심했답니다. 또 다른 이유도 있지요. 정말이지 신기한 우연의 일치로 아내의 이름 역시 에디트거든요. 그때부터 아내를 백조의 우아함을 지닌 에디트라고 부른답니다」

그리고 웃으며 덧붙였다.

「물론 유사점이 여기서 그치기를 바랍니다. 사랑하는 에디트가 역사 속의 가련한 연인처럼 남편의 시체를 찾아 헤매는 일은 없어야겠지요. 천만다행이지 뭡니까! 나는 아주 건강히 살아 있고 죽고 싶은 마음은 없으니까요. 단, 테피스트리들이 사라지는 경우에는…… 어떤 짓을 저지를지 모르겠지만 말입니다」
 그는 웃으면서 말했지만 아무도 그 웃음에 답하지 않았다. 그 후에도 그날 저녁에 관한 얘기가 나오면 사람들은 언제나 불편함을 느끼며 침묵했다. 참석자들은 무슨 말을 해야 할지 몰랐다.
 누군가가 농담을 하려고 이렇게 말했다.
「대령님 이름은 설마 해럴드가 아니겠지요?」
「아닙니다. 절대로 아니지요. 이름도 다를 뿐 아니라 나는 저 색슨 족의 왕과는 조금도 닮은 데가 없어요」
 그가 여전히 유쾌하게 대답했다.
 바로 그 순간, 그러니까 대령이 말을 마치자마자 창문 쪽에서 (이 점에 대해서는 오른쪽 창문인지 가운데 창문인지 의견이 분분하다.) 짧고 날카롭고 높낮이가 없는 최초의 경보음이 울렸다고 그 후 모든 사람들이 만장일치로 증언했다. 곧이어 스파르미엔토 부인이 남편의 팔을 붙잡으며 공포에 찬 비명을 질렀다. 대령이 소리쳤다.
「무슨 일이지? 무슨 일이 일어난 거야?」
 손님들은 그 자리에 못이 박힌 듯 창문 쪽을 바라보았다. 대령이 다시 말했다.
「무슨 일이 일어난 거지? 어떻게 된 건지 도무지 이해할 수가 없군……. 나 말고는 아무도 벨의 위치를 모르는데……」
 그와 동시에 (이 점에 대해서는 다시 증언이 일치한다.) 별안간 사방이 캄캄해지고 곧 저택 전체에, 모든 응접실마다 방마다 창문마다 귀가 멍멍하도록 요란한 경보음 소리가 울렸다.
 정신없는 무질서와 미친 듯한 공포가 몇 초간 계속되었다. 여자들은 고래고래 소리를 질렀고 남자들은 가까이 있는 문을 주먹으로 쿵쿵 두드려 댔다. 서로서로 떼밀고 싸우고 넘어지고 짓밟았다. 마치 화염에 휩싸이거나 총성을 듣고 공황 상태에 빠진 사람들 같았다. 그때 대령의 고함 소리가 그 소동을 뚫고 터져 나왔다.

「조용! 움직이지 마시오! 내가 다 알아서 하겠소! 구석에……전기 스위치가 있어요……. 찾았소!」

그가 손님들 사이를 헤치고 지나가 회랑의 모퉁이에 다다르는가 싶더니 다시 불빛이 쏟아지고 사람들의 혼을 빼놓던 벨 소리는 멈추었다.

갑자기 불빛이 비추자 눈앞에는 묘한 광경이 펼쳐졌다. 두 여인이 실신해 있었고 무릎이 꺾인 채 남편의 팔에 매달린 스파르미엔토 부인은 파랗게 질려 죽은 듯이 보였다. 남자들 역시 얼굴은 창백했고 넥타이는 마구 풀어 헤쳐져 싸움꾼들 같았다.

「테피스트리들은 그대로 있어요!」

누군가 소리쳤다.

사람들은 매우 놀랐다. 마치 이러한 혼돈의 결과 당연히 테피스트리가 사라졌어야만 하고 그래야만 납득이 가능하다는 듯했다.

그런데 달라진 점이 하나도 없는 것이었다. 벽에 걸려 있던 고가의 그림 몇 점 역시 그대로 있었다. 또 형사들의 증언에 따르면 사방이 칠흑같이 어두워지고 온 저택을 떠들썩하게 한 소동이 일어났는 데도 집으로 침입했거나 침입하려 한 사람조차 없었다는 것이다.

「경보 장치를 갖추고 있는 창문은 회랑의 창문뿐이고 그 구조를 알고 있는 사람은 나뿐인데 나는 벨을 울리지 않았소」

대령이 말했다.

사람들은 경보 장치에 대해 호들갑스럽게 비웃었다. 하지만 웃음은 공허했고 스스로의 행동이 얼마나 터무니없었는지 잘 아는 만큼 모두 수치심을 느꼈다. 그리고 어쨌든 숨쉬는 공기 중에 불안과 긴장이 감돌고 있는 듯한 이 집을 빨리 떠나려는 생각밖에 없었다.

하지만 두 명의 기자는 떠나지 않고 머물렀다. 대령은 에디트를 보살피다가 하녀들에게 간호를 맡긴 후에 기자들에게 돌아왔다. 그들 셋은 형사들과 함께 수사를 펼쳤지만 흥미로운 점이라고는 하나도 발견하지 못했다. 그러고 나서 대령은 샴페인을 한 병 땄다. 따라서 밤이 이슥해져서야, 정확히 말하자면 새벽 2시 45분이 되어서야 기자들이 그 집을 떠났고 대령도 자신의 방으로 돌아갔으며 형사들은 그들에게 지정된 1층 방으로 물러났다.

형사들은 교대로 깨어 정원을 순찰하고 회랑에까지 올라가 보초를 섰다.

졸음을 이기지 못해 아무도 순찰을 돌지 않은 새벽 5시에서 7시 사이만 제외한다면 이 임무는 정확하게 수행되었다. 하지만 그 시간에는 이미 날이 훤하게 밝아 있었다. 게다가 아주 작은 경보음이라도 울렸더라면 그들은 분명 잠에서 깼을 것이다.

그런데 7시 20분, 그들 중 한 명이 회랑의 문을 열고 덧문을 밀었을 때 열두 장의 테피스트리들은 모두 사라지고 없었다.

처음 사태를 파악한 형사와 그 동료들이 즉시 경보를 울리지 않고, 대령에게 알리지도, 경찰에 전화를 걸지도 않은 채 자기들

끼리 조사를 시작한 것은 비난을 받았다. 하지만 그들의 지체는 충분히 용납할 만한 것이고, 사실 그들이 좀 지체했다고 해서 경찰의 작업에 대체 무슨 지장을 주었단 말인가?

어쨌든 대령은 8시 반에나 이 사실을 보고 받았다. 그는 옷을 차려입고 외출을 하려던 참이었다. 그는 소식을 듣고도 크게 놀라는 것 같지 않았다. 아니면 적어도 감정을 훌륭히 자제했을 것이다. 하지만 그러기 위해서는 엄청난 노력이 필요했음이 틀림없다. 왜냐하면 갑자기 의자에 쓰러지더니 그토록 강인해 보이는 외모의 남자에게서는 상상하기 힘들 정도로 무시무시한 절망에 한동안 빠져 있었으니까.

하지만 그는 이내 정신을 가다듬고 자신을 억제하며 회랑으로 들어갔다. 그리고 장식이 사라진 빈 벽을 살펴본 후 탁자 앞에 앉아 급히 편지 한 통을 휘갈겨 써서 봉투에 넣고 봉했다.

「급한 약속이 있어서…… 나는 몹시 바쁘오. 이걸 경찰서장에게 전해 주시오」

그가 말했다.

형사들이 그를 뚫어지게 바라보고 있자 이렇게 덧붙였다.

「경찰서장에게 이 사건에서 내가 받은 인상을 설명하는 글을 좀 썼소……. 의심이 가는 데가 있어서……. 그가 보면 알 수 있을 거요……. 내 쪽에서도 활동을 시작할 거요……」

그는 뛰어나가다시피 자리를 떴고 형사들은 그의 흥분한 태도를 잊을 수 없었다.

몇 분 후 도착한 경찰서장이 편지를 건네받았다. 내용은 다음과 같았다.

사랑하는 아내가 이런 슬픔을 안겨 주는 나를 부디 용서하기를. 마지막 순간까지 그녀의 이름이 내 입술을 맴돌 것이오.

신경이 팽팽하게 긴장되어 열까지 치솟은 밤을 보내서 순간적으로 정신이 이상해진 스파르미엔토 대령은 이렇게 자살을 결심했다. 그는 결국 용기를 내어 그런 행동을 저질렀을까? 아니면 마지막 순간에 이성을 되찾았을까?
 스파르미엔토 부인에게 이 소식이 전해졌다.
 사람들이 조사를 진행하고 대령의 발자취를 찾으려 애쓰는 동안 그녀는 공포에 질려 기다리고 있었다.
 오후가 저물 무렵 빌다브레에서 전화가 걸려 왔다. 기차가 지나간 후 터널 출구에서 직원들이 팔다리가 끔찍하게 절단되고 얼굴을 알아볼 수 없는 한 남자의 시체를 발견했다는 것이었다. 그의 주머니에는 신분을 증명할 만한 것이 아무것도 없었지만 인상착의가 대령과 일치했다.
 저녁 7시, 빌다브레에 도착한 스파르미엔토 부인이 차에서 내렸다. 그녀는 역무원실로 안내받았다. 시체를 덮고 있는 시트를 걷자 에디트, 백조의 우아함을 지닌 에디트의 눈에 남편의 시체가 모습을 드러냈다.
 상황이 이렇게 되자, 뤼팽은 평판이 좋지 않았다.
 빈정거리기 좋아하는 한 사설가는 여론을 아주 잘 대변하여 이렇게 썼다.

뤼팽은 조심하시라! 이런 식으로 하다가는 이제까지 우리가 그에게 보여 주었던 아낌없는 호감을 순식간에 잃을 것이다. 뤼팽의 파렴치한 짓은 썩어빠진 은행가나 독일인 남작, 수상한 사기꾼, 금융 회사 등에 해를 끼칠 때에만 용납받을 수 있다. 특히 아무도 죽여서는 안 된다! 도둑질, 그래 좋다. 하지만 살인은 안 된다! 직접 살인을 저지른 것은 아니더라도 그는 적어도 이 죽음에 대해 책임이 있다. 그의 손에는 피가 묻었고 그의 문장(紋章)은 붉게 물들었다…….

대중의 분노와 반감은 에디트의 창백한 얼굴이 불러일으키는 연민으로 더욱 증폭되었다. 사건 전날 밤의 초대 손님들은 그날 일을 끊임없이 떠들어 댔다. 모든 사람이 그날 저녁의 놀랄 만한 사건에 대해 세세히 알게 되었고 곧 금발의 이 영국 여인 주위에 전설이 생겨났다. 널리 알려진, 백조의 우아함을 지닌 왕비의 이야기에서 따온 매우 비극적인 전설이.

하지만 다른 한편으로 사람들은 이 절도 행각을 벌인 비범한 솜씨에 정말로 감탄했다. 경찰에서는 즉각 사건이 일어난 방식을 설명했다. 애초부터 형사들이 회랑의 세 창문 중 하나가 활짝 열려 있음을 확인하고 증언했으니, 뤼팽과 그의 공범들이 이 창을 통해 들어온 사실은 의심의 여지가 없었다.

매우 그럴듯한 가설이었다. 하지만 그렇다면 첫째, 그들이 저택에 들어오고 나갈 때 어떻게 아무도 보지 못하게 정원의 철책을 넘을 수 있었을까? 둘째, 어떻게 전혀 흔적을 남기지 않고 정원을 가로질러 와서 화단에 사다리를 세울 수 있었을까? 셋째, 어떻게 저택의 경보 벨과 경보 전등을 건드리지 않고 덧문과 창문을 열 수 있었을까?

여론은 세 명의 형사를 용의자로 지목했다. 하지만 예심판사는 오랫동안 그들을 탐문하고 사생활을 철저히 조사하고 나서 그들에게는 전혀 혐의가 없다고 공식적으로 선언했다.

사라진 테피스트리에 관해서는, 그것들을 다시 찾을 수 있다고 믿을 만한 근거가 전혀 없었다.

그때 가니마르 경감이 인도 지방의 오지에서 돌아왔다. 그는 왕관 사건과 소냐 크리슈노프의 실종 사건(《아르센 뤼팽》, 4막짜리 희곡.)을 겪은 후에, 뤼팽의 옛 공범들이 흘려 놓은 명백한 증거들에 의지해 뤼팽의 흔적을 좇아서 그곳까지 갔던 것이다. 테피스트리 사건이 벌어지는 동안 자신을 따돌리기 위해 멀리 극동 지방으로 보냈던 것이며 결국 영원한 숙적에게 또 한 번 당했다고 생각한 가니마르는 상부에 2주간의 휴가를 요청하고 스파르미엔토 부인을 찾아가 남편의 복수를 약속했다.

에디트는 고통이 너무 커서 복수에 대한 생각도 위안이 되지 않는 상태였다. 장례식을 치른 날 저녁 그녀는 형사들을 돌려보냈으며 얼굴만 봐도 끔찍스런 기억을 떠올리게 하는 사람들 모두를 내보내고 하인 한 명과 나이 든 하녀 한 명만 남겼다. 그리고 모든 일에 무관심한 채 침실에 틀어박혀 가니마르가 하고 싶은 대로 행동하도록 자유롭게 내버려 두었다.

가니마르는 1층에 자리를 잡고 곧장 면밀한 수사를 벌였다. 탐문을 다시 시작하고 동네를 조사하고 저택의 배치를 연구하고 경보 장치를 수십 번씩 울려 보았다.

2주 후 그는 휴가 연장을 요청했다. 당시의 경찰청장 뒤두이 씨는 그를 만나러 왔다가 회랑 안에서 사다리 꼭대기에 올라가 있는 가니마르를 발견했다.

그날 가니마르는 자신의 조사가 아무 성과도 없었음을 고백했다.

그런데 다음 다음날 뒤두이 씨는 그곳을 다시 지나가다가 심각하게 고민에 빠져 있는 가니마르를 발견했다. 앞에는 신문 뭉치가 펼쳐져 있었다. 뒤두이 씨가 수없이 질문을 퍼붓자 마침내 그가 중얼거렸다.

「아무것도 모르겠습니다, 청장님. 정말 아무것도 모르겠어요. 하지만 괴상한 생각이 자꾸만 저를 괴롭힙니다. 정말 터무니없는 생각이지요! 설명이 되지도 않고…… 오히려 상황을 더 뒤죽박죽으로 만들 뿐인데……」

「그래서?」

「좀 참고 기다려 주실 것을 간청드립니다, 청장님. 제가 하는 대로 내버려 둬 주십시오. 그러다 어느 날 갑자기 제가 전화를 드리면 조금도 지체하지 말고 바로 자동차로 달려와 주십시오. 그때는 비밀을 캐냈다는 뜻일 테니까요」

그리고 다시 48시간이 흘렀다. 뒤두이 씨는 아침에 전보 한 통을 받았다.

릴로 갑니다.

가니마르의 서명이 있었다.
「거기서 대체 뭘 하겠다는 거지?」
경찰청장이 중얼거렸다.
그러고는 한나절이 지나도록 아무 소식도 없었다.
하지만 뒤두이 씨는 믿었다. 그는 가니마르를 잘 알았고 그 노형사가 이유 없이 설치는 사람이 아니라는 사실도 알고 있었다. 가니마르가 〈움직인다면〉 움직일 만한 이유가 있는 것이다.

실제로 이튿날 저녁 뒤두이 씨에게 전화가 걸려 왔다.
「청장님이십니까?」
「가니마르 자넨가?」
이들은 둘 다 신중한 사람들이었으므로 우선 서로의 신원이 틀림 없는지부터 확인했다. 그리고 나서 안심한 가니마르가 재빨리 말했다.
「지금 즉시 열 명을 보내 주십시오. 청장님도 직접 이리로 오시고요」
「거기가 어딘가?」
「그 집 1층입니다. 하지만 저는 정원의 철책 뒤에서 기다리고 있겠습니다」
「곧 가겠네. 자동차로 말이야. 알겠지?」
「예, 청장님. 1백 보쯤 떨어진 곳에서 차를 멈추십시오. 가볍게 호루라기를 한 번 부시면 문을 열어 드리겠습니다」
모든 일이 가니마르의 지시대로 이루어졌다. 자정이 조금 지난 시각, 위층의 불이 전부 꺼지자 그는 거리로 슬그머니 빠져나가 뒤두이 씨를 마중했다. 그들 사이에 신속히 모종의 밀담이 오가고 경찰들은 가니마르의 명령을 따랐다. 경찰청장과 가니마르는 소리 없이 함께 정원을 가로질러 조심조심 안으로 들어갔다.
「어떻게 된 건가? 뭘 하는 거지? 우리가 무슨 음모라도 꾸미는 것 같구만」
뒤두이 씨가 말했다.
하지만 가니마르는 웃지 않았다. 경찰청장은 가니마르가 이토록 흥분한 모습을 본 적도, 이토록 격한 목소리로 말하는 것을 들어 본 적도 없었다.

「뭐 좀 새로운 게 있나?」

「예, 청장님. 이번에야말로! 저도 믿기 어려울 정도지만…… 틀리지는 않을 겁니다……. 진실을 파악했습니다……. 아무리 믿을 수 없는 것처럼 보여도 이것이 정말 진실입니다. 다른 진실은 없습니다. 네, 다른 건 아닙니다……. 바로 이게 진실입니다……」

그는 이마에 흐르는 땀방울을 닦았다. 뒤두이 씨가 질문을 던지자 그는 감정을 억누르며 물 한 컵을 벌컥벌컥 마신 뒤 말하기 시작했다.

「뤼팽은 종종 나를 골탕 먹였지요……」

뒤두이 씨가 가니마르의 말을 끊었다.

「이봐, 가니마르. 본론으로 들어가는 게 어떤가? 간단히 말해서 어떻게 됐다는 거야?」

「아닙니다. 제가 어떤 과정을 거쳐 왔는지 전부 아셔야 합니다. 죄송하지만 제 생각에는 이게 꼭 필요한 일이거든요」

그가 계속해서 말했다.

「아까 뤼팽이 여러 번 저를 속였다고 말씀드렸습니다. 덕분에 쓴맛 단맛 다 보았지요. 하지만 이제까지 제가 쭉 열세였던 이 싸움을 통해서…… 적어도 그가 행동하는 방식을 경험했고 그의 수법을 파악했습니다. 따라서 테피스트리 사건에 관해 저는 즉각 다음과 같은 두 가지 의문을 제기할 수 있었지요. 첫째, 뤼팽은 반드시 자기가 처한 상황에 대해 속속들이 계산하고 일을 진행하는 자이므로, 테피스트리가 사라짐으로써 스파르미엔토 씨가 자살할 수도 있다는 결과를 틀림없이 예상했을 것이다. 피 보기를 끔찍이 싫어하는 뤼팽이 그런데도 테피스트리를 훔쳐 갔다」

「50, 60만 프랑에 상당하는 테피스트리들의 유혹이 컸겠지」

뒤두이 씨가 지적했다.

「아닙니다, 청장님. 다시 한번 말씀드리지만 어떠한 경우에도, 이 세상 무엇을 위해서도, 수백 수천만 프랑을 위해서도 뤼팽은 살인을 저지르지 않을 겁니다. 누군가 죽는 원인이 되기조차 바라지 않아요. 이게 가장 중요한 점입니다. 그리고 둘째, 그 전날 저녁의 개막 파티에 벌어졌던 소동은 무엇이었는가? 이는 필시 불안감을 조성하고 얼마 동안 이 사건 주위에 긴장과 공포의 분위기를 만들어 냄으로써, 그 소동이 없었다면 생길 수도 있었을 진실에 대한 의혹을 피하기 위해서였습니다. 모르시겠습니까, 청장님?」

「모르겠네」

「사실…… 사실 분명치는 않습니다. 이런 문제를 제기하는 저 자신도 잘 몰랐지요. 하지만 제대로 가고 있다는 확신이 들었습니다. 그렇습니다, 뤼팽은 분명 진실에 대한 의혹을 피하려 했고, 이를 위해 그 의혹을 자기 자신에게로 돌리려 했던 것입니다. 그러니까 이 사건을 지휘하는 바로 그 사람이 드러나지 않도록 하기 위해서……」

「공범이 있단 말인가? 초대 손님들 사이에 섞여 있던 공범이 벨을 울리게 하고…… 모두 떠난 후에 저택에 몰래 숨어 있었다?」

뒤두이 씨가 넌지시 말했다.

「그렇지요…… 그렇습니다……. 거의 맞추셨습니다. 누군가가 은밀히 저택에 숨어들어 테피스트리를 훔치기는 불가능했으니 저택 안에 이미 들어와 있던 사람이 훔친 것이 분명해요. 그러니 초대 손님들의 명단을 조사해서 그들 한 명 한 명에 대한 수사를 진행한다면 틀림없이……」

「그런데?」
「그런데 한 가지 문제가 있지요……. 초대 손님들이 도착하고 떠날 때 세 명의 형사들이 명단을 작성했는데 예순세 명이 들어왔다가 예순세 명이 모두 나갔다는 것입니다. 따라서……」
「그럼 하인인가?」
「아닙니다」
「그럼 형사들?」
「아닙니다」
「하지만…… 도난 사건이 내부인의 소행이라면……」
경찰청장이 참지 못하고 말했다.
「그 점은 명백합니다」
점점 흥분이 고조되는 듯 가니마르가 단언했다.
「그 점에 대해서는 이론의 여지가 없습니다. 어떤 방식으로 조사를 해봐도 똑같은 확신에 도달했습니다. 확신이 점점 커져 어느 날 마침내, 다음과 같은 놀라운 가설을 확정하게 된 거지요. 이론적으로나 실제적으로나 도난 사건은 저택 안에 사는 공범의 도움을 받아 행해졌다. 그런데 공범이 없다」
「앞뒤가 안 맞지 않나?」
뒤두이 씨가 말했다.
「사실, 앞뒤가 맞지 않지요. 하지만 이 앞뒤가 안 맞는 문장을 입밖에 내는 바로 그 순간 진실이 불쑥 모습을 드러냈습니다」
「뭐?」
「아! 물론 애매하고 불완전한 진실이지요. 하지만 그걸로 충분합니다. 이 끈을 따라가기만 하면 반드시 끝에 이를 수 있습니다. 아시겠습니까, 청장님?」

뒤두이 씨는 침묵을 지켰다. 가니마르에게 일어났던 똑같은 현상이 그에게도 일어난 것이 틀림없었다. 그가 중얼거렸다.

「초대 손님들 중 누구도 아니고, 하인도 아니고, 형사들도 아니라면 아무도 남지 않……」

「아닙니다. 한 사람이 남지요……」

뒤두이 씨는 큰 충격을 받은 듯 부르르 떨었다. 그리고 잔뜩 흥분한 목소리로 말했다.

「아니, 그럴 리 없어. 이봐, 그건 있을 수 없는 일이야」

「왜요?」

「아니, 생각해 보게……」

「말씀해 보십시오, 청장님. 어서요」

「뭐? 아니야. 그렇지?」

「말씀해 보세요」

「그럴 리 없어! 뭐야? 스파르미엔토가 뤼팽의 공범이었다고?」

가니마르가 히죽 웃으며 대답했다.

「바로 그겁니다……. 아르센 뤼팽의 공범…… 그러면 모든 게 설명이 되지요. 그날 밤 세 명의 형사들이 아래층을 지키고 있을 때 아니 실은 자고 있을 때라고 해야겠지요. 왜냐하면 스파르미엔토 대령이 그들에게 수상한 샴페인을 마시게 했으니까요. 그 때 대령은 테피스트리들을 벽에서 떼어 내어 자기 방 창문을 통해 밖으로 내보냈지요. 3층에 위치한 그 방 창문은 안쪽을 모두 폐쇄했기 때문에 거리 쪽에서는 아무도 지키고 있지 않았어요」

뒤두이 씨는 곰곰이 생각하더니 어깨를 으쓱하며 말했다.

「그래도 있을 수 없는 일이네!」

「어째서요?」

「어째서냐고? 대령이 아르센 뤼팽의 공범이었다면 작업이 성공한 후에 자살을 했을 리가 없기 때문이지」
「그가 자살했다고 누가 그럽니까?」
「뭐라고? 하지만 시체를 발견했지 않은가?」
「제가 누차 말씀드렸듯이 뤼팽의 일에 죽음이란 없습니다」
「하지만 이번 일엔 실제로 일어났어. 스파르미엔토 부인도 남편의 시체를 확인하지 않았나?」
「그렇게 말씀하실 줄 알았습니다. 그 점 때문에 저도 골치 좀 썩었지요. 갑자기 한 놈이 아니라 세 놈이나 제 앞에 놓여 있는 겁니다. 첫째, 괴도 아르센 뤼팽. 둘째, 그의 공범 스파르미엔토 대령. 셋째, 죽은 사람. 너무 많지요. 제기랄! 지긋지긋해요」

가니마르는 신문 뭉치를 풀고 그중 하나를 뒤두이 씨에게 내밀었다.

「지난번에 청장님이 여기 오셨을 때 제가 신문을 뒤적이고 있던 걸 기억하시겠지요……. 저는 청장님이 말씀하신 바와 일치하면서 제 가설을 확증시켜 줄 수 있는 사건이 없는지 찾고 있었습니다. 여기 이 짧은 기사를 읽어 보십시오」

뒤두이 씨가 신문을 들고 큰 소리로 읽었다.

릴 특파원이 괴상한 사건을 알려왔다. 어제 아침 이 도시의 시체 영안실에서 시체 한 구가 사라졌음이 확인됐다. 전날 증기 전차의 바퀴 아래 몸을 던진 정체를 알 수 없는 인물의 시체였다. 당국은 이 시체의 실종에 대해 아직 갈피를 잡지 못하고 있다.

뒤두이 씨가 생각에 잠겨 있다가 물었다.

「그럼 자네 생각에는……?」

「저는 릴에 다녀왔습니다. 조사 결과 이 점에 관해서는 모든 의혹이 사라졌어요. 시체는 대령이 개막 파티를 열었던 바로 그 날 사라졌습니다. 그리고 자동차로 곧장 빌다브레까지 운반됐지요. 그 차는 저녁때까지 철도 노선 가까운 곳에 머물러 있었습니다」

「그러니까 터널 근처겠군」

뒤두이 씨가 거들었다.

「바로 옆이었죠」

「따라서 우리가 발견한 시체는 스파르미엔토 대령의 옷을 입혀 놓은 바로 그 시체일 뿐이다?」

「정확합니다, 청장님」

「스파르미엔토 대령은 살아 있고?」

「우리들이 살아 있는 것처럼요」

「하지만 그렇다면 이 모든 사건이 왜 일어났겠나? 그렇다면 왜 테피스트리 한 장을 훔쳐 갔다가 되돌려 주고 다시 열두 장을 모두 훔쳐 갔단 말인가? 개막 파티는 왜 열었지? 그때의 소동은 또 뭐고? 한마디로 이 모든 게 어떻게 된 일인가? 자네의 얘기는 성립되지 않네, 가니마르」

「성립되지 않지요. 하지만 그건 청장님과 제가 중도에서 멈췄기 때문입니다. 이 얘기가 아무리 이상해 보일지라도 더 멀리까지, 정말 멀리까지 나아가서 거짓말처럼 보이고 경악을 금치 못할 정도가 될 때까지 가 봐야 하기 때문입니다. 사실, 그러지 말란 법이 있습니까? 이건 아르센 뤼팽의 일이 아닙니까? 그의 일이라면 당연히 거짓말 같은, 경악을 금치 못할 일을 예상해야 하지 않습니까? 가장 터무니없는 가설을 향해 가야 하지 않습니까? 〈가장 터무니없는〉이라는 말은 정확하지 않군요. 오히려 그 모든 것이 감탄할 만한 논리와 어린아이 같은 단순함에서 나온 것이니까요. 공범들이요? 그들을 뒤쫓다가는 낭패만 당합니다. 그가 직접, 자기 손으로, 자신만의 수단을 통해 행동하는 게 편리하고 자연스러운데 공범들이 무슨 소용입니까!」

「무슨 말인가? 무슨 말인가? 무슨 말인가?」

점점 더 당황한 목소리로 뒤두이 씨가 재촉했다.

가니마르가 다시 빈정댔다.

「기가 막히시지요, 그렇지 않습니까, 청장님? 청장님이 여기로 저를 만나러 오셨던 그날, 그 생각이 저를 괴롭히고 있던 그날 저도 청장님과 똑같았습니다. 너무 놀라서 얼이 빠졌지요. 하지만 저는 그놈을 잘 아니까요. 그가 무슨 일을 할 수 있는지 알죠……. 하지만 이건 너무 심했어요!」

「말도 안 돼! 말도 안 돼!」

뒤두이 씨가 낮은 목소리로 웅얼거렸다.

「아니, 말이 됩니다. 오히려 아주 논리적이고 아주 정상적이며, 신비한 성(聖)삼위일체만큼이나 명백하지요. 똑같은 단 한 사람이 세 명으로 나타난 겁니다! 한 사람씩 지워 가기만 하면 어린아이라도 1분 안에 풀 수 있는 문제였어요. 시체를 제하고 나면 스파르미엔토와 뤼팽이 남지요. 거기서 스파르미엔토를 지우면……」

「뤼팽만이 남지」

경찰청장이 중얼거렸다.

「그렇습니다, 청장님. 단 한마디, 단 두 글자, 간단히 말해서

〈뤼팽〉만이 남지요. 브라질 사람의 껍데기를 벗은 뤼팽, 죽은 자들 가운데 살아난 뤼팽, 6개월 전부터 스파르미엔토 대령으로 변장해 브르타뉴 지방을 여행하면서 열두 장의 테피스트리가 발견된 사실에 대해서 알게 되고 그것들을 사들인 후 이목을 집중시키기 위해 정말 인상적인 도난 사건을 꾸민 뤼팽 말입니다. 그리고 그는 다시 자신에게 주의를 돌리기 위해 당황한 대중들 앞에서 뤼팽 대 스파르미엔토, 스파르미엔토 대 뤼팽의 요란한 대결을 계획하고, 개막 파티를 열어 초대 손님들을 공포에 질리게 했지요. 모든 준비가 다되었을 때 뤼팽은 스파르미엔토의 테피스트리들을 훔치고 스파르미엔토는 뤼팽의 희생자가 되어 아무런 의심을 사지 않고 친구들의 애도와 대중의 동정을 받으며 죽는 겁니다. 이 사건에서 생기는 이익을 챙기기 위해서⋯⋯」

여기서 가니마르는 말을 멈추었다가 경찰청장의 눈을 똑바로 바라보며 자신이 하는 말의 중요성을 강조하려는 듯 또박또박 말을 마쳤다.

「비탄에 잠긴 미망인을 남겨 두고 말이지요」

「스파르미엔토 부인 말인가? 자네는 정말⋯⋯」

「물론입니다. 결국에 가서 막대한 이익이 돌아오지 않는다면 이런 일을 꾸밀 사람은 아무도 없으니까요」

「그 이익이라는 것은 뤼팽이 테피스트리들을 미국이든 어디로든 팔아서 얻게 될 이익을 말하는 것 같은데⋯⋯」

「물론입니다. 하지만 그냥 파는 것이라면 스파르미엔토 대령도 할 수 있겠지요. 오히려 더 잘할 수 있었을 겁니다. 그러니까 여기에는 다른 뭔가가 있어요」

「다른 뭔가?」

「생각해 보세요, 청장님. 스파르미엔토 대령은 엄청난 가치가 있는 물건을 도난당했다는 사실을 잊지 마십시오. 그는 죽었지만 그의 미망인은 남아 있어요. 따라서 그 미망인이 받는 겁니다」

「받다니, 뭘?」

「모르시겠어요? 그녀가 받는 것…… 보험료 말입니다!」

뒤두이 씨는 경악했다. 사건의 전모가 갑자기 그 진정한 실체를 드러냈기 때문이다. 그가 중얼거렸다.

「맞아……. 그렇군……. 대령은 테피스트리를 보험에 들어 두었지……」

「그랬지요! 그것도 분명한 목적을 가지고 말입니다」

「보험료는?」

「80만 프랑」

「80만 프랑!」

「말씀드린 대로입니다. 각각 다른 다섯 개의 보험 회사에 보험을 들었지요」

「스파르미엔토 부인은 그 돈을 받았나?」

「제가 없는 사이에 어제 15만 프랑을 받고 오늘 20만 프랑을 받았습니다. 나머지도 이번 주 내로 나눠 받을 겁니다」

「굉장하군! 그렇다면 좀 일찍……」

「뭐라고요? 그들은 제가 자리를 비운 틈을 이용해 결판을 냈어요. 저는 돌아와서 제가 알고 있던 한 보험 회사의 사장을 우연히 만나 그의 얘기를 듣고서야 이런 상황에 대해 알게 됐단 말씀입니다」

경찰청장은 얼이 빠져 한참 동안 말이 없다가 웅얼거렸다.

「어쨌든 대단한 놈이야!」

가니마르가 고개를 끄덕였다.

「네, 청장님. 도둑놈, 사기꾼이긴 하지만 솔직히 만만치 않은 녀석이죠. 작전을 성공으로 이끌기 위해서는 4, 5주 동안 아무도 스파르미엔토 대령이라는 존재에 대해 의심을 품지 않도록 행동해야 했고, 모든 사람들의 분노와 수사의 초점이 오직 뤼팽에게만 집중되도록 해야 했습니다. 마지막으로 보험 회사 직원들이 슬픔을 덜어 줄 수 있는 무언가를 그녀의 손에 전해 준다는 사실만으로도 행복을 느낄 정도로 너무도 애처롭고 고통에 찬 미망인, 전설 속의 우아한 이미지 그대로 백조의 우아함을 지닌 에디트만이 남도록 해야 했지요. 그리고 실제로 그렇게 됐습니다」

두 남자는 서로 매우 가까이 서 있었다. 그들은 서로의 눈을 응시했다.

경찰청장이 말했다.

「부인의 정체는 무엇인가?」

「소냐 크리슈노프입니다!」

「소냐 크리슈노프?」

「그렇습니다. 작년 왕관 사건 때 제가 체포했으나 뤼팽이 탈출시킨 그 러시아 여인 말입니다」

「확실한가?」

「물론입니다. 처음에는 저도 다른 사람들과 마찬가지로 뤼팽의 간계 때문에 길을 잃고 그녀에게 주의를 기울이지 못했습니다. 하지만 그녀의 역할에 대해 알게 되자 곧 기억이 떠오르더군요. 그녀는 분명 소냐입니다. 영국 여인으로 변장한 소냐지요……. 이 연극의 배우들 중 가장 교활하면서 동시에 가장 순진한 소냐……. 그녀는 죽는 역도 주저하지 않을 정도로 뤼팽을 사랑하고 있을 테니까요」

뒤두이 씨가 인정했다.

「훌륭한 노획품이네, 가니마르」

「청장님께 더 좋은 선물이 있습니다!」

「그래? 뭔가?」

「뤼팽의 늙은 유모랍니다」

「빅투아르?」

「그녀는 스파르미엔토 부인이 미망인 역을 하기 시작한 이래로 여기에 와 있지요. 요리사가 바로 그녀입니다」

「아! 아! 축하하네, 가니마르!」

뒤두이 씨가 말했다.

「더 근사한 선물이 또 한 가지 있습니다, 청장님!」

뒤두이 씨는 놀라지 않을 수 없었다. 자신의 손을 잡은 가니마르의 손이 떨리고 있었다.

「무슨 말인가, 가니마르?」

「사냥감이 소냐와 빅투아르뿐이라면 이 시간에 제가 청장님을 방해했겠습니까? 쳇! 그녀들은 뒷전이에요」

「그렇다면?」

마침내 수사반장의 흥분에 대해 감을 잡은 뒤두이 씨가 중얼거렸다.

「그렇다면…… 그 다음은 청장님께서 생각하시는 대로입니다!」

「그가 여기 있나?」

「여기 있습니다」

「숨어 있나?」

「전혀 그렇지 않아요. 단지 변장을 하고 있을 뿐이죠. 하인으로 말입니다」

뒤두이 씨는 뤼팽의 대담함에 기가 막혀 꼼짝도 하지 못했고 말을 이을 수가 없었다.

가니마르가 빈정거렸다.

「성삼위일체에 네 번째 인물이 더해진 셈이지요. 백조의 우아함을 지닌 에디트가 실수를 저지를 수도 있기 때문에 두목이 반드시 현장에 있어야 했어요. 그래서 대담하게도 그는 되돌아왔지요. 그리고 3주 전부터 조용히 저의 조사 과정을 지켜보면서 감시하고 있는 겁니다」

「그를 알아보겠나?」

「우리는 뤼팽을 알아볼 수 없습니다. 그는 뛰어난 화장술과 변장술로 자신을 알아볼 수 없게 만드니까요. 게다가 저는 생각지도 못했습니다……. 그러다가 오늘 저녁 계단의 어둠 속에서 소냐를 감시하고 있을 때 빅투아르가 하인을 〈도련님〉이라고 부르는 것을 들었어요. 머릿속에 빛이 번쩍했죠. 그것은 빅투아르가 언제나 그를 부를 때의 호칭이니까요. 저는 결론을 내렸습니다」

뒤두이 씨는 그토록 계속 뒤좇았지만 결코 잡을 수 없었던 적이 눈앞에 있다는 생각에 매우 혼란스러운 것 같았다.

「그 녀석을 잡는 거야, 이번에야말로…… 그 녀석을 잡는 거야. 그놈도 더 이상 빠져나갈 수 없어」

그가 들릴 듯 말듯 중얼거렸다.

「그렇습니다, 청장님. 빠져나갈 수 없고말고요. 그놈도 두 여인도……」

「그들은 어디 있나?」

「소냐와 빅투아르는 3층에, 뤼팽은 4층에 있습니다」

「그런데 테피스트리들이 사라졌을 때 창문을 통해서 나갔다고 하지 않았나?」

뒤두이 씨가 이의를 표했다.

「그랬지요」

「그렇다면 이번에도 마찬가지로 뤼팽이 창문을 통해 달아날 수 있지 않겠나? 창문이 뒤프레누아가를 향해 있으니까」

「그럴 수 있지요, 청장님. 하지만 제가 조치를 취해 놓았습니다. 청장님께서 도착하시자마자 부하 네 명을 뒤프레누아가 쪽 창 아래로 보냈어요. 누군가 창가에 나타나서 내려올 기세를 보이기만 하면 방아쇠를 당기라고 확실히 명령해 두었습니다. 첫발은 공포탄을, 두 번째는 실탄을 쏘라고 했지요」

「이보게, 가니마르. 자네는 모든 준비를 다했군, 그러면 새벽이 오는 대로……」

「기다리다니요! 청장님! 이 녀석의 일에 언제 절차를 다 갖추고 여러 가지 원칙이며 법정 시간, 그 모든 어리석은 것들을 다 따지고 있겠습니까? 그러는 사이에 그가 우리에게 작별 인사도 없이 떠난다면? 그가 뤼팽 식의 술책을 사용한다면? 아, 안 되지요. 농담 그만하십시오. 우리는 그를 지금 잡을 겁니다. 당장 위로 뛰어 올라갑시다!」

격분한 가니마르는 초조함에 몸을 떨며 정원을 가로질러 뛰쳐나가서 여섯 명의 부하들을 들어오게 했다.

「됐습니다, 청장님! 뒤프레누아가 쪽에는 권총을 손에 쥐고 창문을 겨냥하고 있으라고 명령을 내렸습니다. 갑시다!」

그들이 왔다갔다 하느라 소리가 났고 이 소리는 분명 저택에 사는 사람들에게까지도 들렸을 것이다. 뒤두이 씨는 어쩔 수 없이 지금 일을 단행해야 한다는 걸 느꼈다. 그는 결정을 내렸다.

「가 보지」

행동은 신속히 이루어졌다.

뤼팽에게 방어를 준비할 시간을 주지 않고 체포하기 위해서, 브라우닝 자동 권총으로 무장한 남자 여덟 명이 과감하게 쿵쾅쿵쾅 급히 계단을 올라갔다.

「문 열어」

스파르미엔토 부인이 사용하는 방문 쪽으로 달려들며 가니마르가 소리쳤다.

한 경찰이 어깨로 문을 부수었다.

방에는 아무도 없었다. 빅투아르의 방도 마찬가지였다.

「위층에 있군! 지붕 밑 방에 뤼팽과 함께 있을 거야. 조심해!」

여덟 명은 4층으로 올라갔다. 놀랍게도 지붕 밑 방의 문은 열려 있었고 방은 텅 비어 있었다. 다른 방들 역시 비어 있었다.

「제기랄! 어떻게 된 거지?」

가니마르가 큰 소리로 말했다.

재빨리 3층으로 다시 내려가 창문들 중 하나가 열려 있으며 손쉽게 밀리는 것을 확인한 뒤두이 씨가 가니마르를 불렀다.

「보게, 이게 그들이 택한 탈출구야. 테피스트리도 여기로 빼돌렸고……. 내가 뭐라 그랬나? 뒤프레누아가라고 했지?」

「하지만 그랬다면 총을 쐈을 겁니다. 그 거리는 보초들이 지키고 있으니까요」

분노로 얼굴이 일그러진 가니마르가 반박했다.

「거리를 감시하기 전에 떠났을걸세」

「하지만 청장님께 전화를 걸었을 때 방에는 세 사람 모두 있었어요!」
「자네가 정원 옆에서 나를 기다리고 있는 동안 떠났겠지」
「왜죠? 어째서 갑자기? 보험료를 전부 타고 난 후, 그러니까 내일이나 다음 주가 아닌 오늘 떠날 만한 이유는 전혀 없었습니다」
아니, 이유가 있었다. 가니마르는 탁자 위에서 발견한, 자기 앞으로 된 편지를 뜯어 읽어 보고서야 그 이유를 깨달았다. 편지는 매우 성실한 하인들에게 발급하는 증명서 형식으로 작성되어 있었다.

아래 서명한 본인, 괴도 신사이자 전(前)대령, 전(前)하인, 전(前)시체였던 아르센 뤼팽은 가니마르라는 인물이 이 저택에 머무는 동안 매우 뛰어난 자질을 보여 주었음을 증명한다. 타의 모범이 되는 헌신적이고 주의 깊은 행동으로 그는 다른 어떤 증거의 도움도 없이 내 계획의 일부를 좌절시키고 보험 회사에 45만 프랑의 재산을 보전하게 해 주었다. 이에 대해 그를 치하하는 바이며, 아래층의 전화가 소냐 크리슈노프의 방에 설치된 전화와 연결되어 있어서 그가 경찰청장에게 전화를 거는 것과 동시에 나에게 가능한 한 빨리 달아나라고 전화를 해 준 셈임을 미리 알려 주지 않은 데 대해서는 기꺼이 용서를 구한다. 이는 아주 가벼운 실수로서 이로 인해 그의 봉사의 빛이 바랠 수는 없으며 그의 승리의 공적이 줄어들 수도 없다.
따라서 본인은 그가 본인의 찬미와 호감의 뜻을 흔쾌히 받아 주기를 간청한다.
—— 아르센 뤼팽.

지푸라기

그날 4시쯤, 땅거미가 질 무렵 구소 영감과 네 아들은 사냥에서 돌아왔다. 아버지와 아들 모두 다리가 길고 가슴이 탄탄하며 햇볕과 바람에 그을린 거친 남자들이었다.
또 그들 모두 두툼한 목에 얼굴은 자그마했으며 좁은 이마, 얇은 입술, 새의 부리처럼 굽은 코, 무뚝뚝하고 호감이 가지 않는 인상이었다. 주위 사람들은 그들을 두려워했다. 그들은 돈벌이에 악착같고 교활했으며 믿을 만한 사람들이 아니었다.
구소 영감은 에베르빌의 소유지를 둘러싸고 있는 오래된 성벽 앞에 도착해 좁고 육중한 문을 열고 아들들이 모두 지나가기를 기다렸다가 묵직한 열쇠를 다시 주머니에 넣었다. 그는 과수원을 가로지르는 길을 따라 아들들 뒤에서 걸었다. 가을이 되어 잎이 떨어진 커다란 나무들과 몇몇 전나무들은, 지금은 구소 영감의 농장이 된 옛 정원의 흔적이었다.

한 아들이 말했다.

「어머니께서 장작불을 피워 놓으셨으면 좋겠는데!」

「분명 그랬을 거다. 봐라, 연기가 피어오르는구나」

아버지가 말했다.

잔디밭 끝에 부속 건물들과 본채가 보였고 그 너머에 있는 마을 교회의 종탑은 하늘에 낮게 걸린 구름을 뚫고 있는 듯했다.

「탄알들은 다 빼두었지?」

구소 영감이 물었다.

「제 건 남았어요. 작은 매의 머리통을 날리려고 한 발 넣어 두었죠……」

맏아들이 대답했다.

그는 자신의 솜씨에 대해 자랑을 늘어놓곤 했다. 그가 형제들에게 말했다.

「버찌나무 저 위에 작은 가지 보이지? 내가 정확히 맞출 테니까」

그 작은 가지에는 지난 봄부터 허수아비가 걸려 있었는데 미친 듯이 팔을 흔들며 잎이 없는 가지들을 지켜 주고 있었다.

그가 총을 겨누었다. 총알이 발사됐다.

헝겊으로 만든 머리에는 커다란 실크해트를 쓴 허수아비는 우스꽝스럽게 펄럭거리며 떨어지다가 안쪽의 굵은 가지에 엎드리듯 걸려 건초 더미로 만든 다리를 이리저리 흔들며, 버찌나무 옆, 나무로 만든 물받이를 따라 흐르는 샘물 위에 멈추었다.

그들은 웃음을 터뜨렸다. 아버지가 박수를 보냈다.

「잘했다, 내 아들. 마침 저 녀석이 신경에 거슬리기 시작했는데. 식사를 하다가 접시에서 눈을 들 때마다 저 바보가 보였거든……」

그들은 다시 몇 걸음 더 나아갔다. 집까지 기껏해야 20미터 정도 남았을 때 아버지가 별안간 딱 멈춰 서며 말했다.

「뭐지? 무슨 일이지?」

아들들도 같이 멈춰서 귀를 기울였다.

한 아들이 중얼거렸다.

「집에서 나는 소린데……. 속옷 넣어 두는 방 쪽이야……」

다른 아들이 더듬더듬 말했다.

「신음 소리 같아……. 집에는 어머니밖에 안 계신데!」

갑자기 무시무시한 비명 소리가 터져 나왔다. 다섯 남자는 집으로 뛰어들어 갔다. 다시 한번 비명 소리가 울려 퍼지고 필사적으로 구조를 요청하는 외침이 이어졌다.

「저희가 왔어요! 지금 가요!」

제일 앞에서 달려가던 맏아들이 소리쳤다.

문으로 가려면 좀 돌아가야 했기 때문에 그는 창문을 부수고 부모님 침실로 뛰어들었다. 구소 부인이 주로 시간을 보내는 속옷을 넣어 두는 바로 옆방이었다.

「아! 빌어먹을! 아버지! 아버지!」

얼굴이 피투성이가 된 채 마루바닥에 쓰러져 있는 어머니를 보고 그가 소리쳤다.

「무슨 일이냐? 어머니는 어디 계셔?」

구소 영감이 달려들며 울부짖었다.

「아! 빌어먹을! 이럴 수가! 누가 이랬소, 응?」

그녀는 몸이 뻣뻣해진 채 팔을 뻗으며 중얼거렸다.

「어서 위로 가 보세요! 이쪽으로! 어서요……! 난 괜찮아요……. 약간 긁혔을 뿐이에요……. 그러니 어서 가요! 돈을 뺏겼어요!」
 아버지와 아들들은 펄쩍 뛰었다.
「돈을 뺏겼다고? 돈을 뺏겼다고! 도둑이야!」
 구소 영감은 고래고래 소리를 지르며 부인이 가리키는 문 쪽으로 달려갔다.
 다른 세 아들들이 달려오던 복도 끝에서 시끌벅쩍한 소리는 더욱 높아졌다.
「놈을 봤어요! 그놈을 봤어요!」
「저도 봤어요! 놈은 계단으로 올라갔어요」
「아니, 저기 다시 내려오고 있다!」
 급히 달려가는 발자국들이 마루 판을 울렸다. 복도 끝까지 가자 현관 문에 기댄 채 문을 열려고 버둥거리고 있는 남자가 구소 영감의 눈에 띄었다. 문을 여는 데 성공하기만 하면 교회 광장과 마을 오솔길들을 통해 달아날 수 있으므로 남자는 구원받을 수 있었다.
 현장에서 발각된 남자는 어리석게도 이성을 잃고 구소에게 달려들어 그를 쓰러뜨렸다. 그리고 큰아들을 피해 네 아들들에게 쫓기며 긴 복도를 다시 달려가 구소 부부의 침실로 들어가서는 깨어진 창문을 풀쩍 뛰어넘어 사라졌다.
 아들들은 밤의 어둠이 밀려들고 있는 잔디밭과 과수원을 가로질러 그를 필사적으로 추적했다.
「놈은 끝장이야. 놈이 빠져나갈 수 있는 출구는 없어. 벽이 너무 높으니까. 끝장났어. 더러운 놈 같으니라고!」
 구소 영감이 조소했다.
 하인 둘이 마을에서 돌아오자 그는 하인들에게 이 사건을 알리고 총을 주었다.

「그 도둑놈이 집으로 접근하기만 하면 작살을 내 버리라고. 봐주지 말고!」

구소 영감은 하인들을 제 위치에 배치하고 2륜차 전용 커다란 철문이 잘 닫혀 있는지 확인하고 나서야 부인에게 도움이 필요할 거라는 생각을 했다.

「좀 어떻소, 여보?」
「그놈은 어디 있어요? 잡았어요?」

그녀는 다짜고짜 그것부터 물었다.

「그래, 이건 우리 쪽이 훨씬 유리한 게임이오. 아이들이 벌써 잡았을 거요」

이 소식을 듣자 그녀는 안정이 되었다. 럼주를 조금 마시고, 남편의 도움을 받아 침대에 누운 뒤엔 무슨 일이 있었는지 이야기할 수 있을 만큼 기운을 되찾았다.

별로 긴 얘기도 아니었다. 그녀가 막 거실의 불을 켜고 남자들이 돌아오기를 기다리면서 자기 방 창가에서 평화롭게 뜨개질을 하고 있을 때 옆방에서 가볍게 삐걱대는 소리가 들리는 것 같았다.

〈고양이를 저 방에 두고 왔나 보군.〉

그녀는 생각했다.

그리고 무심히 그 방으로 갔다가 돈을 감춰 두는 속옷 장롱의 양쪽 문짝이 활짝 열려 있는 것을 보고 소스라치게 놀랐다. 그녀는 겁도 없이 앞으로 나아갔다. 그런데 선반 아래 한 남자가 숨어 있었다.

「그런데 남자가 어디로 들어왔을까?」

구소 영감이 물었다.

「어디냐고요? 그야 현관으로 들어왔겠죠. 문을 잠가 두지 않으니까요」

「그래서 그놈이 당신에게 덤벼들었소?」

「아니에요. 내가 그놈에게 덤벼들었죠. 그놈은 도망가려 했어요」

「그럼 내버려 뒀어야지」

「뭐라고요? 그럼 돈은요?」

「벌써 돈을 훔친 뒤였소?」

「그랬다니까요! 그 도둑놈의 손에서 돈 뭉치를 봤어요. 차라리 죽임을 당하는 게 낫죠……. 그래서 마구 싸웠어요」

「그놈한테 무기는 없었소?」

「나나 그놈이나 마찬가지였죠. 손가락과 손톱, 이빨로 싸웠어요. 여기, 봐요, 그놈이 물어뜯은 자국이에요. 그래서 내가 소리를 지르고 사람들을 불렀죠. 하지만 나는 너무 늙어서…… 놓칠 수밖에 없었어요……」

「아는 사람이었소?」

「트래나르 영감이 틀림없어요」

「그 부랑자? 아, 그렇군! 맞아. 트래나르 영감이야……. 내가 보기에도 그 녀석이었던 것 같아……. 더구나 그놈은 사흘 전부터 우리 집 근처를 배회하고 있었지. 아! 그 늙은이가 돈 냄새를 맡았나 보군! 트래나르 영감, 어디 두고 보자! 우선 실컷 두들겨 패 주고 그 다음에 경찰에 넘기겠어. 이봐요, 여보, 일어날 수 있겠소? 그러면 이웃들을 불러요. 한 사람은 헌병대로 달려가 알리도록 하고…… 아, 공증인네 아이에게 자전거가 있지……. 빌어먹을 트래나르 영감, 감히 도망을 가다니! 나이에 비해 다리는 튼튼하더군. 토끼처럼 재빨라!」

그는 이 사건이 매우 재미있는 듯 배꼽이 빠져라 웃어 댔다. 그에게는 걱정할 게 없었다. 그 부랑자는 빠져나갈 구멍이 없고 따라서 받아 마땅한 무거운 벌을 받을 것이며 엄중한 감시 하에 마을 감옥으로 호송될 운명이었다.

농장주 구소 영감은 총을 들고 두 하인들과 합류했다.

「별 일 없었나?」

「아직 아무 일도 없습니다, 주인님」

「오래 걸리지 않을 거야. 귀신이 벽을 넘어 그놈을 데려가지 않은 한……」

때때로 멀리서 네 형제들이 외치는 소리들이 들려왔다. 분명 놈이 생각보다 민첩하게 잘 도망 다니고 있는 듯했다. 하지만 구소 가(家)의 형제들처럼 건장한 청년들이라면 반드시……

그런데 그들 중 한 명이 기진맥진해서 돌아오더니 솔직히 털어 놓았다.

「지금으로서는 이 일에 매달려 봐야 소용없어요. 밤이라서 너무 캄캄해요. 그놈도 어느 구멍엔가 숨어 자겠죠. 내일은 잡힐 거예요.」

「내일이라니! 너 머리가 어떻게 됐느냐?」

구소 영감이 호통을 쳤다.

이번에는 숨이 턱에 찬 맏아들이 나타났다. 그도 동생과 같은 의견이었다. 어차피 도둑놈이 감옥처럼 높은 담에 둘러싸인 농장에 들어와 있는데 내일까지 기다리지 못할 이유가 어디 있겠는가?

「좋아, 내가 가 보겠다. 램프를 들고 따라와!」

구소 영감이 소리쳤다.

그때, 세 명의 헌병과 함께, 소식을 듣고 온 마을 청년들이 몰려들었다.

헌병대장은 합리적인 사람이었다. 그는 우선 모든 이야기를 자세히 들은 후에 깊은 생각에 잠겼다가 네 형제들을 따로 심문하고 그들의 증언에 대해 각각 심사숙고했다. 부랑자가 농장 깊숙한 곳으로 도망갔으며 여러 번 그들의 시야를 벗어나더니 결국 〈까마귀 언덕〉이라고 불리는 곳 근처로 사라졌다는 내용의 진술이었다. 그는 다시 한번 깊이 생각하고는 결론을 내렸다.

「기다리는 게 낫겠소. 이런 밤에 엉망으로 흩어져서 뒤쫓는다면 오히려 트래나르 영감이 우리들 한가운데로 교묘히 빠져나갈 수도 있소. 그러니 오늘 밤은 안녕히들 돌아가시오」

농장주는 어깨를 으쓱하고 투덜거리면서도 헌병대장의 판단에 따랐다. 헌병대장은 감시조를 짜고 구소 가의 형제들과 동네 청년들을 자기 부하들의 감시조에 배치한 뒤, 사다리가 깊숙이 감추어져 있는지 확인하고 식당에 사령부를 설치했다. 그곳에서 그는 구소 영감과 함께 오래 묵은 브랜디 한 병을 앞에 놓고 꾸벅꾸벅 졸았다.

밤은 고요했다. 헌병대장은 두 시간마다 순찰을 돌며 각 근무조들을 점검했다. 비상 사태는 전혀 없었다. 트래나르 영감은 어느 구멍에 숨어 꼼짝도 하지 않는 듯했다.

새벽에 수색이 시작되었다.

수색은 네 시간 동안 계속되었다.

네 시간 동안 20명가량의 남자들이 잡초들을 쿵쿵 밟으며 지팡이로 관목 덤불을 헤치고, 나무 틈 사이사이를 죄다 뒤적이고, 낙

엽 더미들은 죄다 들춰 보면서 5헥타르의 농장을 샅샅이 파헤치고 사방팔방으로 헤집고 다녔다. 하지만 트래나르 영감은 보이지 않았다.

「이것 참 지독하군」

구소 영감이 이를 갈았다.

「정말이지 이해할 수가 없소」

헌병대장이 대꾸했다.

사실 납득할 수 없는 현상이었다. 왜냐하면 한 군데도 빠짐없이 휘젓고 다닌 월계수나무와 참빗살나무 숲을 제외하고는 모든 나무들이 앙상한 가지만 남아 있었기 때문이다. 건물도 없고 헛간이나 장작 더미도 없었다. 간단히 말해서 은신처를 제공할 만한 데는 전혀 없었다.

세심한 조사 끝에 벽을 타고 오르기란 실제로 불가능하다는 것을 헌병대장도 인정했다.

오후에 예심판사와 검사 대리까지 출두한 자리에서 수사가 다시 시작되었다. 결과는 조금도 나아지지 않았다. 더구나 너무나 수상쩍은 이 사건으로 기분이 몹시 좋지 않았던 사법관들은 이런 말까지 하고 말았다.

「구소 영감, 당신과 당신 아들들이 착각한 게 아니라고 확신할 수 있소?」

「그럼 제 아내는? 그 몹쓸 놈이 제 아내의 목을 졸랐는 데도 착각이란 말이오? 이 흔적을 보시오!」

분노로 얼굴이 붉어진 구소 영감이 외쳤다.

「좋소. 하지만 그렇다면 그 몹쓸 놈은 대체 어디로 갔소?」

「여기, 담장 안에 있을 거요」

「좋소. 그럼 그를 찾아보시오. 우리는 포기하겠소. 한 남자가 이 농장의 울타리 안에 숨어 있다면 당연히 벌써 그를 발견하고도 남았어야 하지 않소?」

「좋소, 분명히 말하지만 내가 반드시 그를 찾아내리다. 절대로 나에게서 6000프랑을 훔쳐갈 수는 없어. 그래, 6000프랑! 암소를 세 마리 팔고, 밀을 수확하고 사과를 따서 번 돈이오. 은행에 가져가려고 했던 6000프랑인데! 맹세하건대 그 돈은 내 주머니에 든 거나 다름없소」

「잘됐구려, 잘해 보시오」

예심판사는 이렇게 말하며 검사 대리와 헌병들과 함께 물러났다.

이웃들도 비웃으며 사라졌다. 날이 저물 무렵에는 구소 일가와 농장의 두 하인밖에 남지 않았다.

구소 영감은 즉시 계획을 설명했다. 날이 밝으면 수색을 시작하고 밤에는 한순간도 놓치지 않고 감시한다. 이 일은 그가 잡힐 때까지 계속될 것이다. 트래나르 영감도 다른 인간들과 마찬가지로 인간이고, 인간이라면 먹고 마셔야 한다. 따라서 트래나르 영감도 틀림없이 먹을 것과 마실 것을 위해 자기 소굴에서 나올 것이다.

「엄밀히 따져서 놈의 주머니 안에 얼마간의 빵 조각이 있을 수도 있고 밤마다 나무뿌리를 캐서 연명할 수도 있다. 하지만 마실 것은 아무것도 없어. 저 샘물밖에 없지. 약삭빠르게 놈이 샘물 쪽으로 다가오기만 하면!」

그날 저녁은 그가 직접 샘물 옆에서 보초를 섰다. 세 시간 후 맏아들이 그와 교대했다. 다른 아들들과 하인들은 집에서 자면서 각자 자기 차례에 불침번을 섰고 깜짝 놀라는 일이 없도록 하기 위해 집 안에 촛불과 램프를 모두 켜 두었다.

이어지는 2주 동안 밤마다 늘 마찬가지였다. 낮 동안은 남자 둘과 구소 부인이 보초를 서고 나머지 남자 다섯은 에베르빌의 경작지를 수색했다.

2주가 다 지나가도록 아무 성과가 없었다.

농장주는 분을 삭이지 못했다.

그는 옆 마을의 전직 경찰청에서 근무했던 형사를 불렀다.

형사는 1주일 내내 그의 집에 머물렀지만 트래나르 영감은커녕, 트래나르 영감을 발견할 수 있다는 희망을 줄 만한 조그마한 증거 하나도 발견하지 못했다.

「정말 지독하군. 틀림없이 그 불량배 녀석이 여기 있을 텐데! 그래, 있기는 분명히 있어. 그렇다면……」

그는 문간에 버티고 서서 적을 향해 욕설을 퍼부었다.

「바보 같은 자식! 돈을 내놓으니 구멍 속에서 죽겠다는 건가? 죽어라, 이 더러운 놈!」

구소 부인도 날카롭게 외쳤다.

「감옥이 두려워서 그런가? 돈만 내놓으면 도망갈 수 있어」

하지만 트래나르 영감은 한마디도 대꾸하지 않았다. 남편과 부인은 괜히 목만 쉬었다.

끔찍한 나날이 흘러갔다. 구소 영감은 고열에 시달리면서도 잠도 자지 않았다. 아들들은 점점 공격적이고 호전적이 됐으며 한시도 총을 내려놓지 않고 머릿속에는 오직 그 부랑자를 죽이겠다는 생각뿐이었다.

마을 사람들도 구소 사건에 대한 얘기밖에 하지 않았다. 처음에는 한 지방의 사건에 지나지 않았던 그 일은 곧 신문지면을 차지하기 시작했고, 도청 소재지와 파리에서 기자들이 몰려왔다. 구소 영감은 그들을 무례하게 쫓아냈다.

「각자 집으로들 돌아가시오. 당신들 일이나 신경 써요. 내 일은 내가 알아서 해. 이 일은 당신들 누구와도 상관없는 일이오」

「하지만, 구소 영감……」

「귀찮게 굴지 마시오!」

그러고는 그들의 코앞에서 문을 닫아 버렸다.

트래나르 영감이 에베르빌의 담 안에 숨은 지 4주가 되었다. 구소 가족은 고집스럽게, 확신을 가지고 조사를 계속했다. 하지만 날이 갈수록 희망은 줄어들었고, 알 수 없는 장애물이 자꾸만 그들의 노력을 수포로 돌아가게 하는 것만 같았다. 잃어버린 돈을 다시 찾을 수 없으리라는 생각이 그들 마음속에 뿌리를 내리기 시작했다.

그러던 어느 날 아침 10시경, 자동차 한 대가 마을 광장을 전속력으로 가로질러 오다가 고장으로 멈춰 섰다.

자동차를 살펴본 정비공은 수리에 약간의 시간이 필요하다고 설명했고 자동차 주인은 길가 식당에서 기다리며 점심을 들기로 했다.

그는 아직 젊고 구레나룻을 짧게 깎은 인상이 좋은 신사로, 곧 식당에 있는 사람들과 대화를 나누기 시작했다.

사람들은 당연히 그에게 구소 사건에 대해 들려 주었다. 여행을 다니던 그는 그 얘기를 전혀 몰랐으나 즉시 흥미를 느끼는 것 같았다. 같은 테이블에서 식사를 하는 여러 사람들에게 자세한 설명을 요청하고 그들의 의견에 반대 뜻을 표명하기도 하고 여러 가지 가설들에 대해 함께 토의하기도 하더니 마침내 큰 소리로 외쳤다.

「하! 그리 복잡하지도 않습니다. 이런 종류의 사건에는 좀 익숙하거든요. 제가 현장에 가 볼 수만 있다면……」

「그건 쉬워요」

식당 주인이 말했다.

「제가 구소 영감을 잘 알아요. 거절하지 않을 거예요」

협상은 간단히 이루어졌다. 마침 구소 영감은 다른 사람들이 개입하는 것에 대해 크게 반대하지 않는 마음 상태였다. 그리고 그의 부인은 망설이지 않고 말했다.

「그분을 오시라고 하세요」

신사는 점심 값을 지불하고 정비공에게 수리가 끝나면 큰길에서 차를 시범 운전해 보라고 일렀다.

신사가 정비공에게 말했다.

「한 시간 정도 걸릴 거네. 더 이상은 필요 없어. 한 시간 안에 준비해 놓도록」

그리고 그는 구소 영감의 집으로 향했다.

농장에서 그는 거의 말을 하지 않았다. 구소 영감은 자기도 모르게 희망에 부풀어 방문객에게 모든 정보를 털어놓고 성벽을 따라 밭으로 나가는 작은 문까지 그를 안내한 다음 그 문을 열고 열쇠를 보여 주며 자신이 이제까지 벌인 조사에 대해 낱낱이 설명해 주었다.

이상한 일이었다. 신사는 한마디도 하지 않을 뿐 아니라 더 이상 듣고 있지도 않은 것 같았다. 그는 단지 무심한 시선으로 바라보고 있었다. 한 바퀴 다 돌고 나자 구소 영감이 걱정스럽게 물었다.

「어때요?」

「뭐가요?」

「아시겠소?」

신사는 아무 대답도 하지 않았다. 그리고 잠시 후 그가 단언했다.

「아니요. 아무것도 모르겠습니다」

「그렇겠지!」

농장주가 두 팔을 하늘로 뻗으며 외쳤다.

「당신이 알 거라고 생각했다니! 전부 속임수였어. 내가 말해 줄까? 트래나르 영감은 너무 꼭꼭 숨어서 결국 구멍 속에서 죽었어……. 돈 뭉치도 그와 함께 썩겠지. 알겠소? 당신이 내게 진실을 알려 주는 게 아니라 내가 당신에게 알려 주는군」

신사가 침착하게 한마디 했다.

「단 한 가지 흥미로운 점이 있습니다. 어쨌든 그 부랑자는 자유롭게 움직일 수 있으니까 밤에는 그럭저럭 뭔가 먹을 수 있었겠군요. 그렇다고 해도 마실 것은 어떻게 해결했을까요?」

「불가능하지! 불가능해! 여기에는 이 샘물 하나밖에 없고 우리는 밤마다 여기서 보초를 섰단 말이오!」

농장주가 소리쳤다.

「이것은 샘이군요. 이 샘의 발원지는 어디입니까?」

「바로 여기요」

「그러면 이 샘이 저 혼자 못을 이룰 만큼 수압이 충분하단 말입니까?」

「그렇소」

「그럼 못에서 나오는 물은 어디로 가죠?」

「여기 땅 밑으로 지나가는 관을 통해 집까지 이어지고 부엌에서 쓰이오. 따라서 물을 마실 수 있는 다른 방법은 없소. 여기는 우리가 지키고 있었고 이 샘물은 집에서 20미터가량 떨어져 있으니까」

「4주 동안 비가 온 적은 없습니까?」

「한 번도 없었소. 아까 다 말했잖소」

신사는 샘물 가까이 다가가 살펴보았다. 지면 바로 위쪽에 나무판자 몇 개를 조립해서 만든 물받이로 맑은 물이 천천히 흐르고 있었다.

「깊이가 30센티미터 이상 되진 않겠네요, 그렇죠?」

그는 그렇게 말하고는 깊이를 측정해 보기 위해 잡초 위에서 지푸라기 하나를 집어 못 안에 세웠다. 그런데 몸을 숙인 채 하던 일을 갑자기 멈추더니 주위를 둘러보았다.

「아! 정말 재미있군요!」

그가 웃음을 터뜨리며 말했다.

「뭐요? 무슨 일이오?」

비좁은 판자들 사이에 사람이 누워 있을지도 모른다는 듯 구소 영감이 재빨리 못 쪽으로 달려들며 중얼거렸다.

구소 부인이 다그쳤다.

「뭐예요? 놈이 보여요? 어디 있어요?」

「이 안에도 아래쪽에도 없습니다」

신사는 여전히 웃으며 대답했다.

그는 농장주와 그의 아내, 네 아들들에게 재촉을 받으며 집 쪽으로 향했다. 신사가 이동하는 대로 따라다니던 식당 손님들과 식당 주인도 함께였다. 사람들은 놀랄 만한 폭로를 기다리며 침묵을 지키고 있었다.
그가 즐거운 표정으로 말했다.
「생각했던 대로입니다. 그자는 목을 축여야만 했고 여기에는 샘밖에 없었으므로……」
「이봐요, 이봐. 그랬다면 우리 눈에 띄었을 거라니까」
구소 영감이 투덜거렸다.
「밤에 움직였습니다」
「그랬다면 소리가 들렸을 거요. 아니, 보이기까지 했을걸. 우리가 바로 옆에서 지키고 있었으니까」
「그자도 바로 옆에 있었지요」
「이 못의 물을 마셨다고?」
「예」
「어떻게?」
「좀 떨어져서요」
「도대체 뭘로 마셨단 말이오?」
「이걸로요」
미지의 신사는 아까 주운 지푸라기를 보여 주었다.
「보세요! 물을 마시는 데 쓴 빨대입니다. 유별나게 긴 이 빨대는 사실 끝과 끝을 연결한 세 개의 지푸라기로 이루어져 있지요. 이 연결된 이 세 개의 지푸라기를 보고 웃음이 터졌던 겁니다. 명백한 증거지요」
「하지만 제기랄! 무엇에 대한 증거란 말이오?」
구소 영감이 흥분해서 외쳤다.
신사가 무기 걸이에서 가벼운 소총 하나를 빼냈다.

지푸라기 235

「장전되어 있습니까?」
그가 물었다.
「네. 참새를 잡으면서 놀려고요. 소형 탄환이에요」
형제 중 막내가 대답했다.
「좋습니다. 뒤쪽에 곡물 몇 알만 넣으면 충분해요」
그의 얼굴이 갑자기 권위적이 되는가 싶더니, 농장주의 팔을 잡고 명령적인 어조로 또박또박 말했다.
「잘 들으십시오. 구소 영감. 나는 경찰도 아니고 이 불쌍한 작자를 넘겨줄 마음도 전혀 없습니다. 이자는 음식도 제대로 못 먹으면서 공포의 4주를 보냈습니다. 그 정도면 충분합니다. 당신과 당신 아들들 모두 이자를 해치지 않고 달아나도록 내버려 두겠다고 맹세하십시오」
「돈부터 내놓으라고 하시오!」
「물론입니다. 그럼 맹세한 겁니다?」
「맹세하오」
신사는 다시 과수원 입구, 문 앞으로 가서는 샘물을 내려다보고 있는 버찌나무 쪽으로 약간 위를 향해 총을 겨냥했다. 총알이 튀어나갔다. 그곳에서 찢어지는 듯한 비명소리가 들리고 한 달 전부터 굵은 나뭇가지에 걸려 있던 허수아비가 땅으로 굴러 떨어지더니 곧 다시 일어나 걸음아 날 살려라 달아났다.
사람들은 순간 어안이 벙벙해져 있다가 곧 탄성을 질렀다. 아들들은 재빨리 뛰쳐나가, 걸치고 있는 누더기 옷 때문에 움직임이 거북스럽고 영양 부족으로 허약해진 도망자를 붙잡았다. 하지만 이미 신사가 그들의 분노에 맞서 그를 보호하고 있었다.
「손대지 마시오! 이 남자는 내 소관이오. 이 남자에게 손끝 하나 대지 마시오. 자네, 엉덩이에 너무 세게 맞지 않았나, 트래나르 영감?」

얼굴에는 헝겊을 두르고 팔다리며 몸통에 밀짚을 칭칭 감고 너덜너덜한 천으로 된 누더기를 쓴 그는 여전히 허수아비처럼 뻣뻣해 보였다. 너무나 우스꽝스러운 뜻밖의 모습에 사람들은 웃음을 터뜨리고 말았다.

신사가 그의 얼굴에 두른 헝겊을 풀어 주었다. 해골처럼 비쩍 마른 데다가 회색 수염이 마구 뒤엉키고 두 눈은 열에 들뜬 얼굴이 드러났다.

웃음소리는 더욱 커졌다.

「내 돈 내놔! 6000프랑!」

농장주가 명령했다

신사가 그를 멀리 떼어 놓으며 말했다.

「잠깐만요……. 돈은 돌려줄 겁니다. 그렇지, 트래나르 영감?」

그리고 그를 묶고 있는 밀짚과 천을 칼로 자르며 농담을 했다.

「불쌍한 사람, 꼴이 말이 아니군. 그런데 이 일을 어떻게 성공했나? 솜씨가 지독히 뛰어나거나, 아니면 오히려 지독히 겁이 많거나 둘 중 하나지! 그래, 첫 번째 날 밤에 사람들이 자네를 찾지 않는 시간을 이용해서 이렇게 누더기를 걸쳐 입었겠지. 썩 괜찮은 생각이었네. 허수아비…… 누가 감히 생각이나 했겠나? 허수아비가 나무에 걸려 있는 모습은 늘 보아 왔으니 말이야! 하지만 쯧쯧, 자네는 얼마나 불편했을까? 팔다리를 늘어뜨리고 몸은 엎드린 채 온종일을 보내다니! 참으로 고약한 자세지! 감히 조금이라도 움직이려면 얼마나 주의를 기울여야 했겠나, 그렇지? 또 잠이 들었을 때조차, 떨어지지 않을까 얼마나 두려웠겠나! 게다가 먹어야지, 물도 마셔야지! 바로 옆에서 파수꾼들의 소리가 들리고, 얼굴에서 1미터도 안 되는 곳에 버티고 있는 총신이 똑똑히 보였을 테지! 세상에……! 그중에서도 가장 훌륭한 건 자네의 지푸라기 빨대였네! 소리도, 움직임도 없이 밀짚 옷에서 지푸라기를 조금씩 빼내어 끝과 끝을 연결한 다음 못에 던져 달디단 물을 한 방울 한 방울 조금씩 빨아 마셨을 것을 생각하면, 정말이지…… 정말로 감탄을 금치 못하겠네…… 트래나르 영감!」

그리고 입속으로 중얼거리며 덧붙였다.

「다만 자네 몸에서 나는 지독한 냄새만은 어쩔 수 없군. 한 달 동안이나 씻지 못했겠지, 까마귀 사촌 양반? 하지만 어쨌든 물은 마음껏 마실 수 있었지. 자, 당신들에게 이자를 넘기겠소. 나는 손이나 씻어야지」

구소 영감과 네 아들들은 그들에게 맡겨진 먹잇감을 향해 곧장 달려들었다.

「자, 어서 돈을 내놔」

부랑자는 얼이 빠진 상태에서도 놀라는 척 발뺌을 할 힘은 남아 있었다.

「시치미 떼지 마! 6000프랑을 내놓으란 말이야!」

농장주가 으르렁거렸다.

「뭘요? 뭘 내놓으라는 게요?」

트래나르 영감이 우물우물 말했다.

「돈 말이야. 당장 내놔」

「무슨 돈?」

「지폐!」

「지폐라니?」

「아! 짜증 나게 구네. 얘들아, 이놈을……」

그들은 남자를 쓰러뜨린 뒤 옷처럼 입고 있던 누더기를 벗기고 샅샅이 뒤졌다.

아무것도 없었다.

「이 도둑놈! 돈을 어떻게 했지?」

구소 영감이 소리쳤다.

늙은 거지는 점점 더 어리둥절한 척했다. 약삭빠른 그는 자백하는 대신 계속 신음하듯 중얼거렸다.

「도대체 무슨 소리요……? 돈이라니? 가진 거라곤 3수밖에 없소……」

그는 눈을 크게 뜨고 자기 옷만 바라보고 있었다. 아무것도 이해하지 못하겠다는 표정이었다.

더 이상 분노를 억제할 수 없었던 구소 가족은 그를 사정없이 두들겨 팼지만 상황은 나아지지 않았다. 농장주는 그가 허수아비로 둔갑을 하기 전에 돈을 어딘가에 숨겨 놓았을 거라고 확신했다.

「어디다 뒀어? 이 더러운 놈! 대답해! 과수원 어느 구석에 숨겼지?」

「돈을요?」

부랑자가 멍청한 얼굴로 되물었다.

「그래, 돈! 네 놈이 어딘가에 묻어 두었을 돈 말이야……. 그것을 못 찾기만 해봐라, 네 놈 아주 혼쭐 날 줄 알아! 증인들이 있어, 그렇지? 여기 친구들 모두와 그 신사 분……」

그는 왼편으로 30, 40보쯤 떨어진 샘물가에 있을 신사를 부르려고 몸을 돌렸다가 그곳에서 손을 씻고 있어야 할 신사의 모습이 보이지 않아 깜짝 놀랐다.

「그 신사 양반 떠났소?」

그가 물었다.

누군가 대답했다.

「아니…… 아니에요……. 담배에 불을 붙이고 과수원 쪽으로 어슬렁어슬렁 걸어가던걸요」

「아! 잘됐군. 저 놈을 찾아냈으니 우리 돈도 찾아 줄 거야」

구소 영감이 말했다.

「그런데 혹시……」

누군가의 목소리가 들렸다.

「혹시 뭔가? 무슨 생각을 한 거지? 말해 봐……. 뭔가?」

그 순간 어떤 의혹이 구소 영감의 뇌리를 스치며 말문을 막았다. 잠시 침묵이 흘렀다. 모든 농부들의 머릿속에 똑같은 생각이 떠올랐다. 그 낯선 사람이 에베르빌을 지나간 것도 자동차의 고장도, 식당 손님들에게 이러쿵저러쿵 질문을 던지고 자신을 농장으로 안내하도록 만든 것도 모두 미리 계획된 행동이 아니었을까? 신문을 통해 이 사건에 대해 듣고는 한 건 올리기 위해 현장에 찾아온 도둑놈의 수법이 아니었을까?

「아까 그자가 트래나르 영감의 몸을 뒤지면서 틀림없이 우리 눈앞에서 영감의 주머니를 털어 갔을 거야」

식당 주인이 단언했다.

「그럴 리 없어……. 그랬다면 집 쪽으로 나갔을 거 아닌가……. 그런데 그는 과수원 쪽으로 걸어갔어」

구소 영감이 더듬거렸다.

기진한 구소 부인이 가까스로 힘을 내어 말했다.

「저 안쪽의 작은 문은……?」

「그 열쇠는 내가 가지고 있소」
「하지만 아까 그에게 보여 줬잖아요」
「그랬지. 그러고 나서 다시 받았소. 자, 여기」
그는 주머니에 손을 넣다가 비명을 질렀다.
「아! 빌어먹을! 없어……. 놈이 빼돌렸군」
그가 뛰기 시작하자 아들들과 몇몇 농부들이 뒤를 따랐다.
반쯤 갔을 때 자동차가 부르릉 떠나는 소리가 들렸다. 기사에게 멀리 떨어진 이곳 출구, 큰길에서 기다리라고 일러 둔 그 신사의 차 소리임에 틀림없었다.
구소 가족이 문에 도착하자 헐어 빠진 나무 문짝 위에 붉은 벽돌 조각으로 써 놓은 다음과 같은 글자가 있었다.

아르센 뤼팽

구소 가족이 아무리 노발대발하며 악착같이 매달려도 트래나르 영감이 돈을 훔쳤다는 것을 증명할 방법은 없었다.
스무 명이나 되는 사람들이 어쨌든 영감에게서는 아무것도 찾아내지 못했다는 증언을 했으니까. 그는 단 몇 개월의 징역만으로 감옥 생활을 끝냈다.
그로서는 유감스러울 게 없었다. 석방되자마자 그는 3개월마다 어느 날, 몇 시, 어느 길의 어느 표지판 아래에서 20프랑 짜리 금화 3개를 발견할 수 있을 거라는 은밀한 통보를 받았기 때문이다.
트래나르 영감에게는 횡재였다.

아르센 뤼팽의 결혼

 아르센 뤼팽은 부르봉콩데 가의 왕녀 앙젤릭 드 사르조방돔 양과 결혼하게 된 것을 알리게 되어 영광스럽게 생각하며 생트클로틸드 성당에서 열릴 결혼식에 부디 참석하시어 지켜봐 주시기를 부탁드립니다.

 사르조방돔 공작은 부르봉콩데 가의 왕녀인 여식 앙젤릭과 아르센 뤼팽 씨의 결혼을 알리게 되어 영광스럽게 생각하며 생트클로틸드 성당에서…….

 장 드 사르조방돔 공작은 떨리는 손에 들고 있던 편지를 끝까지 읽을 수 없었다. 얼굴은 분노로 파랗게 질리고 길고 마른 몸은 부들부들 떨렸으며 숨이 막힐 것 같았다.
 그가 딸에게 종이 두 장을 내밀며 말했다.

「봐라! 이게 우리 친구들이 받은 청첩장이다! 이 편지가 어제부터 길거리를 돌아다니고 있단 말이다! 이 치욕적인 사태에 대해 어떻게 생각하느냐, 앙젤릭? 네 어머니가 살아 계신다면 뭐라고 하겠느냐?」

앙젤릭은 아버지처럼 키가 크고 말랐으며 앙상하게 뼈가 드러나 보였다. 나이는 서른셋이었고, 언제나 검은 모직 옷을 입었는데 소심하여 잘 눈에 띄지 않았으며 얼굴은 지나치게 작아 양쪽이 짓눌린 듯한데 코는 그 비좁음에 항의라도 하듯 우뚝 솟아 있었다. 하지만 못생겼다고는 할 수 없었다. 눈이 아름답고 부드러우며 진지했기 때문에 다소 서글픈 자존심을 드러내는 강렬한 그 눈을 한 번 보면 그 누구도 잊을 수 없었다.

아버지의 말을 들으면서, 자신이 얼마나 모욕적인 일을 당하고 있는지 알게 된 그녀는 수치심으로 얼굴이 붉어졌다. 하지만 아버지가 아무리 차갑고 독선적이고 부당하게 대할지라도 그녀는 아버지를 사랑했기 때문에 부드럽게 말했다.

「아! 이건 장난일 거예요, 아버지. 신경 쓰실 필요 없어요」

「장난이라고? 온 세상 사람들이 수근거리고 있는데! 오늘 아침 열 개 신문이 이 혐오스러운 청첩장에 빈정거리는 해설을 덧붙여 기사로 내보냈어! 우리의 혈통과 조상들, 우리 가문의 위대한 위인들에 대해 상기시키면서 이 상황을 심각하게 받아들이는 척하고 있단 말이다」

「하지만 아무도 믿지 않을 거예요……」

「물론 그렇겠지. 그래도 우리는 온 파리의 웃음거리가 되는 걸 피할 수 없다」

「내일이면 벌써 다 잊혀질 거예요」

「내일이면 사람들은 앙젤릭 드 사르조방돔의 이름이 구설수에 올랐던 걸 기억할 거다. 아! 감히 이런 짓을 한 그 몹쓸 놈이 누군지 알기만 하면……」

바로 그때, 침실의 시중을 드는 하인 야생트가 들어와 공작에게 전화가 왔다고 알렸다. 여전히 화가 나 있던 그는 수화기를 들고 내뱉었다.

「뭐요? 무슨 일이오? 그렇소, 내가 사르조방돔 공작이오」

대답이 들려왔다.

「공작님과 앙젤릭 양에게 깊이 사과드립니다. 제 비서가 실수를 저질렀군요」

「당신 비서라니?」

「그렇습니다. 청첩장은 공작님에게 초안을 맡기려고 계획했던 건데……. 불행히도 제 비서가 그만……」

「그건 그렇고 당신은 대체 누구요?」

「네? 아니, 공작님, 제 목소리를 못 알아들으시다니요? 장래 사위의 목소리를 말입니다」

「뭐라고?」

「아르센 뤼팽입니다」

공작은 의자에 털썩 주저앉았다. 얼굴은 납빛이었다.

「아르센 뤼팽……. 그자야……. 아르센 뤼팽……」

앙젤릭은 미소를 지었다.

「보세요, 아버지. 장난일 뿐이에요……」

하지만 공작은 새로운 분노에 사로잡혀 팔을 휘두르며 걷기 시작했다.

「고소를 하겠어! 그놈이 나를 가지고 놀도록 내버려 둘 수 없어! 아직도 정의가 남아 있다면 행동으로 보여 줘야 해!」

야생트가 다시 들어왔다. 그는 두 장의 명함을 들고 왔다.

「쇼투아? 르프티? 모르는 사람들인데」

「기자들입니다, 공작님」

「뭐라고 하던가?」

「그 문제……결혼에 대해서…… 공작님과 말씀을 나누고 싶다고……」

「당장 내쫓아 버려!」

공작이 소리쳤다.

「그리고 관리인에게 그런 무례한들을 절대로 저택에 들이지 말라고 이르게!」

「아버지, 제발……」

앙젤릭이 조심스럽게 말했다.

「너는 가만 있거라. 예전에 네가 사촌들 중 한 명과 결혼을 했다면 이런 일은 없었을 거다」

그 일이 있던 날 저녁 두 명의 기자 중 하나가 신문 제1면에, 바렌가, 사르조방돔 가문의 오래된 저택을 탐방했던 일에 대해 가공의 기사를 싣고 그 노신사의 분노와 항의에 대해 친절하게 상술했다.

다음날 또 다른 신문은 오페라 극장 복도에서 가졌다는 아르센 뤼팽과 인터뷰 기사를 실었다. 아르센 뤼팽은 이렇게 말했다.

나는 장래 장인 어른의 격분에 전적으로 공감한다. 이 편지의 발송에는 실수가 있었다. 내 잘못은 아니지만 내가 그에 대해 공개적으로 사과하고자 한다. 생각해 보라! 우리의 결혼 날짜도 아직 정해지지 않았는데! 장인 어른께선 5월 초를 제안하시는데 내 약혼녀와 나는 너무 늦다고 생각한다! 6주나 기다려야 한다니……!

이 사건에 특별한 풍미를 더해 준 것, 친구들의 구미를 더욱 당기게 해 준 것은 바로 생각이나 원칙을 절대 굽히지 않는 완고하고 오만한 공작의 성격이었다. 브르타뉴에서 가장 고귀한 가문인 사르조 남작 가(家)의 마지막 후손이며, 방돔 가의 딸과 결혼한 뒤 바스티유 감옥에서 10년을 보낸 후에야 루이 15세가 새로 부여해 준 작위를 받아들였던 조상 사르조의 증손자인 장 공작은 앙시앵 레짐(1789년의 프랑스 혁명 때 타도의 대상이 된 정치, 경제, 사회의 구체제——옮긴이) 하의 어떤 귀족적인 편견도 포기하지 않았다. 젊은 시절에는 유배당한 샹보르 백작(1820~1883, 프랑스 부르봉 왕조 최후의 상속인——옮긴이)을 따라갔고 늙어서는 사르조 가문은 대귀족들하고만 자리를 같이 한다는 평계로 하원의원 자리를 거부했다.

그러니 이 사건은 그를 정통으로 자극한 셈이었다. 그는 뤼팽에게 쩌렁쩌렁 욕설을 퍼붓고 가능한 모든 형벌로 그를 위협하고 딸을 비난하는 등 노여움을 가라앉히지 못했다.

「거 봐라! 네가 결혼을 했었더라면……! 혼처가 없었던 것도 아니잖느냐! 네 사촌들, 뮈시, 당부아즈, 카오르슈는 귀족 출신에 가문도 훌륭하고 매우 부유한 데다가 아직도 너랑 결혼하기만을 바라고 있어. 그런데 너는 왜 거절하느냐? 아! 감상적인 몽상에나 잠겨 있는 아가씨에게는 사촌들이 너무 뚱뚱하거나 너무 말랐거나 너무 속물이겠지!」

사실 그녀는 몽상에 잠긴 아가씨였다. 어린 시절부터 혼자서만 지낸 그녀는 선조들의 벽장 속에 굴러다니던 기사도에 관한 모든 책과 시시한 옛날 소설들을 전부 읽었고, 매우 아름다운 아가씨들은 언제나 행복한 반면 그렇지 않은 이들은 죽을 때까지 오지 않는 왕자님을 기다리는 동화 속 이야기를 삶과 동일시했다. 그런 그녀가 어머니가 남겨 놓은 수백만 프랑의 지참금만을 노리는 사촌들과 왜 결혼을 하겠는가? 차라리 노처녀로 계속 꿈을 꾸는 게 나았다……

그녀가 부드럽게 대답했다.

「이러다 병나시겠어요, 아버지. 그 바보 같은 얘기는 이제 잊으세요」

하지만 그가 어떻게 잊겠는가? 매일 아침 핀으로 콕콕 찌르듯 그의 상처를 되살아나게 하는 일이 일어났다. 사흘 동안 계속 앙젤릭은 아르센 뤼팽의 명함이 들어 있는 아름다운 꽃다발을 받았다. 그가 클럽에 갈 때면 친구들이 꼭 말을 걸었다.

「오늘 것도 아주 재미있던데?」

「뭐가 말인가?」

「자네 사위의 새로운 장난 말일세. 아! 자네 몰랐나? 여기, 읽어 보게나……」

 나, 아르센 뤼팽은 내 이름에 부인의 이름을 덧붙여 이제부터 뤼팽 드 사르조방돔이라고 부를 것을 호적계에 요청할 것이다.

다음날은 이런 내용이 실렸다.

나의 약혼녀는 지금까지 남아 있는 샤를 10세(1757~1836, 프랑스 혁명으로 단두대에서 사라진 루이 16세의 동생. 왕정복고 운동을 지지하여 1824년 즉위했다가 1830년 7월 혁명으로 퇴위했다 ─ 옮긴이)의 칙령에 따라 부르봉콩데가의 작위와 문장을 지니게 된 마지막 후손이므로 뤼팽 드 사르조방돔의 맏아들은 아르센 드 부르봉콩데 대공이라 불릴 것이다.

그 다음날의 광고는 다음과 같았다.

〈라 그랑드 메종〉 의상실에서 사르조방돔 양의 혼수를 전시한다. 그것들에는 모두 L. S. V.이라는 이름 첫 글자가 새겨져 있다.

그리고 한 삽화 잡지는 식탁에 앉아 도둑 잡기 카드 놀이를 하는 공작과 사위와 딸의 모습을 묘사한 장면을 실었다.
결혼 날짜도 떠들썩하게 공표되었다. 그날은 5월 4일이었다.
결혼 서약에 관한 세부 사항이 알려졌다. 뤼팽은 놀랄 만큼 사심 없는 태도를 보였다. 지참금이 얼마인지 보지도 않고 눈을 감은 채 서명할 거라고들 말했다.
이 모든 일은 노신사를 극도로 격노하게 만들었다. 뤼팽에 대한 그의 증오는 병적으로 커져 갔다. 그로서는 매우 힘든 결정을 내려 마침내 경찰청장을 찾아갔다. 경찰청장은 그에게 조심하라는 충고를 해 줄 뿐이었다.
「우리는 그 작자에 대해 잘 압니다. 그자는 지금 당신에게 자기가 가장 잘 써먹는 수법을 쓰고 있어요. 실례되는 말씀이지만, 공작님, 그는 당신을 〈요리하고〉 있는 겁니다. 함정에 빠지지 않도록 조심하십시오」

「무슨 수법이오? 어떤 함정을 조심하라는 거요?」

그가 불안에 떨며 물었다.

「그는 당신의 혼을 쏙 빼놓고 겁을 주어서, 냉철한 정신으로는 절대 하지 않을 어떤 행동을 하게 만들려는 겁니다」

「아르센 뤼팽은 설마 내가 저 같은 놈에게 딸을 줄 거라고 꿈을 꾸는 건 아니겠지!」

「그럴 겁니다. 다만 그는 당신이…… 뭐라고 해야 할까……? 그러니까 당신이 큰 실수를 저지르기를 바라고 있어요」

「어떤 실수 말이오?」

「정확히 그가 바라는 실수지요」

「그래서 결론이 뭐요, 경찰청장 양반?」

「그냥 집으로 돌아가시는 겁니다, 공작님. 또는 이 모든 소동이 아무래도 마음에 걸리신다면 시골로 떠나서 동요하지 말고 조용히 지내십시오」

이 대화는 노신사의 두려움만 더욱 자극했을 뿐이었다. 그에게 뤼팽은 전 세계에 부하들을 거느리고 악마의 수법을 쓰는 무시무시한 괴물처럼 보였다. 정말 조심을 해야겠다는 생각이 들었다.

그때부터 인생은 참을 수 없이 괴로운 것이 되었다.

그는 점점 신경이 날카로워지고 과묵해졌다. 옛 친구들도 만나지 않았고, 심지어 서로 경쟁 관계에 있어 사이가 좋지 않았기 때문에 매주 번갈아 가며 찾아오는 앙젤릭의 사촌인 세 구혼자들, 뮈시와 당부아즈, 카오르슈에게도 문을 단단히 걸어 잠갔다.

아무런 이유도 없이 집사와 마부를 내쫓고는 집에 아르센 뤼팽의 일당을 들여놓게 될까 봐 두려워 다른 사람들로 대체하지도 못했다. 그래서 40년 전부터 시중을 들어 왔기 때문에 공작의 전적인 신뢰를 받는 하인 야생트가 마구간의 잡일과 집 안의 잡무까지 도맡아 해야 했다.

아버지가 이성을 되찾게 하려고 애쓰며 앙젤릭이 말했다.

「아버지, 아버지가 무엇을 겁내시는지 저는 정말 모르겠어요. 세상 누구도 이 터무니없는 결혼을 제게 강요할 수는 없어요」

「물론이지! 나는 그걸 두려워하는 게 아니다」

「그럼 뭐예요, 아버지?」

「내가 어떻게 알겠느냐? 절도, 강도, 아니면 폭력! 그놈이 뭔가를 준비하고 있는 게 틀림없다. 스파이들이 우리를 둘러싸고 있을 게 분명해」

어느 날 오후 그는 다음과 같은 기사에 붉은 밑줄이 그어진 신문을 받았다.

약혼식이 오늘 사르조방돔 저택에서 열릴 것이다. 오늘 기념식은 가까운 사람들끼리만 모이는 자리로서 몇몇 특권자들만이 이 행복한 커플을 축하해 줄 수 있을 것이다. 아르센 뤼팽은 이 자리에서, 사르조방돔 양의 결혼 입회인이 될 라 로슈푸코리무르 대공과 샤르트르 백작에게 유력 인사들을 소개할 생각이다. 뤼팽에게 협력을 약속하는 것을 명예롭게 생각하는 경찰청장과 상테 교도소장이 그들이다.

더는 참을 수 없었다. 10분 후 공작은 하인 야생트에게 세 통의 속달우편을 들려 보냈다. 그리고 4시, 앙젤릭이 있는 앞에서 세 명의 사촌들을 맞이했다. 뚱뚱하고 육중하며 지나치게 허여멀

건 폴 드 뮈시와 마르고 붉은 안색에 소심한 자크 당부아즈, 키가 작고 앙상하며 병약한 아나톨 드 카오르슈. 셋 모두 세련됨이나 기품 따위는 찾아볼 수 없는, 벌써 꽤 나이가 든 노총각들이었다.

모임은 짧게 끝났다. 공작은 이미 모든 방어 작전을 세워놓았다. 그리고 단호한 어조로 그 계획의 전반부를 밝혔다.

「앙젤릭과 나는 오늘 밤 파리를 떠나 브르타뉴의 영지로 은신할 것이다. 너희들 셋이 우리의 출발에 협력해 줄 것을 믿는다. 당부아즈, 너는 리무진으로 우리를 데리러 오너라. 그리고 뮈시, 너는 내 하인 야생트와 함께 우리의 짐을 차에 실어 조심스럽게 가져오도록. 카오르슈, 너는 오를레앙 역에 가서 10시 40분 발, 반으로 가는 침대칸 표를 사 두어라. 모두들 알겠지?」

아무 사건 없이 하루가 저물고 있었다. 최대한 신중을 기하기 위해 공작은 저녁 식사가 끝난 후에야 야생트에게 여행 가방을 싸야 한다고 알렸다. 야생트와 앙젤릭의 하녀가 여행길에 동행할 예정이었다.

9시에 하인들은 모두 주인의 명령에 따라 잠자리에 들었다. 9시 50분, 준비를 마친 공작에게 자동차 경적 소리가 들렸다. 관리인이 앞뜰의 문을 열었다. 공작은 창문으로 자크 당부아즈의 자동차를 알아보았다.

그는 야생트에게 명령을 내렸다.

「가서 내가 곧 내려간다고 일러라. 아가씨에게도 알리고」

몇 분이 지나도 야생트가 돌아오지 않자 그는 방에서 나왔다. 하지만 층계참에서 복면을 쓴 두 남자에게 공격을 당해 비명 한 번 지르기 전에 재갈을 물리고 온몸이 묶였다. 그들 중 한 남자가 낮은 목소리로 말했다.
「첫 번째 경고요, 공작. 계속해서 파리를 떠나려 하고 내게 동의하지 않는다면 사태는 더 심각해질 거요」
그리고 동료에게 지시했다.
「이자를 지키게. 나는 아가씨에게 가 볼 테니」
같은 시각 다른 두 공범이 이미 하녀를 붙잡아 두었고 마찬가지로 재갈을 물린 앙젤릭은 기절해서 침실의 안락의자에 쓰러져 있었다.
각성제를 흡입하게 하자 그녀는 곧 깨어났다. 눈을 뜨자 야회복 차림으로 미소를 지으며 자신에게 몸을 숙이고 있는 한 잘생긴 젊은 남자가 보였다. 그가 말했다.
「실례합니다, 아가씨. 이 모든 사건이 좀 갑작스럽게 일어나는 바람에 행동이 거칠었소. 하지만 때로는 상황이 우리를 우리가 원하지 않는 방식으로 몰아갈 때도 있는 법이지요. 용서하시기 바랍니다」
그리고 다정하게 그녀의 손을 잡더니 커다란 금반지를 끼워 주며 말했다.
「자, 우리는 이제 약혼한 겁니다. 당신에게 이 반지를 선물한 사람을 절대로 잊지 마십시오. 그를 떠나지 마시기를 간청합니다……. 파리에서 그의 지극한 애정의 증거들을 기다리시기를…… 그를 믿으십시오」
그가 너무나 진지하고 정중하게, 단호하고 공손하게 말해서 그녀는 저항할 수 없었다. 그들의 눈이 마주쳤다. 그가 중얼거렸다.
「당신의 눈은 얼마나 순수하고 아름다운지! 당신의 시선이 지켜봐 주는 삶을 산다면 정말 행복할 거요……. 자, 이제 눈을 감

으세요……」

 그리고 그는 떠났다. 공범들도 그를 따랐다. 자동차가 다시 출발했고, 의식을 되찾은 앙젤릭이 하인을 부를 때까지 바렌가의 저택은 정적에 쌓여 있었다.

 하인들이 발견했을 때 공작과 야생트, 하녀, 관리인 부부는 모두 단단히 결박당해 있었다. 상당한 값이 나가는 골동품 몇 점이 사라졌고 공작의 지갑과 보석들, 넥타이 핀, 고급 진주 단추, 시계 등도 없어졌다.

 경찰은 곧 연락을 받았다. 날이 밝자, 전날 저녁 자동차를 타고 집에서 떠난 당부아즈는 바로 자신의 운전 기사에게 칼을 맞고 빈사 상태로 길거리에 버려졌음이 곧 밝혀졌다. 뮈시와 카오르슈에게는 공작이라고 사칭하는 자가 전화를 걸어 명령을 취소했다.

 다음 주에 공작과 그의 딸, 그리고 하인은 더 이상 수사에 신경 쓰지 않고 예심판사의 소환에도 응하지 않은 채, 심지어 〈바렌의 탈출〉에 대해 아르센 뤼팽이 신문에 실은 글도 읽지 않은 채 은밀히 반행 완행열차에 올랐다. 저녁 무렵 열차에서 내려 자그마한 사르조 반도를 내려다보고 있는 봉건 시대의 고성에 도착한 그들은 중세 시대의 가신이었던 브르타뉴 지방 농부들의 도움으로 곧 저항군을 조직했다. 나흘째에는 뮈시가, 닷새째에는 카오르슈가 이레째에는 걱정했던 것보다 상처가 깊지 않았던 당부아즈가 도착했다.

 공작은 그 후에도 이틀을 더 기다렸다가 측근들을 한자리에 불렀다. 뤼팽의 협박이 있었는 데도 일단 계획의 전반부에 해당하는 탈출에 성공했으므로 계획의 후반부라고 할 수 있는 내용을 측근들에게 알리기 위해서였다. 세 사촌들이 모두 모인 자리에서 그 계획을 밝히기 전에 그는 먼저 앙젤릭에게 다음과 같이 단호한 명령을 내렸다.

「이 사건 때문에 나는 엄청나게 큰 고통을 겪고 있다. 그 대담함과 뻔뻔함을 우리 모두 잘 알고 있는 그놈과 싸움을 벌이느라 나는 완전히 지쳤구나. 어떠한 희생을 치르더라도 끝을 내고 싶다. 그러기 위해서는 단 한 가지, 앙젤릭, 네가 네 사촌들 중 한 명의 보호를 받아들여 내게서 이 모든 책임을 덜어 주는 수밖에 없다. 앞으로 한 달 안에 너는 뮈시나, 카오르슈, 당부아즈 중 한 사람의 부인이 되어야 한다. 선택은 네 자유다. 결정을 내려라」

앙젤릭는 나흘 동안 눈물을 흘리며 아버지에게 애원했다. 하지만 아무 소용이 없었다. 아버지는 절대로 굽히지 않을 것이며 결국 자기가 아버지의 뜻에 복종해야 한다는 것을 그녀는 잘 알고 있었다. 그녀는 받아들였다.

「아버지가 원하는 사람을 고르세요. 전 아무도 사랑하지 않으니까요. 어차피 불행해질 거 누구의 부인이 된들 무슨 상관이겠어요!」

이 문제 때문에 새로운 말다툼이 벌어졌다. 공작은 그녀가 직접 결정을 내리도록 강요했고 그녀도 양보하지 않았다. 결국 싸움에 지쳐, 그리고 재산상의 이유로 공작이 당부아즈를 지목했다.

곧 혼인이 발표되었다.

뤼팽은 조용했고 계속되던 신문지상의 공고도 뚝 끊어져 버렸지만 사르조방돔 공작은 그래도 불안을 느꼈던 만큼 그때부터 성 주위의 감시는 몇 배로 철저해졌다. 적은 기습을 준비하고 있는 게 분명했다. 그에게는 아주 손쉬울 어떤 술책들을 써서 결혼을 방해하려는 것이리라.

하지만 아무 일도 일어나지 않았다. 예식 전전 날도, 전날도, 그 날 아침에도 아무 일이 없었다. 시청에서 법적인 결혼을 마치고 성당에서 예식을 올렸다. 모든 게 끝났다.

그때서야 공작은 한숨 돌렸다. 딸의 슬픔과 이런 상황에 좀 불편함을 느끼는 듯한 사위의 부자연스러운 침묵에도 아랑곳없이 그는 마치 전장에서 눈부신 승리를 거둔 양 만족해서 손을 비볐다.

「도개교를 내리도록 해라!」

그는 야생트에게 말했다.

「누구든 들어오게 내버려 둬! 더 이상 그놈을 두려워할 이유가 없다」

점심 식사 후에 그는 농부들에게 포도주를 돌리고 그들과 건배했다. 사람들은 노래를 부르고 춤을 추며 즐겼다.

3시쯤에 공작은 1층 응접실로 돌아왔다.

낮잠을 잘 시간이었다. 방을 몇 개 지나 그는 경비대가 머무는 방에 이르렀다. 하지만 문턱을 넘기도 전에 갑자기 멈춰 서서 소리를 질렀다.

「여기서 뭐 하는 건가, 당부아즈? 무슨 장난이야?」

당부아즈는 브르타뉴 지방 어부의 복장, 즉 더럽고 찢어져 누덕누덕 기운, 그에게는 너무 큰 반바지와 웃옷을 입고 서 있었다.

공작은 너무 놀라 얼빠진 눈으로 그가 익히 알고 있는 이 얼굴, 동시에 그에게 아주 먼 옛날의 희미한 기억을 떠올리게 하는 이 얼굴을 오랫동안 바라보았다. 그러더니 느닷없이 광장 쪽을 향해 난 창가로 뛰어가 소리쳤다.

「앙젤릭!」

「무슨 일이세요, 아버지?」

그녀가 달려오며 대답했다.

「네 남편은?」

「저기 있어요, 아버지」

앙젤릭은 약간 떨어진 곳에서 담배를 피우고 있는 당부아즈를 가리키며 말했다.

공작은 비틀거리다가 공포에 부들부들 떨며 의자에 쓰러졌다.

「아! 내가 미쳤어!」

그런데 어부의 옷을 입은 남자가 그 앞에 무릎을 꿇으며 말했다.

「저를 보세요, 삼촌! 저를 알아보시겠지요? 예전에 여기서 놀았던 조카예요……. 삼촌은 저를 자크라고 부르곤 하셨죠……. 기억해 보세요……. 자요, 여기 이 흉터를 보세요……」

「그래…… 그래……」

공작이 더듬거렸다.

「알아보겠구나……. 너는 자크야……. 그러면 다른 자크는……」

그는 두 손으로 머리를 쥐어뜯었다.

「아니야, 그럴 리 없어……. 설명 좀 해봐라……. 나는 이해할 수가 없다……. 이해하고 싶지 않아……」

침묵이 흘렀다. 그사이 이 새로운 인물은 창문을 닫고 옆 응접실로 통하는 문을 닫았다. 그리고 노신사에게 다가가 부드럽게 어깨를 흔들어 무기력 상태에서 깨어나게 하고는 꼭 필요한 것도 아닌 설명을 빨리 끝내고 싶다는 듯 이렇게 말을 꺼냈다.

「15년 전 제가 앙젤릭에게 청혼을 거절당하고 프랑스를 떠났던 것을 기억하시죠, 삼촌? 그런데 4년 전, 그러니까 제가 자발적으로 망명을 떠나 알제리의 남쪽 끝에 정착한 지 11년째 되는 해에 저는 아랍의 한 고위 왕족이 연 사냥 대회에서 한 남자를 알게 됐지요. 저는 그의 쾌활함과 매력, 놀라운 재주, 불굴의 용기, 냉소적이면서도 심오한 정신에 극히 매료되었어요.

앙드레지 백작은 제 집에 6주간 머물렀습니다. 그가 떠난 후에 우리는 정기적으로 서로 편지를 주고받았지요. 게다가 저는 신문의 사교란이나 스포츠 란에서 종종 그의 이름을 읽었습니다. 그런데 3개월 전, 다시 오기로 한 그를 맞을 준비를 하고 있던 어느 날, 저는 말을 타고 산책을 하고 있었는데 저와 함께 가던 아랍인 하인 둘이 갑자기 저를 덮쳤어요. 그들은 제 몸을 묶고 눈을 가린 채 인적이 없는 길로 7일 밤낮을 끌고 가 해안의 작은 만에 도착했습니다. 그곳에서는 다섯 남자가 우리를 기다리고 있었어요. 저는 곧 작은 증기선에 실렸고 지체 없이 돛이 올라갔지요.

이들은 누구일까? 무엇 때문에 나를 납치했을까? 하지만 답을 줄 만한 표지는 전혀 없었어요. 그들은 두 개의 쇠막대를 십자 모양으로 가로지른 현창이 나 있는 좁은 선실에 저를 가두었습니다. 아침마다 옆 선실과 사이에 있는 쪽문을 열고 2, 3파운드의 빵과 푸짐한 식판, 포도주 한 병을 제 간이 침대에 밀어 넣어 주었고 전날 먹고 남긴 것은 도로 가져갔어요.

가끔 밤에 증기선이 멈추기도 했습니다. 그럴 때면 항구를 향해 갔다가 식량을 싣고 되돌아오는 듯한 보트 소리가 들렸어요. 그러고는 서둘러 도착할 필요도 없다는 듯이 한가로이 떠다니는 사교계 사람들의 유람 여행처럼 느긋하게 다시 출발했지요. 저는 때로 의자에 올라가 현창을 통해 해안선을 바라보기도 했지만 너무 가물가물해서 아무것도 정확히 알 수 없었어요.

 이 여행은 몇 주 동안 계속되었습니다. 9주째 되는 어느 날 아침 쪽문이 다시 닫히지 않았음을 알아채고 밀어 보았지요. 그때 선실은 비어 있었습니다. 저는 세면대에서 간신히 손톱·손질용 줄을 집을 수 있었어요.

 끈질기게 노력한 덕분에 2주 후 현창의 쇠막대를 끊는 데 성공했고 그리로 도망을 칠 수도 있었지요. 하지만 아무리 수영을 잘한다고 해도 저는 쉽게 피로해질 수 있는 상태였으니 증기선이 육지에서 멀리 떨어져 있지 않은 순간을 선택해야 했지요. 그저께에야 저는 의자에 올라 앉아 해안을 식별해 낼 수 있었고, 해가 질 무렵에는 놀랍게도 뾰족한 망루들과 거대한 탑이 솟아 있는 사르조 성의 윤곽을 알아보았지요. 그렇다면 여기가 이 수상한 여행의 종점이였던 것일까요?

 우리는 밤새도록 해안에서 멀리 떨어진 바다를 항해했어요. 어제도 하루 종일 마찬가지였지요. 그러다가 마침내 오늘 아침 적당하다고 판단될 만큼 가까워졌고 더구나 커다란 바위 사이를 지나고 있어서 그 뒤로 안전하게 헤엄칠 수 있을 거라 생각했습니다. 그런데 제가 막 탈출하려는 그 순간, 닫혀 있다고 생각한 쪽문이 저절로 열리는 것을 다시 한번 알아챘지요. 칸막이에 설치된 문이 삐걱거리고 있었거든요. 저는 호기심으로 그 문을 다시 살짝 밀어 보았습니다. 팔을 뻗으면 열 수 있을 거리에 작은 장롱이 있었고 무턱대고 그 속에 손을 넣어 더듬어 보니 종이 뭉치가 잡혔습니다.

 그것은 저를 감시하는 악당들에게 내리는 지시가 담겨진 편지들이였어요. 한 시간 후, 현창을 넘어 바다에 미끄러져 들어갈 때 저는 이미 모든 것을 깨달았습니다. 제가 납치된 이유와 거기에 사용된 방법, 그들이 추구하는 목적, 3개월 전부터 사르조방 돔 공작과 그 딸에 대해 꾸미고 있는 가증할 음모. 하지만 불행히도 너무 늦었어요. 배에 탄 사람들에게 들키지 않기 위해 암초의 움푹한 곳에 몸을 바짝 숨겨야 했던 저는 정오가 되어서야 해안에 도착했습니다. 어떤 어부의 오두막집에 들어가 그의 옷으로 바꿔 입고 여기까지 오니 3시였어요. 여기 도착한 저는 바로 오늘 아침 결혼식이 거행되었다는 사실을 알았지요」

노신사는 한마디도 하지 않았다. 그는 다만 남자의 눈에서 잠시도 시선을 떼지 않은 채 점점 커져 가는 두려움을 느끼며 듣고 있을 뿐이었다.

경찰청장이 했던 경고가 자꾸 떠올랐다.

〈당신을 요리하는 거요, 공작⋯⋯. 당신을 요리하는 거요.〉

들릴 듯 말듯 한 목소리로 그가 말했다.

「계속해⋯⋯ 끝까지⋯⋯. 가슴이 찢어지는 것 같구나⋯⋯. 나는 아직도 이해할 수가 없다⋯⋯. 두려워⋯⋯」

남자가 다시 말을 시작했다.

「가련한 삼촌! 얘기는 간단히, 단 몇 문장으로 요약할 수 있어요. 어리석은 제 잘못이었지만, 어쨌든 앙드레지 백작은 제 신뢰를 얻으면서 우리 집에서 지내는 동안 여러 가지 것들을 기억해 두었습니다. 우선 제가 삼촌의 조카이기는 하지만 어릴 때 사르조를 떠났고 그 후로는 15년 전 사촌 앙젤릭에게 청혼을 하기 위해 이 성에 머물렀던 단 몇 주 동안밖에 만난 적이 없기 때문에 삼촌이 저를 거의 알아보지 못하리라는 사실, 그리고 제가 과거와 완전히 단절한 채 누구와도 연락을 주고받지 않는다는 사실, 마지막으로 앙드레지 백작 자신과 제가 매우 닮아서 그 점을 조금만 변장하면 놀랍도록 똑같아 보인다는 점들에 주목했던 거지요. 그는 이 세 가지 점에 기반해서 계획을 세웠어요. 먼저, 저의 아랍인 하인 둘을 매수해서 제가 알제리를 떠날 경우 그에게 알리도록 했지요. 그리고 제 모습과 제 이름을 가지고 파리로 돌아가 삼촌에게 소식이 닿도록 한 다음 2주에 한 번씩 삼촌댁에 초대를 받아 찾아갔어요. 제 이름은 그의 정체를 숨기는 수많은 이름 중에 하나가 되었던 겁니다. 3개월 전 그는, 부하들에게 쓴 편지에서 말했듯이 〈때가 무르익자〉, 신문에 일련의 광고를 내면서 공격을 시작했지요. 동시에 혹시라도 파리에서 누군가가 제 행세를 하고 있다는 사실이 알제리까지 알려질까 두려워 제 하인들에게 저를 공격하게 한 뒤 공범들을 시켜 납치했어요. 그 후에 삼촌 쪽에서 일어난 일을 제가 더 말씀드려야겠습니까?」

사르조방돔 공작은 온 신경이 부들부들 떨렸다. 눈을 돌려 확인하고 싶지 않았던 무시무시한 진실이 그 전모를 드러내면서 가증스런 적의 모습이 떠올랐다. 그는 상대방의 손을 부여잡고 절망적인 어조로 가까스로 물었다.

「그자가 뤼팽이었군, 그렇지?」

「맞아요, 삼촌」

「그럼 그놈에게…… 내가 그놈에게 딸을 결혼시켰단 말인가!」

「그래요, 삼촌. 저에게서는 자크 당부아즈라는 이름을 훔쳐간 그놈이 삼촌에게서는 딸을 훔쳤어요. 앙젤릭은 이제 아르센 뤼팽의 합법적인 부인이 되었고 그것도 바로 삼촌의 명령에 따라 그렇게 되었지요. 여기 그 사실을 입증하는 편지가 있어요. 그는 삼촌의 삶을 혼란에 빠뜨리고 정신을 혼미하게 했습니다. 삼촌께서 깨어 있을 때나 꿈을 꿀 때나 한 가지 생각에 사로잡혀 괴로워하게 만들고 저택을 털기까지 함으로써 삼촌이 공포에 사로잡혀 이리로 피신하게 했죠. 그리고 그의 술책과 협박에서 벗어났다고 믿으며 딸에게 뮈사나 당부아즈, 카오르슈 중에 한 사촌을 배우자로 선택하라고 강요하게끔 조장한 거예요」

「하지만 내 딸아이는 왜 하필 다른 두 사촌이 아니라 당부아즈를 택했을까?」

「삼촌, 그를 고른 건 삼촌이었어요」

「나는 그저 아무렇게나…… 왜냐하면 그가 가장 부자였으니까……」

「아니 아무렇게나 하신 게 아니에요. 하인 야생트의 끈질기고 음흉하고 아주 능숙한 충고 때문이었죠」

공작이 펄쩍 뛰었다.

「아니, 뭐라고? 야생트가 그의 공범이란 말인가?」

「아르센 뤼팽의 공범은 아니죠. 하지만 결혼식이 끝나면 1주일 후에 10만 프랑을 주겠다고 약속한, 그가 당부아즈라고 믿었던 남자의 공범이었지요」

「아! 날강도 같은 놈! 모든 것을 예상하고 계획하고 있었어」

「예, 모든 것을 예상했지요. 모든 의혹을 피하기 위해, 스스로 공격을 당한 체하고 삼촌을 돕다가 상처를 입은 척 꾸미기까지 했으니까요.

「하지만 무엇 때문인가? 이런 치욕스런 일이 대체 왜……?」

「앙젤릭에게는 1,100만 프랑의 재산이 있으니까요. 파리의 공증인은 다음 주에 이 가짜 당부아즈에게 재산 증서를 보낼 것이고 그러면 그는 곧 그것을 현금으로 바꾸어 사라져 버릴 겁니다.

그보다 먼저, 오늘 아침 삼촌이 그에게 선물로 주신 50만 프랑의 지참인불 채권을 밤 9시 성 밖, 그랑쉔 근처에서 공범에게 넘겨 내일 아침 파리에서 매각할 겁니다」

사르조-방돔 공작은 자리를 차고 일어나 쿵쿵거리며 걸었다.

「오늘 밤 9시라……. 두고 보자…… 두고 봐……. 그 전에 헌병대에 알려야겠다」

그가 말했다.

「아르센 뤼팽에게 헌병쯤은 우스워요」

「그럼 파리에 전보를 치자」

「좋아요, 하지만 50만 프랑은 어떡하고요……. 게다가 무엇보다도, 엄청난 스캔들이 일어날 텐데……. 생각해 보세요, 삼촌. 사기꾼, 도둑놈과 결혼한 앙젤릭 드 사르조방돔이라니……. 아니, 안 돼요. 어떻게 해서라도……」

「그럼 어쩌면 좋겠느냐?」

「어떻게 하냐고요?」

이번에는 조카가 자리에서 일어나 온갖 종류의 무기들이 걸려 있는 무기 걸이 쪽으로 걸어가더니 총을 한 자루 꺼내 노신사 옆 탁자에 놓았다.

「삼촌, 사막 끝에서 야수를 만났을 때 우리는 헌병대에 알리지 않아요. 우리 손으로 직접 총을 들고 그놈을 해치우지요. 그렇지 않으면 놈이 사나운 발톱으로 우리를 으스러뜨릴 테니까요」

「무슨 소릴 하는 거니?」

「저는 헌병 없이 생활하는 법을 배웠어요. 좀 약식 판결이긴 하지만 훌륭한 방법입니다. 저를 믿으세요. 더우기 오늘 같은 경우에는 이게 유일한 방법이에요. 놈이 죽으면 어느 구석에 묻으면 됩니다. 아무도 볼 수 없고 아무도 알 수 없어요」
「앙젤릭은?」
「그녀에게는 나중에 알려주면 돼요」
「그 애는 어떻게 되는 거지?」
「그녀는 여전히…… 법적으로 제 부인이지요. 진짜 당부아즈의 부인……. 내일 저는 그녀를 버려 두고 알제리로 돌아갈 겁니다. 그러면 두 달 후에는 이혼이 선고되겠지요」
창백하게 질린 공작은 시선을 떼지 않은 채, 긴장으로 턱에 경련을 일으키며 듣고 있었다. 그가 중얼거렸다.
「배에 타고 있던 공범들이 너의 탈출에 대해 그놈에게 알리지 않았을 거라고 확신하니?」
「내일까지는 괜찮을 거예요」
「그래서?」
「오늘 밤 9시 아르센 뤼팽은 그랑셴에 가기 위해 반드시 옛 성벽을 따라 성당의 폐허를 둘러싸고 있는 순찰로로 지나가게 되어 있어요. 저는 그 폐허에서 기다릴 겁니다」
「나도 같이 있겠다」
사르조방돔 공작이 사냥총을 꺼내며 짧게 대답했다.

그때는 오후 5시였다. 공작은 조카와 오랫동안 얘기를 나누며 무기를 점검하고 다시 장전했다. 그러고 나서 날이 어둑어둑해지자마자 컴컴한 복도를 통해 그를 침실로 데리고 와 바로 옆에 붙어 있는 작은 방에 숨겼다.
오후 시간은 아무 사건 없이 흘러갔다. 만찬이 시작되었다. 공작은 냉정을 지키려고 애썼다. 가끔씩 그는 몰래 사위를 훔쳐보며 진짜 당부아즈와 꼭 닮은 모습에 깜짝깜짝 놀랐다. 똑같은 안색, 똑같은 얼굴형, 똑같은 헤어스타일이었다. 하지만 눈빛이 달랐다. 이자의 눈빛은 더 강렬하고 더 빛났다. 결국 이제까지는 눈에 띄지 않던, 이자의 사기성을 입증해 주는 세밀한 부분들이 공작의 눈에 들어오기 시작했다.

저녁 식사 후에 사람들은 뿔뿔이 흩어졌다. 시계는 8시를 가리키고 있었다. 공작은 자기 방으로 돌아와 조카를 빼냈다. 10분 후, 그들은 손에 총을 든 채 밤의 어둠을 틈타 살금살금 폐허로 다가갔다.

한편 앙젤릭은 남편과 함께 성의 왼편에 잇대어 서 있는 탑의 1층, 그녀의 거처로 돌아왔다. 남편이 말했다.

「산책 좀 다녀오겠소, 앙젤릭. 돌아올 때까지 기다려 주겠소?」

「물론이에요」

그는 그녀를 남겨 두고 자신이 사용하던 2층으로 올라갔다. 혼자 있게 되자마자 그는 열쇠로 문을 잠그고 들판을 향해 난 창문을 천천히 열어 밖으로 몸을 숙이고 내다보았다. 탑의 발치에, 그러니까 아래로 40미터쯤 되는 곳에 그림자가 보였다. 그는 휘파람을 불었다. 가벼운 휘파람이 응답했다.

그는 장롱에서 종이 뭉치가 가득 든 커다란 가죽 가방을 꺼내 검은 천으로 싼 뒤 끈으로 묶었다. 그리고 책상에 앉아 편지를 썼다.

    자네가 내 전갈을 받았다니 기쁘군. 이렇게 커다란 채권 꾸러미를 들고 성을 나가기는 위험할 테니까. 그것들은 여기 들어 있네. 오토바이를 타면 브뤼셀로 출발하는 기차에 맞춰 파리에 도착할 수 있을 거야. 거기서 이 채권들을 Z…… 씨에게 넘기면 그가 곧 매매를 해 줄 거네.

———A. L.

추신-그랑쉔을 지나가거든 동료들에게 내가 곧 합류할 거라고 전해 주게. 그들에게 내릴 지시 사항이 있거든. 또, 모든 게 다 잘 되어 가고 있네. 이곳에서는 아무도 의심을 품고 있지 않아.

그는 짐 꾸러미에 편지를 붙인 뒤 끈을 이용해 창문으로 내려 보냈다.

〈자, 됐다. 한결 마음이 놓이는군.〉

그는 속으로 중얼거렸다.

그리고 몇 분 더 기다리면서 방 안을 서성이다가 벽에 걸린 두 신사의 초상화 앞에서 미소 지었다.

「프랑스의 원수(元首), 오라스 드 사르조방돔…… 그리고 그랑 콩데(프랑스 부르봉 왕가에서 나온 명문가의 인재로 30년 전쟁, 프롱드의 난에서 명성을 떨치고 루이 14세의 장군으로 활약했다——옮긴이)…… 안녕하시오, 조상님들. 뤼팽 드 사르조방돔이야말로 당신들에게 어울릴 만한 인물이지」

마침내 시간이 되자 그는 모자를 들고 내려왔다.

그런데 1층에 내려오자 앙젤릭이 방에서 뛰어나오며 정신이 나간 듯 소리쳤다.

「제 말을 들으세요…… 제발……. 그러는 게 좋을 거예요……」

그녀는 더 이상 아무 말도 하지 않고 남편에게 공포와 망상에 젖은 잔영만 남겨 놓은 채 곧바로 방으로 돌아갔다.

〈어디가 아픈 게로군. 결혼이 그녀에게는 별로 좋지 않은가 보지.〉

그는 충격을 받았어야 할 이 사건을 그다지 중요하게 여기지 않고 담배에 불을 붙이며 결론을 내렸다.

〈가엾은 앙젤릭! 이 모든 것이 결국 이혼으로 끝날 텐데……〉

밖은 날이 저물어 어두웠고 하늘에는 구름이 잔뜩 끼어 있었다. 하인들이 성의 덧문을 닫았다. 공작은 보통 식사 후에는 잠자리에 들었기 때문에 창에 불빛이라고는 없었다.

관리인 사무실 앞을 지나 도개교에 오르면서 그가 말했다.

「한 바퀴 돌고 돌아올 테니 문을 열어 두시오」

그는 오른쪽에 있는 순찰로를 따라갔다. 순찰로는 전에는 훨씬 더 넓은 제2의 울타리로서 성을 두르고 있던 옛 성벽을 따라 현재는 거의 허물어진 비밀 문에까지 이어졌다.

그 길은 작은 언덕을 빙 두른 뒤 깎아지른 듯한 계곡의 측면을 따라 나 있었다. 길 왼편엔 울창한 덤불이 덮고 있었다.

「매복에는 더없이 훌륭한 장소야. 암살자 따위가 출몰하기에 딱 알맞는 통로지」

그가 말했다.

그리고 무슨 소리를 들은 듯하여 멈추어 섰다. 하지만 나뭇잎이 스치는 소리일 뿐이었다. 갑자기 돌 하나가 바위에 탁탁 튀며 비탈을 굴러 떨어졌다. 이상하게도 그는 전혀 불안하지 않았다. 그는 다시 걷기 시작했다. 반도의 벌판을 지나 그에게까지 불어오는 상쾌한 바닷바람을 기분 좋게 폐 가득히 들이마시며.

〈산다는 건 얼마나 행복한가! 아직 젊고 유서 깊은 귀족 가문에 백만장자, 더 이상 바랄 게 뭐가 있나, 뤼팽 드 사르조방돔?〉

그는 속으로 중얼거렸다.

폐허가 된 성당의 그림자가 저기 어둠 속에서 더욱 검게 드러나 보였다. 성당은 순찰로를 굽어보고 있었다. 빗방울이 떨어지기 시작했다. 시계가 9시를 치는 소리가 들렸다. 그는 걸음을 재촉했다. 짧은 내리막길을 내려간 후 다시 오르막길이 나타났다. 그는 또 한 번 갑자기 멈춰 섰다.

누군가 그의 손을 잡았다.

그는 뒤로 물러나며 빠져 나오려고 했다.

그때 그를 살짝 스치는 나무들 사이에서 누군가가 불쑥 튀어나오며 말했다.

「조용히하세요……. 아무 말씀도 하지 마세요……」

그녀는 부인, 앙젤릭이었다.

「도대체 무슨 일이오?」

그가 물었다.

그녀는 알아듣기 힘들 만큼 낮은 목소리로 웅얼거렸다.

「당신을 노리는 자들이 있어요……. 그들은 저기, 폐허에 총을 가지고 기다리고 있어요」

「그들이 누구요?」

「쉿! 들어 보세요……」

그들은 꼼짝도 하지 않고 귀를 기울였다. 잠시 후 그녀가 말했다.

「저들이 움직이지 않네요…… 제 소리를 듣지 못했나 봐요. 우리 돌아가요……」

「하지만……」

「저를 따라 오세요」

그녀의 어조가 너무 강압적이라 그는 더 이상 묻지 않고 따를 수밖에 없었다. 그런데 그녀가 갑자기 질겁을 하며 놀랐다.
「뛰세요……. 그들이 오고 있어요……. 분명해요……」
정말로 발자국 소리가 들렸다.
그러자 여전히 그의 손을 잡고 있던 그녀가 저항할 수 없는 강한 힘으로 그를 샛길로 끌고 갔다. 사방이 어두웠고 가시덤불이 있었는 데도 주저 없이 구불구불한 길을 따라 달렸다. 그들은 곧 도개교에 다다랐다.
그녀는 그의 팔짱을 꼈다. 관리인의 인사를 받은 그들은 앞뜰을 지나 성으로 들어갔다. 그녀는 그들이 머무는 모퉁이 탑까지 그를 데려왔다.
「들어가세요」
그녀가 말했다.
「당신 방으로?」
「네」
기다리고 있던 하녀 둘은 안주인의 명령에 따라 4층 거처로 물러났다.
거의 동시에 누군가 현관을 두드리며 부르는 소리가 들렸다.
「앙젤릭」
「아버지세요?」
그녀가 감정을 자제하며 물었다.
「그래. 네 남편 여기 있느냐?」
「네, 지금 막 같이 들어왔어요」
「그에게 할 말이 있다고 전하거라. 내 방으로 오라고……. 급한 일이다」
「네, 아버지. 아버지 방으로 가 보라고 전할게요」

그녀는 몇 초간 귀를 기울이다가 남편이 있는 안방으로 돌아와 말했다.

「아버지는 틀림없이 멀리 가지 않으셨을 거예요」

그는 나가려 했다.

「나에게 할 말이 있으신가 본데……」

「아버지는 혼자가 아니에요」

그녀가 그를 가로막으며 재빨리 말했다.

「그럼 누가 함께 있소?」

「조카요. 자크 당부아즈」

침묵이 흘렀다. 그는 부인의 행동을 이해할 수 없다는 듯이 놀라서 그녀를 바라보았다. 그러나 그 문제에 대해 짚어 보려 하는 대신 곧바로 빈정거리며 말했다.

「아! 그 대단하신 당부아즈가 여기 와 있다고? 그렇다면 비밀이 완전 들통난 모양이군? 혹시……」

「아버지도 전부 아셨어요……」

그녀가 말했다.

「오늘 오후에 둘의 대화를 들었어요. 자크가 편지들을 봤다고……. 처음에는 당신에게 알릴까 망설였는데…… 곧 제가 해야 할 일을 깨달았어요……」

그는 다시 그녀를 바라보았다. 하지만 곧 상황의 기괴함에 웃음을 터뜨렸다.

「뭐? 배에 탄 동료들이 내 편지를 태워 버리지 않았단 말인가? 게다가 포로까지 놓치고 말이야? 바보 같은 놈들! 아! 이래서 모든 걸 혼자 해야 한다니까! 어쨌든 아무래도 좋아, 아주 재미있군. 당부아즈 대 당부아즈라……. 저런, 그런데 그가 나를 못 알아보면 어쩌지? 당부아즈조차도 자기 자신과 나를 혼동한다면?」

그는 화장대 쪽으로 몸을 돌려 수건을 집어 물에 적셨다. 그리고 비누를 묻혀 눈 깜짝할 사이에 얼굴을 닦아 화장을 지우더니 헤어스타일도 바꾸었다.

「됐어, 이제야 됐군. 이제 더 편안히 장인과 대화를 나눌 수 있겠어」

그는 파리에서 도난 사건이 있던 날 저녁 앙젤릭이 보았던 그 모습으로 다시 돌아와 있었다.

「어디 가세요?」

그녀가 문 앞으로 뛰어들며 소리쳤다.

「당연히 그들을 만나러 가지」

「가실 수 없어요!」

「왜지?」

「그들이 당신을 죽이면 어떻게 해요?」

「나를 죽인다고?」

「그들이 바라는 건 바로 그거예요······. 당신을 죽이고······ 어딘가에 시체를 숨기려고 해요······. 그러면 누가 알겠어요?」

「좋소, 그들 입장에서는 옳은 생각이오. 어쨌든 내가 그들에게 가지 않으면 그들이 올 거요. 이 문은 그들을 막을 수 없소······. 당신도 그들을 막을 수 없고. 그러니 어서 결말을 내는 게 낫소」

「저를 따라오세요」

앙젤릭가 명령했다.

그녀는 그들을 비춰 주고 있던 전등을 들고 자기 방으로 들어가 거울이 달린 붙박이장을 밀었다. 그러자 감춰진 작은 바퀴가 움직였다. 그녀는 오래된 테피스트리를 걷어 올리며 말했다.

「이건 오랫동안 사용하지 않던 문이에요. 아버지는 열쇠를 잃어버린 줄 아세요. 하지만 열쇠는 여기 있어요. 열어 보세요. 벽에 난 계단을 통해 탑 아래로 갈 수 있을 거예요. 그 다음 두 번째 문의 빗장을 열기만 하면 당신은 자유예요」

그는 깜짝 놀랐다. 한순간에 앙젤릭의 모든 행동을 이해할 수 있었다. 뤼팽은 그다지 아름답지 않은, 하지만 부드러움이 느껴지는 이 우수 어린 얼굴 앞에서 잠깐 동안 혼란함을 느꼈고 당황하기까지 했다. 그는 더 이상 웃을 마음이 없어졌다. 양심의 가책과 호감이 뒤섞인 존경의 감정이 마음을 파고들었다.

「왜 나를 구해 주는 겁니까?」

그가 중얼거렸다.

「제 남편이니까요」

「아니…… 아니오……」

그가 반박했다.

「그건 내가 훔친 자격일 뿐…… 이 결혼은 법적으로 인정되지 않을 거요」

「아버지는 스캔들이 나는 걸 원치 않으세요」

그녀가 말했다.

「바로 그거요. 나는 바로 그 모든 것을 고려했고, 그래서 당신 사촌 당부아즈를 가까이 데리고 온 거요. 내가 사라지고 나면 그가 당신의 남편으로 남을 테니까. 사람들 앞에서 당신과 결혼한 사람은 바로 그 사람인 셈이오」

「교회 앞에서 저와 결혼한 사람은 당신이에요」

「그놈의 교회! 교회! 교회도 타협을 하오. 당신의 결혼을 취소시켜 줄 거요」

「어떤 떳떳한 구실이 있어서요?」

그는 입을 다물었다. 그리고 자신에게는 의미 없고 우스꽝스러울 뿐이지만 그녀에게는 매우 중대한 이 모든 상황에 대해 곰곰이 생각하며 되뇌었다.

「가혹한 일이군……. 끔찍한 일이야……. 예상을 했어야 했는데……」

그러다 불현듯 어떤 생각이 떠오른 듯 손뼉을 치며 외쳤다.

「그래! 맞아! 바티칸에 잘 아는 고위 인사가 있소. 교황은 내 부탁을 들어줄 거요……. 알현을 허락받아 간청한다면 교황은 틀림없이……」

그의 우스꽝스러운 발상과 너무나 순진하게 기뻐하는 모습에 앙젤릭은 미소 짓지 않을 수 없었다. 그녀가 말했다.

「저는 신 앞에서 당신의 부인이에요」

그녀는 경멸도 증오도 심지어 분노도 없는 시선으로 그를 바라보았다. 그는 그녀가 자신에게서 강도나 범죄자의 모습을 보지 않고 자신을 오직 남편으로, 사제가 마지막 죽음의 순간까지 하나로 묶어 준 한 남자로만 생각한다는 것을 깨달았다.

그는 그녀를 향해 한 걸음 다가가서 더 자세히 바라보았다. 그녀는 눈을 내리깔지는 않았지만 얼굴이 붉어졌다. 이토록 감동적인 얼굴, 이토록 수줍고 우아한 얼굴은 본 적이 없었다. 그는 파리에서의 첫날 저녁처럼 그녀에게 말했다.

「아! 당신의 눈은…… 고요하고 슬픈 당신의 눈은…… 너무도 아름답소!」

그녀는 고개를 숙이며 중얼거렸다.

「어서 가세요……. 어서」

그녀의 동요 앞에서 그는 문득, 그녀를 뒤흔들어 놓는, 그녀 자신조차 의식하지 못하는 막연한 감정을 감지했다. 소설적인 상상과 채워지지 않는 꿈, 시대에 뒤떨어진 애독서들로 가득 찬 이 나이 든 처녀의 영혼 속에서는 이렇게 비정상적인 상황 하에 만난 그가, 이처럼 예외적인 순간에 특히, 어딘가 특별한 사람으로, 바이런 식의 영웅으로, 낭만적이고 기사도를 실천하는 인물로 보이는 게 당연했다. 전설적인 모험담들과 그 대담성으로 유명한, 고귀하고 위대한 모험가가 어느 날 저녁 모든 장애를 헤치고 그녀의 방에 찾아와 손가락에 약혼반지를 끼워 준 것이었다. 그야말로 〈해적(1814, 바이런 식 낭만주의의 대표적 서사시.──옮긴이)〉과 〈에르나니(1830, 낭만주의 문학을 선언한 위고가 그 실천을 보인 희곡 작품──옮긴이)〉의 시대에나 볼 수 있었던 신비롭고 열정적인 약혼이었다…….

감동을 받고 연민을 느낀 그는 감정의 폭발에 자신을 내맡기고 이렇게 막 외칠 뻔했다.

「떠납시다! 함께 달아나요! 당신은 내 배우자요, 내 반려자입니다……. 위험도 기쁨도 고뇌도 함께합시다……. 당신은 특별하고 강하고 놀랍고 아름다운 존재요……」

하지만 앙젤릭이 눈을 들어 그를 바라보았을 때 그 깨끗하고 자신감 넘치는 시선에 이번에는 그의 얼굴이 붉어졌다.

그녀는 그런 식으로 말해도 되는 여자가 아니었다. 그가 중얼거렸다.

「나를 용서하시오……. 나는 많은 잘못을 저질러 왔지만 이보다 더 가슴 아픈 기억은 없을 거요. 내가 나빴소……. 당신 인생을 망쳤구려」

「아니에요. 당신은 오히려 진정한 제 갈 길을 깨닫게 해 주셨어요」

그녀가 부드럽게 답했다.

그가 무슨 뜻인지 물으려는 순간 그녀가 문을 연 채 길을 가리켰다. 둘 사이에는 더 이상 아무 말도 오갈 수 없었다. 그는 그녀에게 깊이 몸을 숙여 인사한 뒤 한마디 말도 없이 나왔다.

한 달 뒤, 부르봉콩데 가의 왕녀이자 아르센 뤼팽의 합법적인 배우자, 앙젤릭 드 사르조돔은 마리오귀스트라는 이름의 수녀가 되어 도미니크 수도회의 수녀원에 은둔했다.

그녀의 종신 서원식 날 수녀원장은 봉인이 된 두툼한 봉투와 편지 한 통을 받았다…….

편지에는 〈마리오귀스트 수녀가 돌보는 빈민들을 위해서〉라고 적혀 있고 봉투 안에는 1000프랑짜리 지폐 500장이 들어 있었다.

옮긴이 | 심지원

서울대학교 불어불문학과 졸업 및 동대학원 수료.
옮긴 책으로는 『베베르에게 마흔두번째 누이가 생긴다고요?』 등이 있다.

아르센 뤼팽 전집 7
아르센 뤼팽의 고백

1판 1쇄 펴냄 2002년 10월 17일
1판 8쇄 펴냄 2014년 7월 31일

지은이 | 모리스 르블랑
옮긴이 | 심지원
발행인 | 김세희
펴낸곳 | 황금가지

출판등록 | 2009. 10. 8 (제2009-000273호)
주소 | 135-887 서울 강남구 신사동 506 강남출판문화센터 5층
전화 | 영업부 515-2000 편집부 3446-8774 팩시밀리 515-2007
홈페이지 | www.goldenbough.co.kr

ⓒ 황금가지, 2002. Printed in Seoul, Korea

ISBN 978-89-8273-424-3 04860 (7권)
ISBN 978-89-8273-417-5 (set)

㈜민음인은 민음사 출판 그룹의 자회사입니다.
황금가지는 ㈜민음인의 픽션 전문 출간 브랜드입니다.